科学新视角丛书

新知识　新理念　新未来

身处快速发展且变化莫测的大变革时代，我们比以往更需要新知识、新理念，以厘清发展的内在逻辑，在面对全新的未来时多一分敬畏和自信。

一个人的环保之战:
加州海湾污染治理纪实

【美】比尔·夏普斯蒂恩 著

杜 燕 译

上海科学技术出版社

图书在版编目(CIP)数据

一个人的环保之战:加州海湾污染治理纪实/(美)比尔·夏普斯蒂恩(Bill Sharpsteen)著;杜燕译. —上海:上海科学技术出版社,2020.3
(科学新视角丛书)
ISBN 978-7-5478-4460-1

I.①一… II.①比…②杜… III.①纪实文学—美国—现代 IV.①I712.55

中国版本图书馆CIP数据核字(2020)第037551号

First published in English under the title
Dirty Water: One Man's Fight to Clean Up One of the World's Most Polluted Bays
by Bill Sharpsteen
© 2010 The Regents of the University of California
Published by arrangement with University of California Press
Unless otherwise noted, all photographs are by the author

上海市版权局著作权合同登记号 图字:09-2018-909号

一个人的环保之战:加州海湾污染治理纪实

【美】比尔·夏普斯蒂恩 著
杜 燕 译

上海世纪出版(集团)有限公司 出版、发行
上海科学技术出版社
(上海钦州南路71号 邮政编码200235 www.sstp.cn)
上海盛通时代印刷有限公司印刷
开本 787×1092 1/16 印张 14.75
字数 140千字
2020年3月第1版 2020年3月第1次印刷
ISBN 978-7-5478-4460-1/N·173
定价:49.00元

本书如有缺页、错装或坏损等严重质量问题,请向工厂联系调换

谨以此书献给格洛丽亚（Gloria）：

感谢你的督促，你的鼓励，你提供的建议……

还有你的耐心！

致　谢

某种程度上来说，本书是一部口述史，是一本把人们的回忆拼贴而成的故事集，当然，如果那些亲身参与这场斗争的人拒绝我的采访，本书也不可能面世。事实上，他们当中有些人答应了我之后的调查访问，耐心地回答我提出的后续问题，因此，我才能得以尽可能准确地复述出他们的故事。因此，对于所有花费时间坐下来接受我访问的人，我由衷地感谢你们对这本书做出的贡献。

我尤其要感谢霍华德·本内特（Howard Bennett），他为本书提供的信息资料最多。他向我完全敞开心扉，允许我使用任何我想要的资料。他似乎保存了每一张和这场"战役"有关的报纸——他把这场环保斗争称之为战役——我才得以深入了解这个故事，这些内容是我仅凭采访和报纸新闻无法触及的。本内特还设法收集了那段时间涉及他和这场战役的几乎所有电视新闻报道，他把视频复制给了我，没有这些的话，我的调查研究也不会如此丰富。

戴维·布朗（David Brown）也是我另一个重要的素材来源。我们花了几个小时谈论这个故事，他同样也保存了在南加利福尼亚州水质研究项目（The Southern California Coastal Water Research Project，简称"南加州水质研究项目"）工作期间收集的一切资料。有一次他漫不经心地把其中许多资料当成垃圾扔掉了，所幸他的妻子安娜（Anne）比他有先见之明，她从垃圾桶里把它们翻出后修复了这些记录，这些资料后来对我具有重要的价值。如果我想深入了解南加州水质研究项目和威拉德·巴斯科姆（Willard Bascom）的故事，布朗都会向我提供有关这个主题多达几十份的新闻报道和电视报道，节省了我大量的研究时间。

其他向我提供信息的人主要还有多萝西·格林（Dorothy Green）、马克·戈尔德（Mark Gold）、唐·梅（Don May）、埃德·塔尔韦德（Ed Tarvyd）、费丽西娅·马库斯（Felicia Marcus）、约翰·多尔西（John Dorsey）、利夫·本内特（Leif Bennett）、马斯·多伊瑞（Mas Dojiri）、莫琳恩·金德尔（Maureen Kindel）、汤姆·海登（Tom Hayden）、罗伯特·吉雷利（Robert Ghirelli）和莫·斯塔夫尼泽（Moe Stavnezer），我和他们当中许多人交谈过。

讲述一个在我着手研究之前23年发生的事件，其中一个困难就是如何深入地描述当时的场景。加利福尼亚洛杉矶地区水质监控委员会在这方面予以我大量帮助，他们找到了知道尘封已久的录音带的人，翻出了记录301（h）豁免条例听证会的一卷卷原始卡带，这样我才能听到1985年3月25日听证会上里蒙·费伊（Rim Fay）的声音（显然，会议书面记录已经无处可寻）。此外，我觉得自己似乎就坐在1985年5月13日第二次听证会观众席上，听到每位发言者对豁免条例的看法。一些技术问题会影响我听卡带录音，比如设备问题和磁带速度，如果没有音频向导罗德尼·皮尔逊（Rodney Pearson）的帮助，我只能听到刺耳的尖锐声音。

我要感谢朱莉·波普金（Julie Popkin），她帮助我与加利福尼亚大学出版社顺利签订合同，当然，我还要感谢加利福尼亚大学出版社对我的图书面世提供帮助的人，尤其是本书编辑珍妮·韦普内尔（Jenny Wapner），她的助手——总是洋溢着快乐的丽莎·陶伯（Lisa Tauber），文字编辑博妮塔·赫德（Bonita Hurd），以及项目经理劳拉·哈格（Laura Harger）。

作者的话

大多数人想把他们的故事讲述出来，这在新闻界人尽皆知。你所要做的只是提问，他们会很乐意回忆起他们的故事。然而遗憾的是，本书中描述的事件算不上古老的历史，但对于涉及其中的人们来说，年代已有些久远，讲述者对事实不那么确定，尤其是事件发生的先后顺序。多年后对这些事件所作的某些官方描述，大多是带有一点神话色彩的事实。我发现，部分原因在于，这个故事的某些版本一直在口头上流传，没有经过仔细审查，就像讲述真实的历史一样，而事实并非如此。即使是在场的人也只知道事情的一半真相。

这使得基于对参与者的采访来讲述故事有点困难。话虽如此，请允许我指出，我已尽我所能，以第二、有时是第三来源来验证我在本书中讲述的故事。为了确认时间的先后顺序，我把通过报刊报道获得的事件拼凑起来，确定新闻稿和政府记录的日期。由于大部分故事都是对人物的描述，官方记录很少会涉及他们的情感方面，我不得不相信口述者的某些描述是真实的。当讲述者说对有些特定问题，他们记不太清，但仍旧给出了估计的回答，我会忽略掉这些回忆内容。

那么，我的话是对调查研究敷衍了事的一个借口吗？不。我仅仅只是想让读者明白，本书涉及的故事里95%都是经过核实、基于事实的真相。但可能也有一点点是某个讲述者经年之后不太确切的回忆。如果是后者，我指出了事实和轻微混淆的事实之间的差别。毕竟，本书是建立在目击者描述基础上的对历史故事的复述，尽管有些讲述者的描述引人入胜，但也应该被质疑。

最后，如果你对本书有任何意见或者问题，或是你想组织读书会或采访，请随时给我写信，我的邮箱是 dirtywater1@yahoo.com。

目 录

致谢

作者的话

引言　热爱冲浪的科学家　　001

第1章　游泳爱好者　　006

第2章　目击者　　012

第3章　联盟　　025

第4章　南加州水质研究项目　　040

第5章　新闻发布会　　050

第6章　市政厅　　058

第7章　激进主义者　　070

第8章　第二次听证会　　076

第9章　科学家　　088

第10章　政客　　108

第11章　棕色丝带　　121

第12章　治愈海湾　　130

第 13 章　脏马桶奖　141

第 14 章　决定　147

第 15 章　法庭之友　156

第 16 章　圈外人和圈内人　171

第 17 章　一半的工作　188

后记　203

资料来源　205

引言

热爱冲浪的科学家

约翰·多尔西（John Dorsey）博士喜欢把它称作"黑色蛋黄酱"。这个名字相当贴切地描述了当他从这块编号为 A8 的海洋区域下探到水下 320 英尺（1 英尺 = 0.304 8 米）获取沉积物样本时，所见的那些厚厚的、附着在海底的大片污水淤泥。此时，他驾驶的那艘有 20 年历史的"海洋勘探者"号正悬浮在距离海岸 7 千米的测量点，在初夏的海面上几乎一动不动。看上去，环绕在他四周的太平洋是如此纯净，如此清澈，仿佛从未遭受任何损坏。

然而，事实并非如此。有人将约翰·多尔西博士身下的那块污水淤泥叫做死亡地带、水下荒漠。这片区域并非毫无生命，但是和以前相比，海洋生物多样性已经大大丧失了，只有极少数物种还生活在这片水域。离这里不远处就是洛杉矶海伯利安污水处理厂（Hyperion Sewage Treatment Plant）长达 7 英里（1 英里 = 1.6 千米）的管道排污口，这家工厂在将固体污泥和其余装入大型水箱的废水分离后，把这些污泥直接废弃排放于此。早在 33 年前,工厂就开始了这项操作:1984 年,每天平均有 480 万加仑(1 加仑 = 3.785 升)污水通过这条管道被直接排向大海,当年总计排出了 49 414 吨废弃物。被排出的污泥浓稠、厚重,直接堆积在海底,夺去了许多曾经生活于此的海洋生物的生命。

要清楚的是,海伯利安污水处理厂这条 7 英里长的管道并不是唯一把污物排向这片海湾的污染源。在过滤掉污泥之后,另一条 5 英里长的管道把废水排向海湾。还有一条长度为 1 英里的管道,当工厂运行故障或当污水容量太大设备无法全部处理时,会把未经处理的污水直接排向海湾。

时间回到 1985 年 5 月。多尔西当时还是一位个头高挑的年轻人,他热爱冲浪和研究海洋。1982 年,他从墨尔本大学毕业,获得海洋生物学和污染生态学博士学位(他选择墨尔本大学的原因是因为奖学金且附近可以冲浪),次年进入海伯利安工作。高学历令他在同期进入海伯利安的年轻人中崭露头角,因此没过多久他的主要工作职责就涉及搜集和研究数据。他也经常被选定在当地政府部门前作证,比如市议会,他还出席了加州地区水质控制委员会的听证。在那儿,正如他一早所知,一些激进的抗议者即将宣布,这根 7 英里长的排污管所处的圣莫尼卡湾(Santa Monica Bay)已经全部被污染了,由于海伯利安污水处理厂的存在,这里成为一个不折不扣的巨大污水池。多尔西认为他可以通过向人展示海湾其他区域状况良好来为抗议的喧嚣带来一点点平衡。对于一位科学家来说,他只是陈述事实。

他的身下,是一片被称为死亡地带的污水淤泥。那时他刚刚和同事共同编写完海伯利安污水处理厂 1984 年有关圣莫尼卡湾环境健康的报告。这是世界上第一次有人费心搜集有关污水淤泥和其他附近海洋环境的数据，并且通过科学家受过良好教育的头脑把数据整理出来。1971年以来，多尔西的雇主，管理海伯利安的洛杉矶卫生局曾经收集了有关海洋生命和水体质量的原始数据，但这些都被锁在档案柜里，无法解读。而如今，多尔西和他的同事用科学家平实又枯燥的语句写道："7英里排污管终点附近退化区域位于海底已变化区域内部，这里几乎没有物种存在，这导致了极低的物种多样性、丰富性和生物量。"换句话说，这里就是一片死亡地带。生物量，又被称作生物的总量，已经被成吨的污水淤泥埋葬于海底了。他还发现了这里的镉、铬和铜含量相当高。报告指出，"7英里排污管末端的沉积物受4种金属的影响最大，其浓度范围是背景值的15～65倍。"事实上，多尔西告诉那些愿意倾听的人，污水淤泥的排放必须停止（顺便提一下，法律要求洛杉矶市另寻一处对环境危害较小的场所来排放污水淤泥，但是由于市政府很多人相信目前这些"黑色蛋黄酱"可以为海洋生命带来益处，因此城市继续向海湾排放有害物质）。

那根5英里排污管的状况几乎是同样糟糕。固体物质被过滤之后，大部分废水通过这里排向大海，每日排放的废水量大约达到4.04亿加仑。谈到可见的海洋生物，多尔西这样写道，"在排污管周围25～35平方千米的海底，存在着一个宏观动物群组，其结构已经因为排放的污水受到改变。""你可以说这是一块真正的受污染区域，"他现在说，"因为这里的生物种类原本就不多，而存在的种群却拥有相当巨大的数量，就像杂草丛生的田地一样，这里已经变得和一块空旷的场地一般无二。"

对于该地区的其他海洋生物学家来说，这并不是新闻，但直到最近，对于马桶里冲走和下水道排出的废水污物（人均每日大约排放 100 加仑）已经把湾区将近十分之一的海域变成了水下垃圾填埋场这件事，洛杉矶广大市民还是一无所知。而与此相反，每年来圣莫尼卡湾游泳、冲浪、划船、海钓的人数达到 4 500 万，他们仅仅把这里视为一个度假地。圣莫尼卡湾是洛杉矶这张城市名片的重要组成部分，它是洛杉矶城市魅力的一部分。洛杉矶人一路向西开往大海，这不仅仅是去海边休闲那么简单，它还意味着远离交通阻塞，避开喧嚣人群，告别城市污染，离开那些种种令人透不过气的城市病，去海边荡涤心灵，重获新生。

严格意义上来说，圣莫尼卡湾并不是一个真正的大部分水体封闭的海湾，它更像海岸线上一个被咬了一口的凹槽，它的海滩绵延 50 多英里，各种各样的码头星罗棋布，整个海湾面积达到 565 平方英里。这里既能领略大海的奇妙，又不乏狂欢和热闹。即使这里毗邻停车场、饭店、高速公路，但海湾面积辽阔，足以让人们忽略这些喧嚣，来这里度假的人们，就像百余年前一样，感受的只是静谧自然的大海。这里的海水看上去如此纯净，人们往往毫不担心地纵身跃入大海，任凭凉爽的海水冲刷肌肤，荡涤心灵。如果没有其他状况出现，那么所有人都会背朝东方，面向大海，享受阳光和海风。而且人们很容易令自己相信：没有任何状况出现。

站在"海洋勘探者"号上，多尔西看到的只是茫茫大海，航行几个小时之后，城市和海伯利安污水处理厂消失在视野里。那些叫嚣着污染极端严重的环保主义者联系不上他。在一次公开聆讯上，他几乎打算无所畏惧地告诉他们，事情并不像看上去那么糟糕。毕竟，正如他的报告评述得那样，"除了排污管周围的已变化区域，在南加利福尼亚(以下简称'南加州')地区,海湾其他大部分区域生物栖息地的宏观动物群种具有丰富的多样性特征。"

多尔西并非试图歪曲或是忽略事实,在他看来,情况并非环保主义者宣称的那样具有毁灭性。他甚至利用午饭休息期间在海伯利安污水处理厂第三排污管附近玩会儿冲浪,这根排污管距离海岸只有1英里,尽管设计仅用于紧急情况下的废水排放,但它日均排放的氯化污水量也达到290万加仑。

最后,我想说的是,多尔西只是这个故事中无足轻重的一个小人物,这件事并没有伤害他的感情。他更喜欢冲浪,而不是公开作证。此外,用科学方式表达灰色阴影是否能引起少数听众的关注也是分歧之一,而极端反对声音也相当响亮。有些人宣称,海湾的污染程度是世界上最严重的。少数人则认为,从整体上来说,海伯利安污水处理厂排出的污水并没有真正毁灭人们心爱的海湾。后者这种无视海湾变成堆积着黑色污水淤泥的"死亡地带"的观点占了上风,直到一个早春的清晨,一位孤零零的、在海水中冷得发抖的游泳爱好者发现,这是一个巨大的谎言。

第 1 章

游泳爱好者

霍华德·本内特（Howard Bennett）每天都游泳，每天清晨六点，他仅仅穿着一条失去弹性的 Speedo 牌黑色旧泳裤，把自己瘦削的、几乎全裸的身体浸入冰凉的、仅仅只有华氏 56 度的太平洋海水之中。鉴于他自嘲的习惯，他可能会承认这样做有多愚蠢，尤其是在寒冬，但是本内特不得不每天清晨游泳。这已经不仅仅是一种习惯，而几乎成为一种生物性需求。他在清晨黑暗的海水中游泳，用这种象征性、几乎仪式性的方式冲刷掉前一天作为高中老师工作上积聚的压力。他需要在冰冷的海水里浸泡上 20 分钟左右游上一圈。他无法想象，如果没有晨泳的一天将会是什么样子。每天的晨泳令他重焕新生，这比躺在吊床上，比再多睡几分钟要令人舒服多了。

除了天气糟糕到颠簸的巨浪会在寒冷之前把他置于死地之外，其余每天，当闹铃声把他唤醒时，本内特会蹑手蹑脚地溜出被窝，抽出他放在床头柜里的 Speedo 泳裤。他曾经习惯跑步锻炼，但是在 30 多岁时，他的脚趾关节发炎严重到无法通过休息或手术进行修复，因此，一位苏格兰外科医生建议他游泳。"我不会游泳，"他告诉医生，就像一个新事物令他害怕一样。"那就快去学！"医生回答说。

本内特现在眉飞色舞，用一连串连珠妙语轻松地讲着这个故事，你会被他的全情释放所吸引，却又有点怀疑故事的真实性。换言之，他是个技艺高超的故事讲述者。尽管如此，他还是忽略了那个时刻究竟有多重要。医生半开玩笑提出的建议，不仅影响了本内特的生活，可以说——带着他自己经常采用的一丝夸张来讲——还对整个洛杉矶影响深远。人们可以这样认为，本内特每天清晨穿着寒酸的泳裤冲向大海，这一举动改变了人们的生活，不管是好是坏，让洛杉矶花费了几十亿美元。这对一个仅仅只是上班之前尝试放松一下的家伙来说，还真不是一件坏事。

结果，本内特很快学会了自由泳，他爱上了大海和自由泳的简单技巧。在1961年，他和妻子邦特（Bente）在洛杉矶南部的普拉亚德雷（Playa del Rey）海滩买下了一幢四方形的两层楼房子，他们把一楼租出去，自己住在二楼，那儿正对着海滩，风光无限。把圣莫尼卡湾作为后院是个伟大的举动，它是如此广阔无垠，充满力量，它藐视任何将它视为己物的人。可是，在海滩边居住了几年，明白了在这片不属于任何人的大海里游泳，快乐和危险并存之后，本内特不禁觉得他和这片海湾有着某种亲密的联系，他想要全身心地保护这片大海。

在1985年3月28日清晨，本内特把泳裤沿瘦削的双腿拉上，在平坦的肚子上系紧泳裤上的软带，然后沿着长长的门厅从卧室走向客卫：他的游泳眼镜正挂在客卫毛巾架的最里头。邦特还躺在床上，听到她的丈夫光着脚出了前门，静悄悄地通过外楼梯下了楼，走进他们后院的小花园，那儿有一个通往海滩的出口。

15分钟前太阳已经从多云的天际升起，但还没有越过东面的低矮山丘，因此，在本内特家的房子和大海之间百余码的海滩上，依然笼罩着氤氲的晨霭。本内特近视，可以说双眼的视力仅仅是比盲人好那么一点，他看到的景象只是物体模模糊糊的形状。但是，在这样一大片空荡荡的海滩上，好处是虽然你并不想随心所欲地横冲直撞，但如果你这样做，也不会伤害到任何人。所以，本内特把眼镜留在了家里。

经过长期游泳之后，身高将近6英尺的本内特身上几乎没有一点脂肪，他胸膛结实强壮，肌肉线条分明。当他穿着西装，站在讲台上，由于发量稀少，看上去像个苍老的坏脾气家伙，但这个清晨，他看上去只有实际年龄的一半，像一个高瘦结实的骑师，仍然焕发着青春。

这是一个有点寒冷的早春清晨，华氏40度的空气湿漉漉的，体感上比潮湿的沙滩和海水还要冰凉，于是本内特尽可能快地向着暖和的海水跑去。当海浪一阵高过一阵的时候，在大海边缘，他看见一位老人坐在深陷在沙滩里的三角凳上，手里拿着一个点燃的Sterno燃料罐和钓鱼竿。

"不要到海里去！不要游泳！对你身体不好！有毒！"当本内特靠近海岸线的时候，老人对他大喊。

没戴眼镜，本内特觉得这个家伙似乎是个日本人，至少，应该是个亚洲人。本内特经常在早上看到他钓鱼，他推测这家伙可能住在海滩高处的山上，那儿的房子远比山下沙滩边鳞次栉比的房子要大得多，也漂亮许多。

考虑到这是两人第一次相互打招呼说话，本内特本应该询问下老人言语里的含义。但他并没有这样做，他停下片刻，打量了下老人，接着继续朝大海走去。毕竟，据本内特所了解的，这里的海水曾经非常干净，而且，这片海湾是如此宽阔，即使有什么，大概也改变不了海水的清澈。

当老人凝视大海时，一阵不大的海浪迅速上涨冲过本内特的膝盖，接着往后回撤，海浪越过他的脚趾，沙子从他脚下滑出，一瞬间令他的脚底痒痒的。他继续摇摇摆摆地在水里朝前行进，直到海水漫过他的胸膛，接着，他微微弯下身体，让自己暂时淹没在这片轻柔的海浪之中。他一边数着划水动作的次数，一边向前游着。划水400下相当于游半英里距离，他的时间至少允许他游这么远。他在游泳时十分放松，但他也不能想游多久就游多久，必须在8点钟之前结束游泳，冲个淋浴，换上衣服，吃好早饭，回到他的教室里。也许这就是他刚才没有回答老人的原因——他的时间有限。

当本内特离开海岸线的时候，他模模糊糊看到位于他右边的防波堤。人们设计这些从海滩上凸出的一排排岩石是为了减少海水对沙滩的冲蚀，但是，如果水流把游泳者推向这里，这些布满藤壶的防波堤也能把他撕成碎片，变成鲨鱼的食物。以前本内特也曾经被水流卷到了这些岩石边。当时，海浪卷着他的身体，似乎想要看到他被一劈为二，他紧紧抓着一个人，缓慢而又痛苦地爬出了海水。他的全身被锋利的藤壶严重刮破，从胸部到脚都在流血。

本内特一越过防波堤就左转朝着南方游去。考虑自己一直数着划水次数，因此他把海岸视作界标，而不过分依赖它丈量游泳距离，他只是用海岸来确定洋流不会让他离岸更远。但是今天早上，在远离海岸线的平静大海上，他时隐时现，搏击着浪花，那些还未成形的巨浪在他身下翻滚流动着。海面上几乎没有任何声音，海鸟偶尔从海上掠过,它们的飞行高度如此之低,以至于本内特能听到鸟儿翅膀拍打着空气的声音。有时,极其偶然的,他还能看到水獭,甚至是海豚的身影。随着时间的流逝,他越来越担心鲨鱼,似乎他在海里待的时间越长,受到鲨鱼攻击的可能性就越大。

本内特对岸边老人的警告没有考虑太多,尽管他内心深处与生俱来的故事讲述者已经开始讲述这个时刻,他把这个故事打造成一个有着冗长序幕、精心构思的细节,最后,再把它们组合起来,加上结局(从"长话短说"开始):"他在空中边挥舞着一张报纸边说……"

如果被问及警告本身,他可能会说他已经意识到了,虽然他曾经可以在游泳时看到海底,但现在,海底是浑浊的,呈半透明灰色。之后,他还会告诉人们他在海水里偶尔还品尝过一些有趣的东西。但实际上,这只是他讲述的故事,事实上,他游泳时什么都没尝过,哪怕是咸涩的海水。一般来说,如果海岸附近的海水浑浊,就会使沙子上扬四散,使他不可能看到他宣称见过的那种清澈。

这些全都是短暂的思考,但它们会引人深思。本内特的想法单纯地从一个跳到另外一个,就像他试图忘记内心的记忆档案一样。他想到他的工作,他的妻子,他的儿子,甚至,假如他任凭记忆扰乱他的心绪,他还想起了一年前受卡车撞击而去世的女儿。在大海里,他几乎是下意识地数着划水的数目,这个数目在不断增加。每划一次水,他把头偏向右侧,呼吸着平静、放松的气息。诚然,冰冷的海水夺去了他身体的热量,但他并没有感觉到。游泳本身变得平静舒缓,成了无需思索的下意识行为,变成了一种冥想。

大概 10 分钟之后,他划了 200 次水,随后转身,掉头朝北,背对着防波堤继续游着。老人仍然在钓鱼。他又默数了另外 150 次划水动作，根据经验，他知道再划 50 次水就能到达岸边，于是，他正对着沙滩游过去。很快，随着海浪不断把他前推，他的手触到了沙滩，他停了下来。本内特完成了 400 次划水动作：他游了半英里。

本内特把双膝跪在沙子里使自己保持平衡，一阵轻柔的海浪拍在他的后背上，他迅速站了起来，这样，其他海浪没法儿击中他了。你不能信任大海，它会出卖你。他经常这样对自己说。

当本内特湿漉漉的皮肤碰上冬天寒冷的空气，他的身体剧烈地颤抖着。无疑，他的体温急剧下降，几乎患上低温症了。每个清晨都是如此——他要花上两三个小时，体温才能完全恢复正常。可能他要等到站在第二堂课的讲台上，才发现自己不再冷得发抖。

他经过那位老人，老人再次看着他，这次带着怀疑的神色瞪了他一眼。他挥着报纸朝本内特重复：“水污染！”本内特看不太清《洛杉矶时报》的标题，但是上面写着："报告证实倾倒物有毒，海登（Hyden）谴责对湾区的破坏。"

海洋生物正在死亡，化学物质污染了海水。当本内特得知细节，他迎来了人生中最耸人听闻、最戏剧化的故事情节：他之前一直在肮脏的海水里游泳。

第 2 章

目击者

没有什么比打捞上一条三只眼睛的黄花鱼更耸人听闻了。里蒙·费伊（Rimmon Fay）博士从圣莫尼卡湾打捞出来的奇形怪状的鱼类中又多了这条三眼怪物作为物证，表明南加州海域的确受到了毁灭性的污染。在20世纪80年代初期，他把这些恐怖的生物带到各个不同的有关海湾污染的政府听证会上，向人们展示鱼类患上的其他种种更为常见的不幸疾病：癌变的黑色肿瘤、畸形的鱼脊、腐烂的鱼鳍。他宣称，所有这一切的罪魁祸首是每天被排入海湾、几乎未经处理的污水。这条白色黄花鱼标本双眼死瞪着面无表情、无动于衷的听证会官员，这些官员们总是认为这些可怜的尸体不能代表海湾的整体健康，他们认为海湾的健康状况还是相当好的。

在费伊看来，他所钟爱的海湾几乎已经丧失了生命与活力，为了洛杉矶市320万居民无可避免的需求，每天从厕所冲进大海的废水正使这片大海里的海洋生物奄奄一息。由于这个原因，包括滴滴涕、多氯联苯、金属和其他有毒物质在内的工业废物进入了同样的系统。洛杉矶城市废水中有 11% 来自工业废弃物排放。哦，我们还不能忘记偶尔一场暴雨把街道冲洗干净时，把所有可能的城市污染物：从汽车机油到街上的狗屎，统统直接排入海边——所有这些废弃物都消失在圣莫尼卡湾里。

1985 年，由于一次史无前例的暴雨，每天流入洛杉矶海伯利安污水处理厂的废水达到 4.2 亿加仑，污水厂把除了被称作"固体"的污物外，其他所有废水通过 5 英尺长的管道排入海湾。这些未经处理的污水与加州第十大河流容积相当，有时，在还没有流入污水处理厂之前就会从管道或是溢流装置中漫出，流入附近混凝土修筑的巴略纳溪（Ballona Creek），直接排进大海。（这条所谓的小溪只不过是一座巨大的槽状排水沟，贯穿整个城市，止于海边，在洛杉矶短暂却又强烈的暴雨季节，起到防洪作用。）

圣莫尼卡湾拥有 18 片海滩，而在任何一片海滩边游泳、冲浪、晒日光浴的人们都对此一无所知。在海滩上，人们不太能发现病怏怏的鱼群、大量的细菌和丧失繁殖能力的甲壳动物。同时获得生物化学和化学海洋学两个博士学位的费伊曾试图让茫然的民众意识到这一切，但他却发现，他通常只能触动少数环保主义者，而这些环保主义者教化他人的技巧并不比他自己强。而麻烦的是，即使他们有时会夸大其词地宣布，人们是在污水里游泳——这些告知通常会出现在当地报纸上——但是不知何故，民众的愤怒却从来没有如预料般地出现过。

费伊面对人群、记者或摄像机，并不是一个表现窘迫的人，但此时，他却是用一种抱怨的、学术的方式解释海湾的恶臭状况，偶尔采用"底栖生物"或"水柱"之类的科学术语，尽管他有丰富的经验和知识，但他似乎找不到那种会激起别人愤怒或厌恶的煽动性语言。他主要是在参加人数稀少的公共会议上抨击政策决策者，仿佛他能说服那些他认为造成问题的人，通过冗长的报告和科学讲座，解决这个问题。

怀着一种说不清的理由和逻辑，费伊认为自己就是这一切的见证者。他在50年间，目睹了圣莫尼卡湾从三四十年代世界上最富饶的渔场之一，变成了一片严重缺乏大型拉丁鱼群和凤尾鱼群的海域，这两种鱼群构成了条纹马林鱼、蓝色马林鱼、太平洋马林鱼、黄尾巴、蓝鳍鱼和梭鱼进一步发展的食物链。在1934年，当时他还是个5岁的孩子，他看到那些大孩子们从威尼斯码头一跃扎进清澈的海底，捡走游客扔到海水里用来祈求好运的分币。帕特里克·沃尔（Patrick Wall）也是费伊的听众之一，沃尔告诉我们，"他（费伊）说，'现在，如果你幸运的话，能看到海面下5英尺的地方。'但他似乎从不因此而悲伤。我认为他没有花时间让悲伤消耗他的精力，而是他把所有精力都花在了保护环境、令海湾变得更好上。"

费伊每天都要带着潜水装备在水下工作几个小时，收集海洋标本，在他打捞上来的海洋生物里，海胆占绝大多数。他把海胆卖给美国的研究人员，以供他们在诸如人类神经细胞损伤、肿瘤预防，或是非依赖性止痛药等方面的研究。他还将收集的海胆制作成教具，并给它们取了个名字叫做"生命的起源"，他将这种教具组装好卖给中学，每个售价50美元。当海胆被注射化学物后，能够排出配子。他的朋友唐·梅（Don May）说，"当你在显微镜下观察时，你会发现海胆排出一长串卵子和精子，你还会看到，精子朝着卵子进攻，接着，受精膜形成，细胞分裂，新的生命在你的眼前出现了。"学校和科研人员源源不断地向费伊订购标本和教具,因此,费伊每天会驾着自己那艘名叫"鱼雷"的铝船,无需地图,准确无误地找到浩瀚大海中他熟悉的海域,然后独自潜入海底,收集海洋动物。当他携带的氧气瓶里的氧气耗尽,他会浮出水面,游向小船,换上另一瓶氧气。他每天会用光五六瓶氧气,然后返回位于威尼斯码头的太平洋生物海洋实验室,准备标本的运输工作。很难想象在这个世界上,还能有人比费伊更加以大海为家,在海水中如此无拘无束、自由自在,他甚至能在黑暗的海水里入睡。

然而,不幸的是,费伊目睹到的海下环境恶化状况使他愤慨不已,这使他成了政策决策者的眼中钉。决策者们看到这个浅褐色头发、腆着啤酒肚的中年男人靠近麦克风,听到他无情斥责他们和他们的决策。无论费伊如何从自己所认为的学术的角度来阐述事实,决策者们还是感受到了攻击的意味。在决策者眼里,费伊只是个看上去脾气暴躁、毫不妥协的家伙。

的确,费伊是个脾气暴躁、毫不妥协的人。然而,他身边的人却十分崇拜他——费伊几乎没有朋友,却有无数仰慕者——在他的仰慕者眼里,脾气暴躁、毫不妥协只不过是费伊无伤大雅、可爱至极的性格瑕疵。他率性的愤怒有时相当迷人,甚至是性感的、充满魅力的。他的拥护者之一,沃尔这样说,"他年轻时一定是一位真正的'女性杀手',他温文尔雅,总是知道如何用言语和微笑打动对方。"在1982年,当费伊给电影《罐头工厂街》(*Cannery Row*)当海洋生物顾问时,有一次,他打电话给他最好的朋友唐·梅,叫他马上去威尼斯码头附近的野面粉披萨店订购招牌披萨,然后送到米高梅电影工作室。他似乎是邀请了女演员拉奎尔·韦尔奇(Raquel Welch)共进午餐,于是,三个人坐在电影布景码头的尽头边吃边聊，共进午餐。他们无所不聊，似乎还谈到了费伊捕获的三眼黄花鱼。

自然而然，那些决策者认为，一丁点儿的愤怒就会激起民愤，引发广泛的社会效应，因此，他们通常会驳回费伊的议案，无论他的议案是什么内容。一条死鱼？简直是天方夜谭。然而，费伊还是会经年累月地骚扰他们，他出庭作证，撰写文章，而且无论何时，只要当记者们想要驳斥官方有关圣莫尼卡湾污染程度过于乐观的报道时，都能从他那儿得到科学的论据和援引。

在 1982 年，他曾经对《洛杉矶时报》的记者理查德·奥赖利（Richard O'Reilly）说过，"我看到海底在腐烂，动物们濒临死亡，真是可怕的经历。"

在 1985 年 3 月 25 日那个周一的下午，也就是霍华德·本内特在海滩上听到老人的警告的前 3 天，费伊，这位 56 岁的科学家，他和污染的斗争还在继续。这天，他把黄花鱼标本带到了洛杉矶市中心的一个小礼堂。当时，洛杉矶地区水质监测委员会正在那里开会讨论 1972 年《清洁水法案》（Clean Water Act）中一个似乎相当神秘的部分：301（h）豁免条例。通过这个法案，申请者，即洛杉矶市政府可以避开某些联邦污水处理要求。

在 234 页的整个《清洁水法案》里，豁免条例占了足足 10 页篇幅。对于负责水处理清洁的工程师来说，这些条例内容宛如救命稻草，或许会让他们灵光乍现。而实际上，几乎没有人——包括环保主义者——知道这个豁免条例的存在。当然，在那一天，洛杉矶政府获得了豁免权，仅仅只有 5 位环保主义者投了反对票。

从某种程度上来说，301（h）豁免条例的出现很容易被理解。因为《清洁水法案》保护的是鱼类、贝类和野生动物，而非人类，它要求所有的市政当局通过两道工序来处理污水。首先，第一道水处理工序是通过把废水缓慢引入废水罐，去除废水中的固体杂质来实现的。废水在罐子里静置一两个小时，这样，无论是沉入罐底或是漂浮在水面上的杂质都会被去除。可以肯定的是，这些废水并不仅仅是我们冲进马桶的污水，还包括美国人饮食中常见的油脂、沙子以及所谓的漂浮物质，比如碎布和女性卫生用品。第二道工序通过细菌和原生动物吞噬来降低污水中的溶解生物含量来基本完成对污水的处理。对于极少数这方面做得很好的城市，它们会进行第三道工序，将剩余的水全面净化，以达到安全可饮用的标准，尽管没人愿意打开水龙头直接饮用这种净化水，因为据说我们能从水里闻出浴室洗涤剂的香味。（因此，这种水经常被用于灌溉高尔夫场地或是农田。）

在这场1985年举行的听证会上，众多沿海城市都坚信他们对污水处理采用第一道工序就已经足够，所以他们将剩余的废水排入了大海。并且，在他们看来，大海是如此广袤无垠，海水完全可以把废水稀释，而不会带来任何危害。据洛杉矶市政当局估算，海水与污水的稀释比例为84∶1。他们甚至对负责《清洁水法案》的环境保护局说过这样的话：如果不是为了保护海洋清洁，休想让我们花费数百万美元来进行第二道污水处理工序。

正是带着这样的想法，洛杉矶县卫生区——下辖众多海边污水排放企业，其中包括位于洛杉矶市南庞大的卡森污水处理厂（Carson Sewage Treatment Plant）——推动了清洁水法案豁免条例生效的进程。对这些工厂来说，幸运的是，清洁水法案在创立之初就设立了一个全国水质委员会，用来评估处理污水时任何不必要的苛刻要求和建议的更改。而更巧的是，时任卫生区技术部门主管的查尔斯·卡里（Charles Carry），之前当选为委员会成员，负责信息提供事宜。显然，他提出在当时一个广为接受的观点：海水稀释是解决污染的方法。他提供了大量令人信服的论据，表明在某些情况下，第二道污水处理工序完全可以被免除。卡里当时的下属，罗伯特·米尔（Robert Miele）回忆说，"因为我们将污水排入深海海域，污水在那里会被大量稀释，所以当时我们并不认为，对海湾而言，进行第二道污水处理工序是合适和必要的。"

国会采纳了水质委员会1976年的报告，并于1977年12月修订了《清洁水法案》，把301豁免条例囊括在内。然而，豁免条例并非一张免费通行证，为了理论上确保健康的环境，条例仍然要求市政当局在8个方面达标，其中就包括保护本地产鱼类、贝类和野生生物的数量，使它们的繁殖达到平衡。这里有一个重要的指征，也就是申请豁免条例人士口中所称的BIP（balanced indigenous population），即本地种群平衡，这个指征表明，经过第一道处理工序后，污水析出的大量有机物质通过消耗水中的氧气，会降低本区域物种的多样性，几乎什么都留不下来。也就是说，只有极少数适应这种环境的动物才能在淤泥污物中勉强残存，其他动物或是迁移到干净的水域，或是干脆死亡。这样会导致各种后果，包括原生物种数量失去平衡。

而这正是遭到费伊诟病的最重要一点。费伊声称，他所见到的物种多样性已经降低到一个如此低的水平，以至于在某些区域，只有少数有机物尚能存活。在1985年，他对《洛杉矶先驱观察家报》（*Los Angeles Herald Examiner*）的记者说，"在海伯利安污水处理厂通向大海的排污管里，我们能找到被非法倾倒在洛杉矶下水道里的重金属如铜、汞、镉、铅、砷，甚至还有氰化物。正因为如此，在这片海域，许多我认为非常重要的、未经保护的海洋生物种群消失了，许多甲壳类动物已经完全灭绝。被囊动物（附着在岩石上形似植物的动物）的生长完全受到了抑制，海绵种群的多样性处于极低的水平，而最能说明问题的则是海草和藻类种类的急剧减少。"

洛杉矶市海伯利安污水处理厂曾经拥有整套二次污水处理设备，那要追溯到1951年。当时，由于海水中出现与污水相关的细菌，海伯利安工厂迅速隔离了南岸和北岸的沙滩，而洛杉矶市重建这些设备时花费了4 100万美元的巨资。据洛杉矶市负责评估海伯利安工厂的顾问弗兰克·弗勒德（Frank Flood）回忆，从那时起，工厂的产能就已经达到总量的90%。弗勒德当时曾经建议，"洛杉矶市政当局最好现在就开始扩建计划，否则，根据预测，海伯利安工厂将会在未来严重超负荷运转。"事实证明，他是正确的。到1958年，原设计能力为每日处理1亿加仑污水的工厂就已经无法应付拥有320万人口、日益庞大的城市带来的污水，而只能在进行第一道污水处理工序后将废水排出。到1985年，这家始建于1894年，当时只是把原始污水排入海湾的一个集中处理点，由于日益老化，每天处理的4.2亿加仑污水中，仅仅只有25%能够得到第二道工序净化。

听上去，洛杉矶市政当局似乎还是满怀诚意地增加了整套二次污水处理装置，但不要忘了他们在1957年，同样修建了一根7英里长的管道用来倾泻污泥——那是第一道处理工序后残留的固体物。对于和费伊一样的环保主义者来说，洛杉矶市所表现出的诚意是毫无意义的。他说，假定市政当局是为了保护海洋生物，将污水净化处理，但接着他们却把一开始未经处理的污水中的污物再排入海湾，如此周而复始。

国会也意识到了同样的问题，因此，在1981年修改了301豁免条例，禁止将污泥排入海洋。在此之前，洛杉矶市就没有在法院规定的1980年4月期限之前把污泥进行焚化处理。这项高科技处理主要由联邦政府出资，通过焚化污泥产生电力来使工厂运行。而如今，对于1985年7月这个最后期限，洛杉矶市也深知自己将无法达标。事实上，洛杉矶市承诺停止污泥排放已经有相当长的一段时间了。早在1974年，它就曾经宣布过将在第二年把污泥集中进行焚化，只不过对于这个承诺，洛杉矶市政当局一直没有兑现，还是源源不断地把污泥排入大海之中。

在此期间，洛杉矶市于1979年9月递交了301豁免条例的申请，两年之后，豁免条例成为法律。1981年，由科研人员和工作人员组成的环保局专案组暂时批准了此项豁免。从此之后，洛杉矶市一边继续之前的污水处理方式，一边等待豁免条例正式得到批准。与此同时，之前强制要求各个城市采用第二道污水处理工序的联邦诉讼被搁置。而鉴于多种因素，有关豁免条例的公开听证会被安排到3年之后，也就是1985年3月25日。

这就是整个故事的可疑之处。为了运行海伯利安污水处理厂，洛杉矶市需要申请全国污染物排放排除系统（National Pollutant Discharge Elimination System，NPDES）许可，而加州负责颁发NPDES许可的洛杉矶地区水质监控委员会，如果认为只通过第一道处理程序的污水会对圣莫尼卡湾造成环境破坏，有必要的话，会建议环保局撤销这项许可中的301豁免条例部分。此外，洛杉矶市还不得不遵守一项名为海洋计划的州立法律，这项法律于1972年实施，法律有一整套自己设定的环保措施，并不强求所有工厂必须进行第二道污水处理程序。

正如环保局的官员帕特里夏·埃克隆（Patricia Eklund）在3月

25 日的听证会上提示过的,如果水质监控委员会提出如此建议,环保局会否决 301 豁免条例。而委员会前执行官罗伯特·吉雷利(Robert Ghirelli)则说过,如果环保局姑且批准了豁免条例,他们将不会把其否决。其实,对于水质研究这方面,水质监控委员会自己所做的工作甚少,他们主要依靠环保局在 1982~1985 年之间进行的研究作为支撑。对费伊来说,这意味着,方案其实已经确定,当天的听证会只不过是走个过场而已。

从某种程度上来说,这场听证会只不过是一种形式,但它却也合乎法律上的程序要求。早在 1 个月前,《洛杉矶时报》分类新闻中就刊登了它的事先通告,并且提及修改的 NPDES 许可涵盖了豁免条例(听证会上,埃克隆在阐述证据之前向大家介绍了这份通告的副本作为证词 A 的内容)。但是,除非读者非常清楚 NPDES 的含义(假设他们之前看过通告),否则他们会被这些有关污水处理的专业术语搞得满头雾水。如果有人不嫌麻烦想费心搞懂通告的内容,他们将不得不亲自去水质监控委员会位于洛杉矶市中心的办公室查阅听证会的计划议程。因此,在这场周一下午的会议上,只有很少的市民出席听证也就毫不奇怪了。外人看来,听证会看上去似乎只是环保局和水质监控委员会为了豁免条例程序要求、勉为其难需要走完的过场而已。

因此,首先发言的 5 位政府代表对于委员会对豁免条例的支持毫不怀疑,他们将关注点放在 NPDES 许可的 5 年期限中,要求的水质监控程序应该如何运作。事实上甚至没有人要求委员会批准同意这项豁免条例。

洛杉矶卫生局局长助理哈里·赛兹莫尔(Harry Sizemore)对于这个水质监控程序,想得更加深远。他想知道的是,洛杉矶市是否会在进行一段时间水质监控之后放松监测，以便省下一部分资金。据他估算，整个监控所需的花费为 350 万美元。"洛杉矶市最关注的是海洋监测的规模和范围，"哈里·赛兹莫尔说道，"我们希望在进行一段时间的监控之后，大家能够对我们的工作进行审查，并有可能削减掉一些无效开支。"

在几位赞成豁免条例的代表发言之后，接下来轮到费伊的朋友唐·梅，他是一位身型高大、热情洋溢、长着一头蓬松卷发的家伙，作为"地球之友"（Friends of the Earth）的代表，他进入了委员会。"地球之友"是一家唐·梅协助建立的环保组织，他在这个组织上倾注了多年心血。唐·梅发言时，费伊和另一名朋友在聆听。51 岁的唐·梅回顾了他的面包黄油理论——在 20 世纪初，圣莫尼卡湾是一座世界级的渔场，但随着污染不断加剧，它失去了往日的辉煌。他抱怨说，"唯一改变的东西是许可证的号码，污染对海洋造成的影响越来越糟糕。"

对于唐·梅积极主张的在洛杉矶建造第二道污水处理系统的花费问题，委员会成员贝蒂·韦特曼（Betty Werthman）表现得毫无兴趣，她说，"我们现在并没有钱，我们需要寻求的是短期解决方法，而豁免条例恰好能够短期解决这个问题。"在环保局不再为第二道污水处理系统提供补助之后，她担心那些支付了更高污水处理费用的公众会对此感到权力受到了滥用，毕竟，他们支付的费用是用来解决他们"并未自身参与"的污染问题。

对于金钱这个议题，费伊阐述了自己的观点。这位中等身高、胸膛宽阔、双手粗壮厚实的男人由于激动脸部涨得微微发红，但仍然不失英俊。他漫不经心地斜睨着委员会成员，这份微微的不恭一部分来自他的经历。费伊在1972年为首任加州海岸委员会（"海洋计划"的产物）工作，也曾经是一名政策制定者，但他对那些看上去似乎促进发展的项目都加以反对，委员会其他成员对此忍无可忍，后来，他被辞退了。

费伊喜欢自称为渔夫，站在麦克风前面，他平静地述说着他和这片海湾50年的关系。这种关系，既像父子相生相随，又似伴侣互相依存。他说："在整个美国，也许我是在圣莫尼卡湾的水下和海面上待的时间最长的人。"这就意味着，由于他长期观测海洋，持续的时间跨度如此之久，以至于委员会成员不得不对他的发言予以重视。

当他快速切入正题——他所说的海湾彻底"消亡"时，他不再彬彬有礼了，而是生气地说道："解决污染别无他法，清洁海洋，意味的是增加污水处理工序步骤，绝非减少！"说这句话时，他的左侧嘴角无意识地向上抽动，看上去似乎带着一丝嘲笑。一旦吸引了大家的注意，费伊开始继续他的抗辩，他所说的每一个单词都掷地有声，缓慢而带着重重的强调。他继续说："很明显，第一道污水处理工序并没有发挥作用！……没有任何迹象表明仅仅采用第一道处理工序是足够和恰当的，事实表明，情况正好相反。"

就当费伊的发言与委员会的主旨渐行渐远时，他忽而转以一种演讲的口吻讲述了为何第二道污水处理工序是有用的，接着，他谈到了自己最擅长的主题：海洋物种多样性的消失。最后他说："自我监控有其与生俱来的问题。"这意味着污水排放者会采用对他们有利的数据蒙混过关。"而第二道污水处理工序本身就是一种自我监控，它是通过生物性的过程达到污水净化。"

20分钟之后，费伊的发言戛然而止，他似乎对这一切充满了厌恶，只是想离开。他带着抱怨的口气对委员会说，他将会在周末前寄一份手写声明，然后，费伊出其不意地离开了讲台。

费伊的举动令人感到不解和不安。听上去他声音疲惫，似乎在尽力维持他的愤怒。他所说的内容并无新意，他带着愠怒提出一个又一个短评或抱怨，由于沮丧，这些言语甚至有时显得过于直白和直言不讳。此刻，他觉察到了自己言语的无力，只是想回到自己的实验室，干光那儿的 6 瓶啤酒。因为他猜到了，豁免条例将会被授权，海湾的污染仍将继续。

第 3 章

联　盟

作为一个出色的故事讲述者，霍华德·本内特总是会吸引舞台的聚光灯，对于这一点他从不担心。如果你在海边那位老人发出警告之前问他，是否对圣莫尼卡湾的污染情况一无所知，他会和你讲述一个看上去似乎毫无关联的经历。那是在一场暴雨过后，他和一位救生员朋友，从普拉亚德雷海滩出发朝北，游向附近巴略纳溪汇入大海的地方。当时水位猛涨，湍急的水流冲向大海，卷起巨大的水流，像一台永不停歇的跑步机。本内特和他的朋友用尽洪荒之力，不停地划水，保持身体平衡，以免被这股巨大的力量冲走。在他们看来，这种对抗充满了一种征服者的乐趣。但不幸的是，那时他们并没有意识到，城市的所有排涝，裹挟着机油、粪便、化学物质——这些最糟糕的物质，顺着混凝土修筑的排污渠，伴随着暴雨流入了河流和大海。这些排出的水流污染程度十分严重，以至于变成了黏糊糊的褐色。而当时的他们却毫无察觉，光顾着享受搏击海浪的乐趣。

鉴于本内特对这种情况的毫不知悉（即使这在全城已经被传遍了），所以，当本内特听到老人称海湾的海水有毒时，他在干净的海水中游泳这个可能性几乎完全消失了。而老人的警告参考的是《洛杉矶时报》，这表明他并非一派胡言乱语，而是有事实依据的。即便如此，那天早上，本内特还是没有担心到拿起报纸、好好看一看报道的程度。

然而，本内特还是坚持自己固有的时间安排。他严格遵守时间，每日从晨泳到进教室都计算得分毫不差，这个习惯从40年前他在新罕布什尔州就读寄宿学校时就已经开始了：6点钟起床，15分钟后开始晨泳，游泳时间不超过20分钟。

本内特穿过海滩，一路小跑返回家里。由于寒冷，他剧烈地颤抖着，身体几乎没法儿伸直。他迅速地洗了两遍热水澡。他在一楼房间外面邦特安装的喷头下面，冲了第一个淋浴，然后，在用光了热水器里的热水之后，他上楼到浴室里又冲了一遍热水，同样，这次也把浴室的热水全部用完了。本内特身上的寒意并没有消退，他穿上西装，打好领带，和往常一样，吃完邦特为他准备好的一碗谷物早餐，不晚于7点30分离开家门，花20分钟开车抵达卡尔弗城高中（Culver City High School），停好车，签完到，正好赶在8点前进入教室。在本内特的英国文学课上，他的学生们一定不会知道，此时老师的身体还由于寒冷微微地抽搐，这种情况一直到第二堂课之前，随着体温的上升才得到好转。

为了使别人相信他说的全都是事实，本内特充满自嘲地说，他之所以选择教英文，是因为他觉得教这门课最容易（他的数学水平糟糕得几乎连自己的年龄都数不清）。然而，令他沮丧的是，他发现英语老师需要批改成堆的家庭作业。在意识到这一点之后，本内特已经当了

17年英文教师，他教授的内容包括莎士比亚文学、科幻和奇幻小说、十年级文学课、神话和传奇文学。

这些课程令他整个白天都全神贯注，忙于工作，因此他没时间再想起那位老人，也没有询问他的同事们是否看了当天的《洛杉矶时报》。这条新闻在教室休息室或是学生群体中也没有引起丝毫反响，尽管不少学生本身就是冲浪爱好者，他们甚至比本内特待在海里的时间还长。同样，也没有任何人提及报道的主要观点：有毒化学物质——滴滴涕、多氯联苯和氰化物被倾倒进大海，多达数年之久。在距离本内特房子40英里开外的圣卡塔利娜（Santa Catalina）岛附近的一个倾倒点，大约770吨滴滴涕曾经被"合法地"排入大海。而根据当时的普遍看法，人们认为，广阔浩瀚的大海有足够的空间来稀释那么一丁点毒药。

这并不是一条爆炸新闻了。早在一年前，新闻记者、环保主义者，以及一两个政客在事件刚刚出现时曾经对这些细节手足无措，并且绞尽脑汁。而在一两周后，当公众变得震惊和愤怒时，这些人却对此失去了兴趣和关注。滴滴涕被排入几百英尺的水下，民众无从知晓。对广大民众来说，送孩子上学或是支付账单这些事总是比环保问题来得更为重要。（同样的新闻早在1970年就被报道出来了，和上次一样，这次人们预计的滴滴涕事件可能引起的恐慌在事件发生之后立刻烟消云散。无疑，恐慌和焦虑没有出现。）

同样，如果有人向你大喊"海水有毒"，你至少会产生一丝好奇，因此，当本内特当天下午返回家时，他打电话咨询了一位自己唯一认识的、具有科学研究背景的人——里蒙·费伊，想知道接下来会发生什么。正如我们所知，费伊是一位全职海洋生物学家，同时，他也是个兼职救生员。

本内特曾经见过费伊。那一次，一位名叫巴德·威廉斯（Bud Williams）的救生员邀请本内特一起骑车去圣莫尼卡，他们打算从救生员卡车中途下车，游回普拉亚德雷。鉴于这段距离足有3英里，这个举动几乎就和在暴风雨下的湍流里游泳一样疯狂。在圣莫尼卡的码头附近，他们遇见了费伊，费伊当时发现了这两个家伙工作时过度兴奋的热情，主动提出开车送他们去玛丽娜德雷湾（Marina del Rey），这样，他们可以在小艇停靠区顺着小船的水道游向大海，节省一半的距离。在去玛丽娜德雷湾的路上攀谈时，本内特得知费伊的主要时间都花在研究海洋生物上，但那次，他们一点儿也没聊到海洋污染问题。

如果没有以后其他的事情发生，本内特印象里的费伊，完全就是一个四处收集海洋生物资料的科学家形象，因此在3月28日的那个下午，他随手拨通了费伊位于威尼斯实验室的电话，漫不经心地询问费伊有关那篇报道的内容。费伊强压着上周一听证会的怒火，避开了滴滴涕和多氯联苯的排放问题，痛心地告诉本内特，他认为，洛杉矶市马上将会获得301豁免条例。费伊愤怒地向本内特解释《清洁水法案》的内容，以及法案如何要求城市实施全面的第二道污水处理，除非获得豁免。他还确切地推断出，地区水质监控委员会——这是个本内特闻所未闻的州立机构——已经作出决定，环保局先前对豁免条例的批准理由令人足够信服，他们将会赞成环保局的决定。为什么会是这样的结局？据本内特所言，那是因为几乎没有市民参加听证会的缘故。对于水质监控委员会来说，几个狂热的环保主义者不足以说服他们，让他们认为把只经过部分净化处理的污水排入海湾是一项错误的举动。

正因为如此，人们丧失了否决豁免条例的机会。

费伊的言语无不暗示，这一切里面含有某些阴谋，尽管实际上，他知道阴谋可能并不存在。毕竟，水质委员会很少看到像费伊那样狂热的听证会参与者，他们只是单纯地认为，现在人们普遍缺少对公众事务的参与感，这反映了公众对身边深奥的话题缺乏广泛兴趣。当然，委员会并不打算向公众隐瞒301豁免条例的存在。相反，他们并不以为有人会对此在意。

但是，经过费伊对事件来龙去脉的解释，本内特却不像大多数公众那样看待这件事。洛杉矶市需要这个豁免条例，这样，它可以省下一大笔建造全面二次污水处理工厂所需的费用。在本内特的眼里，委员会为了避免公众提出反对意见，有故意把听证会告知通知隐藏在报纸的角落，以免被人发现的嫌疑。本内特带着新人的天真和逻辑对费伊说："我们必须迫使环保局和水质监控委员会再召开一场听证会！"

费伊声色俱厉地回答："对这件事，你无能为力！"

"他们必须召开另外一场听证会！"本内特重复着他的话，十分笃定他是正确的，他接着说，"我们将会改变这件事，我们将会让他们这样做的。"

本内特和别人讲了一百遍这个故事，但每次都还是带着同样的愤慨。他说，当时那种发自内心的反应似乎还在他的内心深处激荡。即使这看上去只是他的个人问题，他在被污染的海水里游了那么多年，这令他充满了厌恶。他说，他当时的愤怒与自己无关，这个愤怒关乎正义，关乎民众，而并非有关某个中学教师，尽管政府官员无视污染问题，任由他在充满污水的大海里游泳。他乐观地认为，如果公众了解301豁免条例，他们会迫使环保局、州政府、县政府和洛杉矶市采取措施,清洁海湾。

在洛杉矶这个美国第二大城市,把这个时刻推动成环保运动的关键点并不是很难的事。费伊无意识的一句话,"你无能为力"激起了本内特的斗志。事实的明显不公正不仅影响了本内特的生活,还对成千上万其他居民造成困扰。费伊和其他人之前采用的策略过于平常,看上去似乎不及本内特大张旗鼓甚至带有一些鲁莽的示威宣传效果明显,后者希望通过这种宣传,得到公众应有的关注。

本内特把自己描述成一只斗牛犬(其他人把隐喻换了种说法,戏谑地称他为宣传猎犬),他相信报刊媒介不停地报道是解决事件、改变世界的最好方法。本内特被告知,他无法阻止301豁免条例生效,这更激发了他离开自己温暖安全的舒适区,开始和少数政客作斗争的斗志。

10年前本内特曾经进行过一次小规模的抗诉。那次,南海岸区域海岸委员会提出一项议案,要求把他家附近的私人沿海领地通过征用土地转为公用。本内特天生能言善辩,言辞犀利,他对于议题的阐述极富鼓动性,令民众对这项议案充满愤慨。在这次案件中,一位委员会成员漠然地指着地图,建议委员会把一块12英亩的棕色区域包含在他们的计划之中,而数十个家庭的房子处于这块地区。之后,本内特和他的邻居露丝·兰斯福德(Ruth Lansford)把这次斗争称为"棕点战役"。他们俩领导一群抗议者用象征着受影响居民的棕色剪纸进行抗议,一块儿出现的,还有写着"没有代表权的充公没收"的标语牌。委员会对此大为惊愕,马上收回了提议。

本内特把这称作"战役",在他长长的活动履历中,这样的战役还有很多,包括数次抗议活动、清洁海滩、慈善事业资金筹集。他总是能够迅速而圆满地完成每次活动，所以他相信自己完全有能力赢得广泛宣传关注，推广人道主义精神。所有发生的一切令他认为这是一件不公正的事情，而愤怒令他无法对此置之不理。

尽管如此，费伊却无法相信居然有人会如此愚蠢。这个叫本内特的傻瓜，他并不了解费伊经历了一场又一场的听证会，和水质委员会那帮委员唇枪舌剑数年之后仍然没有取得任何进展的艰辛；他没有坐立不安地等待一个又一个小时，就为了恳求获得一丁点儿时间，用来为了海湾的环境健康进行抗辩；他没有写过任何社论、文章，或是接受一批又一批记者长篇累牍的采访，而这些记者只不过是想从中获得一两句引用或原声话语来苍白无力地驳斥某些官员公开宣称的诸如"通过海水稀释是解决污染的方法"这种毫不负责的论断。同样，本内特也从来没有终日和行将灭绝的海洋生物待在一起，研究它们，收集它们，像对孩子似的照顾它们。他对海洋的唯一认知只不过来自他漂浮在海滩开外几英尺的水面上游泳所见到的一切，他从来没有见过水下生物恐怖的肿瘤和鳍状变异。是的，这个费伊几乎不认识的、名叫本内特的家伙显然对这一切无法理解。因此，就像之前对其他人一样，费伊带着一丝轻蔑，生气地朝本内特吼了一声，"你这个疯子！"随后挂断了电话。

本内特对接下来要做的步骤并不十分清楚，但有一点是明确的，他并没有冲动到直接针对豁免条例提出控诉。和我们之中大多数人一样，他首先也是对家人不断抱怨，也许，这样令他感到最舒服。他站在客厅，注视着圣莫尼卡湾，冰冷黑暗的海水不停后退，夜空中，一轮新月即将落下。他整晚都对着唯一的听众，他的妻子邦特愤愤地抱怨着这件事是否公正。他说："的确，这关乎公正。"在他看来，政府官员的官僚主义导致了这件事的进展困难。这涉及正确与否。他对邦特继续大声嚷着："你没有召开公开听证会，没有告知每个人，你没有污染海水！"他除了对政府的明显欺骗气愤不已，还关注着这件事对自身造成的伤害。他和家人在这肮脏的海水里游泳了那么多年，从来没有人告诉他海水里居然会有屎！"不好意思，我法语讲得不好。"他加了一句。

邦特长期容忍着丈夫喋喋不休的怒火，甚至是偶尔的谩骂，终于明白了他发火的原因。然而，她并不认为，对此进行呼吁、反抗会带来什么好处——事实上，她通常都在本内特之前全面地看清事情的形势。当然，霍华德·本内特所说的话也令她愤怒不已。她相信政府会以对公众和环境有利的方式来履行自己的职责，处理此类事件，她同样也认为洛杉矶市在污水处理方面十分重视，采取的都是正确的措施。之前，邦特每次冲马桶时都不会想到产生的污水会被直接排入大海，但现在她必须考虑这个问题了。就像供电是保障她的房子正常运转的要素一样，让千家万户水管里流出清洁的水也是城市当局不可或缺的、更为重要的职责。她和霍华德一样热爱大海，虽然她不像丈夫那样经常去海里游泳——那是因为她不喜欢冰冷的海水——但在她看来，海水一定是干净的，因为保障海洋清洁是政府责无旁贷的责任。

霍华德还在咒骂着那些任由污染继续的人们，而邦特对政府的信任却被击碎了。她认为，对这件事，不能止于指责，还应有其他行动。毕竟，邦特出生在1925年的丹麦，当纳粹德国在1940年侵略这个国家时，这个15岁的小女孩响应号召，参加了地下军队。她处事冷静，从不抱怨，表现出了和她年龄毫不相符的胆量和气魄。曾经有一次，她推着装满弹药的婴儿车，大摇大摆地在德国士兵面前经过，把它们运送到目的地。如果她也像对付德国纳粹那样对待这件事，那么，挑战洛杉矶市政当局并不是一件困难的事，那样的话，没人会受到污染的荼毒。

尽管如此，邦特却天性有点害羞，她不像霍华德那样在听众面前游刃有余，讲故事时有种引人入胜的魔力，把公众的注意力吸引到自己和演讲的内容上来——是的，通常按照这个顺序，先是自己，再是内容。因此，当本内特讲完了他所知道的一切之后，邦特告诉他，如果他的确十分痛恨海洋污染和豁免条例的话，他必须自己做些什么。言下之意非常明显：我和你同样愤怒，我希望你去和它做斗争！因此，某种程度上来说，接下来的战斗完美有效地结合了本内特的愤怒和邦特的想法，这种结合，就像30年前他们走进婚姻殿堂一样。

霍华德和邦特相识于1954年初，当时邦特是一位物理治疗师，在丹麦皇家脊髓灰质炎基金会的资助下，她在纽约贝尔维医院（Bellevue Hospital）的辣斯克康复中心（Rusk Rehabilitation Center）研究用于维持脊髓灰质炎患者生命的呼吸机盒子——也就是人们熟知的铁肺。本内特在那时是一名出租车司机，有次他载了邦特和一位她私下照顾的有钱的四肢瘫痪病人。凡事都喜欢做深度自我分析的本内特后来开玩笑地说，爱情来自他俩第一次握手，邦特几乎要把他的手捏断了。这个正为职业生涯迷茫的24岁出租车司机就这样遇见了他未来的妻子，一位双手像铁匠一样强壮的28岁姑娘。

而邦特当时的反应没有那么强烈。在她看来，本内特只是一个长相英俊、举止得体的男孩。这个男孩在纽约市向她表露爱意，而在同年晚些时候，当邦特在旧金山卡伯特凯泽研究所（Cabot Kaiser Institute）获得一份工作后，本内特义无反顾地追随着她。本内特借着替一位汽车经销商朋友交付新车的机会，开车带着邦特由东向西穿越整个美国来到旧金山。同年 11 月，他们开着一辆价值 65 美元的二手德索托（Desoto）老爷车在离旧金山不远的圣罗莎市（Santa Rosa）完成了结婚注册。

邦特教会了霍华德同情。她会邀请一些脊髓灰质炎患者来家里吃晚餐，请她的新婚丈夫把这些坐着轮椅的客人推上位于三楼的他们的公寓。为了鼓励十来岁的患者，夫妻俩带他去牛仔竞技表演场，让他为他们表演——因为这个孩子是在牧场长大的。

他们在朋友面前当众接吻，霍华德不放过任何一个向妻子公开表达爱意的机会，这些年来，他们的关系越来越亲密。1961 年，在搬到普拉亚德雷不久，他们领养了出生只有 6 天的利夫（Leif），第二年他们又领养了只有 1 个月大的丹尼亚（Danya）。全家人无忧无虑地在离后院不远的海里游泳，一起在美国西南部旅行，随后一起游历世界。在当了数年家电推销员之后，1967 年，霍华德转行成了一名教师。[这几乎是一种家庭的传承，霍华德的父亲曾是一位旅行推销员，而母亲则是纽约地狱厨房（Hell's Kitchen）的教师。]

对于霍华德来说，他的生活比大多数人更为幸福，而这一切离不开他的妻子邦特。他深深着迷于这个瘦小但强壮、充满魅力的金发女人。邦特现在给贝弗利山的一位医生做物理治疗师，当她注视着本内特，她那双灰色的眼睛令他动心，令他情绪平静，而她冷静的丹麦式逻辑使本内特思路清晰。每当伶牙俐齿的本内特谈到妻子，总会思维短路，而不得不用陈词滥调来形容他自己。本内特对别人说，"我不知道如果没有邦特我是否能生活下去，"而他是那么痛心，他心爱的妻子正生活在被污染的海滩边那个正正方方的灰色房子里，而原本，她可以选择其他别处的任何地方。

邦特是一位真正对公正有所了解的人，因此，当邦特强烈建议霍华德推进豁免条例的第二次听证会时，为了令妻子高兴，霍华德真如他的绰号"斗牛犬"一样，不加思考地冲锋陷阵，在每个障碍前不停咆哮。但是要取得进展，单凭一位口才出众的中学教师还是远远不够的。于是本内特联系了邻居露丝·兰斯福德（Ruth Lansford），一位身材苗条、善于交际的女士，她和本内特一家一样，曾经在海滩上居住多年，她还是环保组织"巴略纳湿地之友"（Friends of Ballona Wetlands）的联合创始人。加利福尼亚海岸沿线曾经有大量湿地，而目前剩余的数量极其稀少，而露丝·兰斯福德的环保组织旨在保护附近这些弥足珍贵的少量湿地。一家名为普雷亚维斯塔（Playa Vista）的公司希望在湿地上建造楼房，把这里开发成一个具有小城镇规模的住宅项目。对此，"巴略纳湿地之友"一次又一次提出抗议，阻止这个项目继续进行。

由于她的这一背景，露丝·兰斯福德有很多南加州地区环保运动著名人物的联系方式。本内特意识到，如果要开展斗争，这些人脉资源非常重要。他需要很多环保人士和环保组织来帮助他。

这有关观念的问题：如果只有极少数人反对301豁免条例，那么，在市政厅表决时，这种反对的声音就像嗡嗡作响的小飞虫，丝毫不会引起注意；而如果十来个甚至更多的团体提出反对，那么洛杉矶市、环保局、地区水质监控委员会，将不得不立刻予以重视。因此，本内特近乎狂热地坚信，如此一来，他的目标——撤销豁免条例——肯定将会迅速得到实现。

他联系上的第一个人是珍妮特·布里杰斯（Janet Bridgers）。布里杰斯和她的丈夫帕特里克·沃尔（Patrick Wall）掌管着一家致力于环境题材故事传播的新兴集团：生态故事片传媒集团。事实上，他们在当年的较早时候就出版了一系列文章，其中有一篇是由里蒙·费伊撰写，详细叙述了海湾的污染情况。布里杰斯建议本内特组建一个联盟，并且明确，通过这个联盟，成千上万的民众将被集结起来，组织起来，鼓动起来。而且更为重要的一点是，这些人都是对所见的环境问题不满并希望有所改变的人。

接下来的几天，本内特花了几个小时，给兰斯福德提供给他的通讯录上的所有组织都打了电话，邀请他们加入自己的这项事业。在这些通话中，有人告诉本内特，来自环保局的一位科学家将圣莫尼卡湾的污染程度评级为世界最糟。本内特不记得是谁告诉他的，也不打算去证实这个说法。而且，转述者是否准确无误，一字不差地把那位科学家的话转给本内特，我们也无从得知。在本内特的控诉里，目前的证词来自环保局海洋和环境学家布赖恩·梅尔齐亚（Brian Melzian）博士对《洛杉矶时报》谈及的对圣莫尼卡湾的描述。梅尔齐亚说："世界上没有任何地方遭受的滴滴涕和多氯联苯污染会比南加州地区更严重。"

本内特把这句话变成了他的战斗里最为证据确凿的控诉。几天之后，在寄给他的电话联系名册上的组织和个人的信中，他写道，"圣莫尼卡湾被称作世界上污染最严重的海湾。"偶尔，他会把这句话放在引号里，好像是在暗示这是来自某个不知名来源的直接声明，或者他会把这句话不同程度地归因于环保局或环保局的科学家。

本内特经常在他评述海伯利安污水处理厂处理的污水时谈到这句话，但当时，没有迹象表明有人会质疑这项援引的出处。实际上，梅尔齐亚博士指的是数年前被用船只倾倒在海湾的化学物质——那是在加州颁布了许可令之后，附近蒙特罗斯（Montrose）化工厂排出数亿吨计的滴滴涕，这些滴滴涕进入污水系统，在经过洛杉矶县无济于事的废水处理工序之后被排进了大海。

现在，本内特有令人信服的证据，不仅仅是因为政府对公开听证会保密所涉及的信任问题，这句援引把污染置于世界范围，它不仅使水质看起来如此可怕，以至于击败了人们所认为的第三世界国家更糟糕的环境，而且还增加了一种羞耻感，位列世界第一的脏水并不是这个城市值得骄傲的事情。

随着越来越多的团体加入对本内特联盟的声援，他意识到联盟需要一个响亮的名字，而取名字这种具有想象力的事儿并不是本内特的强项。他最后随便想出一个表述他的目标的名字"阻止向海洋倾倒未加处理废水联盟"。这一大堆单词组成的名字不是很好记，而且其中还夹杂着轻微的小错误。事实上，倾倒进大海的，并不是完全没有被处理的废水，它们经过了无济于事的第一道污水处理程序。

然而，即使这个名字起得有点儿笨拙，它却直接表达了本内特想要达成的目标，甚至大大扩展了任务的范围，我们不仅对圣莫尼卡湾的污水宣战，而且面向全世界的海洋污水作斗争。换言之，本内特很快推断出，圣莫尼卡湾并不是排放污水的唯一目的地。比如，纽约和新泽西市立污水处理厂用驳船把数以百万吨的废水污泥运到离岸122英里的海域，直接倾倒在大陆架之上。更为糟糕的是，未经处理的污水被排入地中海，吸收污水中营养有机物质的藻类大量繁殖，产生了有害的赤潮，赤潮在全世界的海湾定期发作，攫取海水里的氧气，令鱼类窒息而亡。西雅图的艾略特湾受到铜、铅、砷、锌、镉和多氯联苯的污染，旧金山湾的海水里也含有大量同样的重金属。

　　污水和重金属对当地的渔场影响巨大。正如费伊在地区水质委员会面前强调指出的，圣莫尼卡湾的渔业生产遭受了毁灭性的打击，以至于渔民捕到的鱼的种类所剩无几，只剩下诸如黄花鱼之类食物链底层的鱼类。这些鱼也只能提供给当地亚洲鱼市场或进入钓鱼爱好者的餐桌。（然而不幸的是，这种鱼含有滴滴涕和多氯联苯，足以对人们健康造成危害。）在东海岸，赤潮和黄潮大大摧毁了贝类养殖业，令扇贝从业者不得不考虑转行。

　　本内特尝试向公众暗示，污染问题影响的绝不仅仅只是圣莫尼卡湾，他开始喜欢把我们生活的星球称作"地球救生艇"。尽管这种称呼不再新鲜，你可能从环保主义者那儿多次听过，但是，本内特用真挚的情感缓缓向人们描绘，我们搭乘的这艘唯一的救生艇已满目疮痍，行将毁灭。他还指出，在这艘救生艇沉没之前，人类必须做些什么。

　　之后，随着本内特了解了更多有关污染的情况，在部分借鉴了《清洁水法案》内容后，他归纳撰写了一份战略书，目标旨在"拥有一个符合《清洁水法案》要求，能够自由游泳、海钓的大海——'以恢复和保证国家水质在化学、物理和生物方面的完整性'"。他还附加了一份他想要完成的具体目标清单：

　　　　撤销301豁免条例，实现全面二次污水处理程序；
　　　　要求国会对听证会实行监督；
　　　　要求国会宣布圣莫尼卡湾为有毒废物堆场污染清除基金使用试点地区；

由于超过排污承载能力，在洛杉矶暂停建设项目；

修改加利福尼亚州海洋计划；

执行污水预先处理程序；

执行非工业水源监控程序；

修改《清洁水法案》以便撤销301豁免条例；

计划清洁防洪暴雨排水管道；

为了支持地区发展，开发商需支付全部基础设施费用。

本内特想法深远，在他的计划中，这个联盟的职责远远超过了废除污染条例，他希望这个行动将会形成一场影响洛杉矶市、洛杉矶县、加利福尼亚州、联邦政府负责海洋部门的运动，使这些部门共同协作清洁保护海洋。他的斗争和当年邦特用小推车在纳粹士兵眼皮下运送军火并不一样，但他仿效妻子当年的壮举，努力做到最好。

几天之内，就有十几个组织加入了本内特的联盟。现在，是时候惊动媒体了。

第 4 章

南加州水质研究项目

让我们向宣传部门打个招呼。当时，为了更为直接有效地谴责污染，说服别人，某些环保主义者一开始就混淆了未经处理的废水和部分处理的废水这两个概念。这样，当他们告诉别人，洛杉矶市和洛杉矶县用废水污染圣莫尼卡湾时，更能引起听众内心的反感。他们知道，每个人的脑海里都会自动浮现这样的画面：当孩子们在海边冲浪玩耍时，粪便被冲上海岸。这实在不是一副令人愉快的画面。事实上，对于这幅景象，本内特有自己精妙的描述，他向记者说："当我游泳时，我总是能尝到水里的东西。我本以为那是我吃进去的东西，但我后来发现，那是别人吃进去（又排出来）的东西。"

事实上，正如本内特喜欢在采访中说的，海伯利安污水处理厂对污水的处理已经采取了足够措施，它们"将大量的污水分离"，这就是第一道污水处理程序。未经处理的污水经过筛选进入大型水箱，在那里，悬浮的固体或是漂浮在水箱表面，或是沉在水底。然后，这些夹杂着有机物、细菌、悬浮有毒物质及其他物质的混合物,顺着一根海下 197 英尺深、5 英里长、直径为 13 英尺的排污管,被排向大海。管道在接近末端处,延伸出 Y 型分叉,每边长度为 48 英尺,污水在这里被分别排入了所谓的初始稀释区。这儿,如果要稀释一份经过第一道处理的污水,需要 84 份海水。(污水处理程序过滤后的污泥通过另一根 7 英里长的管道排出,堆积在城市防洪排水渠末端位于圣莫尼卡湾水下的排污口周围。)

当然,其中的细节也并非与本内特在宣传里所说的那么完全一致和令人信服。本内特和其他环保主义者称,洛杉矶市每天向海湾排入 4.2 亿加仑污水(而事实上海伯利安污水处理厂每日处理的污水为 4.2 亿加仑,其中有 25% 的污水得到了《清洁水法案》要求的经过二次污水处理的生化程序)。"阻止向海洋倾倒未加处理废水联盟"——这是本内特集结了众多抗议者的组成的联盟的名字——他们使用"未加处理废水"的字眼故意激起民众的强烈反感。其实,替本内特说句公道话,在他的儿子利夫向他纠错说,这些污水尽管不干净但还是经过部分处理之后,本内特把联盟名字上"未加处理"几个字去掉了。

然而,这个问题的宣传版本也只能走到这一步。对本内特来说,他需要一个能够演绎的故事版本,在这个故事中,英雄和反派的角色是必不可缺的。这个故事必须能吸引新闻界的注意,故事情节里,善与恶的交锋能令新闻界马上产生反响和回应。然而,在他就污染问题进行抗争的日子里,作为反派人物出现的是洛杉矶市、市议会、环保局、水质监控委员会这些很难正面交锋的公共机构,况且,它们的运作风格相当成熟甚至圆滑,让人完全无法将它们定义成坏人。

本内特在和那些有可能加入他的联盟的组织和个人数不清的通话

中，尽可能地抨击那些政府机构。尽管在他的故事里，真正的反派人物没有出现，不过他认为 3 月 25 日的会议是故意不对公众开放的，这样 301 豁免条例就可以畅通无阻地通过。至少，人们都喜欢阴谋论。

本内特那时还没有意识到，反派人物已经出现了，他曾经是一个投机者，善于各种宣传推销。他身材高大，长相英俊，用看似专业的华丽辞藻说服政策制定者，让他们认为目前的海湾状况良好。事实上，他甚至还向他们保证，目前海伯利安工厂排进海湾的污水不仅无害，而且还有利于海洋生物生长。他竟然告诉人们，整个城市居民消化过程产生的排泄物能给鱼类和其他海洋生物提供很好的食物和养料。

本内特和其他环保主义者口中所描绘的反派人物名叫威拉德·巴斯科姆（Willard Bascom），他负责南加州水质研究项目（the Southern California Coastal Water Research Project，即 SCCWRP），大多数人都直接把"SCCWRP"发音成斯奎尔普（Squirp）。这位 69 岁的执行董事（尽管看上去他要年轻 10 岁）管理着大约二十几名科学家和其他研究人员。他们和南加州 5 个污水排放地区签署了每年超过百万美元的合同，其中包括洛杉矶市和洛杉矶县，职责是监控海湾水质和海洋生物，观察研究客户所在地污水处理厂排出的污水如何影响海洋生态。洛杉矶市和洛杉矶县非常乐于听取这位讨人喜欢的巴斯科姆先生的咨询意见，因为他手下有一群教育背景良好的科研人员，他们的研究有力支持巴斯科姆的论断，令他的建议听上去相当可靠。因此，他们也乐意为此支付高额的咨询费用。

表面上看，由于当时人们对海洋水质的情况知之甚少，而且南加州水质研究项目的基本任务是更深入了解、研究污水排放对环境的影响，所以听上去南加州水质研究项目和加州上述地区的关系并不反常。

南加州水质研究项目成立于1969年，起初，它的拥趸众多，其中包括里蒙·费伊。费伊在《洛杉矶周刊》上曾经撰文写道，"此时，我建议，我们应该通过整合污水排放机构实施的所有海洋监控项目来获得大量相关的近海动态数据信息。既然每所机构都从（南加州的）海湾中取样，我想，如果将它们的数据整合，我们可以得到源源不断的有关此地区复杂海洋环境空间和时间上的信息。相应的，人们可以用这些信息来更好地了解废水排放对环境的影响，如果有的话。"

此外，污水处理厂的经营者也需要这项研究，因为政府是否向他们颁发海湾排放废水的许可，部分取决于它们能否证明自己对野生海洋生物造成的伤害极小。费伊"很快惊讶和诧异地"得知，考虑到暗含的利益冲突，那些污水排放企业正是南加州水质研究项目的出资者。因此，他担忧这些科学家们究竟能够多大程度如实地展现他们的发现，他们是否会对他们的客户——那些污水排放企业进行批评。而从污水排放企业角度来看，它们通常认为巴斯科姆的结论是建立在科学的事实之上。

这些拥有博士或者硕士学位的研究人员在洛杉矶长滩市太平洋海岸高速公路旁的一个被改建的家居仓库里进行科研工作。他们在很短时间把通过实地科考和用当时最精密仪器探测出的污染物数据汇成厚厚的研究报告，他们力图不受教条影响，做到尽可能全面和准确。其他科学家对南加州水质研究项目研究结果的可信性毫不怀疑，他们会参考和引用这些数据。这样看上去似乎没有人有任何理由对南加州水质研究项目的报告产生怀疑。（可以肯定的是，南加州水质研究项目的科学家们对巴斯科姆有关污水对鱼类有益的武断结论持否定态度，尽管他们从来没有公开表示过。）

但是巴斯科姆坚持由自己来撰写报告的摘要和编写报告的研究部分,而这部分内容是污水排放企业技术人员将会看到的章节。目前我们还不清楚,那些在市政厅叫嚣反对豁免法案的人是否看到了除摘要之外其他的部分。但是,据当时曾为南加州水质研究项目工作的人士称,巴斯科姆精心选择的数据比研究人员实际获取的数据要更为有力和乐观地支撑他的结论。这就像是在某些情况下,人们用一些含糊不清、不那么会引起麻烦的术语替换容易引起争论的词语一样简单。当他手下的科学家们用"死亡区域"来描绘 7 英里排污管倾泻污物的周围区域寸草不生、几乎没有生物存活时,巴斯科姆把这个词悄悄改成了"退化区域"。还有对于主要环绕圣莫尼卡湾的海域的描述,科学家们一开始把这块地方定义为"退化",巴斯科姆随即采用了一个模棱两可、含糊不清的词语"改变"代替了"退化"。正如曾经为南加州水质研究项目工作的科学家布鲁斯·汤普森(Bruce Thompson)博士现在所披露的,"他(巴斯科姆)对于遣词造句非常谨慎,他经常限定我们用词的范围……他对专业术语的选择十分在意,我不知道在报告的何处他就会加上一大堆限定词。但是,你知道,他是老板,而我,这时只能无言以对,因为我只是个小小的研究人员。"

在另外一个例子里,科学家们认为在死亡区域内,哦不,现在叫退化区域,生物多样性急剧下降了 99%(这是他们最初的术语)。汤普森博士说,"只有两三种结构奇特的物种能够适应这一切。"在这些能够顽强生存在富含硫化物的淤泥之中的物种当中,有一种有趣的生物名叫 *Solemya reidi*,又名无胆蛤,它的腮部含有能够氧化硫化物的细菌,也就是说,它可以把硫化物转化成氧气。这是一项非常有意义的发现,因为排放的污泥中的有机物大量攫取海底沉积物中的氧气,使得大多数海洋生物或是逃离，或是死亡。而这种蛤类和细菌共生的关系令它们彼此都能在其他有毒环境中共同存活。白色黄花鱼也通过吞食生活在污泥里的蠕虫，在这片海域能够很好地生存。

掌握这些信息之后，巴斯科姆公开宣称，多亏了排放的污泥，该地区的生物总量——即生物的总体数量——实际上得到了增长。剩余的物种通过污水获得了更多的进食，并愉快地生活。从某个方面来看，这的确是事实：有机物的数量确实增加了。然而，大多数原本生活在这里的各种海洋生物为了寻求较少污染的生活环境，纷纷离开了这片海域，或者，直接死亡了。

巴斯科姆在1982年对《洛杉矶时报》记者的一次讲话中说，"要想证明（市政污水处理厂造成的）危害是非常困难的。我们目睹到的是改变。生活在那里的生物们自身已经在结构上产生了变化。"

另外一位之前曾经为南加州州水质研究项目工作的科学家戴维·布朗（David Brown）博士这样向人们解释："这就好比生活在垃圾填筑地里的老鼠，的确，那里的生物总量很高，但仅限于一种物种，而且还不是你希望的物种。"

南加州水质研究项目的雇员们不希望自己从事的工作被大众误解，因此，他们向老板抱怨，公众有权获悉所有的事实。根据布朗的说法，巴斯科姆告诫过他们，对公众过于具体或者坦诚易于导致更大的问题；如果获悉全部事实，公众不可能不会反应过激。比方说，在本内特的案子里，公众将会抗议301豁免条例的通过，而南加州水质研究项目的客户们梦寐以求的终极目标就是如何免除第二道污水处理程序，从而节省费用。

由于科学家之间存在分歧，巴斯科姆在1984年10月的会议上提醒他们，南加州水质研究项目的"最初目的"是向污水排放企业提供数据，从而这些企业能运用数据来"反驳'环保主义者'未经证实的断言，或者回应政府或环保局提出的问题和反复无常的政令"。

巴斯科姆把二次污水处理这个议题称作"长期斗争"，南加州水质研究项目的客户们试图避免在这个被认为不必要的污水处理工厂升级改造方面花费数百万美元的资金。就在同时，巴斯科姆又像是安慰他的客户似的声称，"我们能够自由地调查任何真正影响或所谓影响的各个方面，从而找出事情的真相……我们之所以拥有这个自由，是因为事件最早的发起者和咨询委员会都坚信，事实无论转变成什么样子，都表明了二次污水处理的花费（包括环境、财政和其他方面）将比直接排放到大海里昂贵得多。我们不能夸大其词，这一点是最重要的。在我们吸收了所有方面信息之后，经过深思熟虑，我们将会有足够的时间来告诉公众我们为此应对的答案。"

从某种意义上来说，巴斯科姆似乎很享受这种逆势的立场。他于1916年出生在纽约的布朗克斯维尔（Bronxville），在为特拉华隧道（正是这条管道后来为纽约市供水）工作期间，他充分体会了地下生活的乐趣，他是如此喜欢这种经历，以至于他考入了科罗拉多矿业学院，为将来的矿业生涯做准备。但是，在1942年，临近毕业前的几个月，据他自己所说，由于"对学校的态度过于激烈，与校长发生争吵"，他被勒令退学。在接下来的3年中，他作为工程师，在科罗拉多州的一个又一个矿场工作，不停跳槽，并且向询问他的人解释说，他是来学习采矿业务的。

在1945年，偶然一次机会，巴斯科姆遇见了一位为加利福尼亚大学进行海浪研究的土木工程师，受雇从事一项受到海军资助的波浪研究调查。从此，他开始了海洋学研究的生涯。在 5 年时间里，巴斯科姆驾驶着一辆名叫 DUKW（发音和"鸭子"一样）的 30 英尺军用两栖车，在太平洋海岸的海浪中研究波浪动力学和它们是如何受到陆地和其他因素的影响的。

在这个波浪研究项目中，巴斯科姆在俄勒冈州阿斯托里亚遇到了一位金发碧眼、身材苗条的姑娘，她的名字叫罗达·内尔高（Rhoda Nergaard），他们随后结了婚。在巴斯科姆的研究旅程中，罗达一直追随着他，并为他生下一个女儿和一个儿子。

巴斯科姆在斯克里普斯海洋研究所（the Scripps Institution of Oceanography）继续他的工作，他的代理主任，罗杰·雷维尔（Roger Revelle）博士的书桌上贴着一张便笺纸，上面写着"煽动论战的火焰"，这进一步激发了他打破旧习、不因循守旧的特质。在对太平洋洋底进行研究以获取当时仍处于理论阶段的板块构造论据之后，巴斯科姆在 1954 年离开了斯克里普斯海洋研究所，加入了美国国家科学院。在那里，巴斯科姆主持了一个项目，在远离墨西哥海岸 11 700 英尺的水下海底进行钻孔作业。由于这项壮举创造了世界纪录，他随后写了一本名叫《海底之洞》（*A Hole in the Bottom of the Sea*）的书描述这项工作。在这以后，他开始了自己的事业：在水下进行钻石开采和搜寻失事船只遗骸。

最后，在 1973 年，巴斯科姆加入了南加州水质研究项目。当初带领他走进海洋学研究的工程师约翰·艾萨克斯（John Isaacs）现在是这个项目的咨询委员会成员，他力邀巴斯科姆担任执行经理的工作。根据巴斯科姆的回忆，艾萨克斯告诉他，南加州水质研究项目的宗旨是"在通过获取的科学数据来解决污水排放企业和环保主义者之间的争论时保持中立"。而巴斯科姆的所作所为却恰好相反。

当艾萨克斯提到反对这项计划的环保主义者时，他想到的可能是费伊。而讽刺的是，巴斯科姆在旅行期间遇见了一位名叫埃德·里基茨（Ed Rickettes）的海洋生物学家，他是作家约翰·斯坦贝克（John Steinbeck）笔下《罐头工厂街》里名叫"医生"的生物学家的原型，非常有名。巴斯科姆非常崇拜他，在自传里，他写道，"埃德是个和蔼、随和的家伙，他对金钱毫不在乎，而对生活中更美好的事物倾注了大量热情，包括女人、啤酒、格力高立圣歌，还有海洋生物。"而费伊把自己视作另一个埃德·里基茨（尽管他对格力高立圣歌并没有那么着迷），他同样也醉心于环境事业、海洋生物、喝酒和偶尔的诱惑。

同时，费伊和巴斯科姆互相厌恶，嘴仗打了数年。布鲁斯·汤普森说，"费伊和巴斯科姆两人都是同一类型的人，他们都虚张声势，认为自己比实际知道的要多。所以我能够知道他们俩不能和平相处的原因。"无论巴斯科姆去哪个听证会发言，费伊和他的好朋友唐·梅都会跟随，有时候甚至会带着他们捕获的那条布满肿瘤的可怜的白色黄花鱼标本，在听证会上抨击巴斯科姆的几乎所有言论。如果巴斯科姆发言说这个海湾状态良好，那么，费伊是那些需要反证的记者们的依靠；而如果费伊告诉记者，污水和滴滴涕已经毁灭了海湾时，记者们会引用巴斯科姆相反言论进行可靠的援引。

然而，这种偶尔尖锐的辩论在某种程度上从未以任何方式渗透到洛杉矶市政厅。巴斯科姆凭借圆滑的语言暗示，通过污水的稀释，对海洋生物造成的危害并非像费伊所说的那么严重，他的言辞大大削弱了南加州水质研究项目报告里自相矛盾的数据。巴斯科姆用来争取到301（h）豁免条例的观点获得了胜利。汤姆·布拉德利（Tom Bradley）

领导的市政府、市议会、市卫生局的工程师们，全部都被这位一头银发、嗓音洪亮的巴斯科姆的权威和魅力所折服，为301（h）豁免条例投了赞成票。

本内特不断发展的伦理剧中的反派人物，巴斯科姆出现了。只是在那个时候，中学教师本内特还没有意识到这一点。

第 5 章

新闻发布会

　　霍华德·本内特是一个活生生的矛盾综合体。有时，他会带着一种常春藤盟校（Ivy League）的音调，引用莎士比亚的话来支持他的论点，但他觉得自己是个普通人，他明白别人希望他做什么。虽然他从来没有在客厅的椅子上喝杯啤酒放松一下，但是他相信自己知道普通民众会怎么回应。他说自己有一项特殊的才能，能够轻易吸引大众的注意，尽管这些普通大众可能并没有读过莎士比亚或者听过莎士比亚的名句"事情有些不对头（Something is rotten in the state of Denmark）"。

　　然而，对于本内特来说，如果让普通民众把孩子带到污染的海边，他们无疑会拒绝，因此，把他的信息传递给普通民众的唯一有效方法就是通过报刊媒介。对于像本内特这样的人来说，媒体只有一个原则：有点哗众取宠是件好事。在讨论建筑规范时，如果你明确地告诉公众，其中的危险会涉及个人命运，那么你就可以远比市政议会更能吸引听众的注意力。再加上任何与污水有关的麻烦因素，你就会受到每家电视台记者的青睐，成为他们追逐的对象。

那些匆匆浏览报纸的普通读者是什么样的呢？本内特对于纸质印刷媒体并没有那么关注。他明白如果他想要唤醒死气沉沉的大都会，图像和声音的力量会有多大。他同样也认为，越来越多的人是从电视上了解目前的形势，因此，他把大部分精力都放在获取那些尚且蒙昧、整天坐在索尼电视机前面的普通大众支持上。

当然，在他能够做到这个之前，他必须要和新闻看门人建立联系——这并不总是一件容易的事情。本内特告诉人们在 20 世纪 50 年代早期，他曾经在《华尔街日报》打过一段时间工，他的工作是复印誊写。从那时候开始，他逐渐明白，什么类型的新闻能够吸引记者。他把当时的自己描绘成一个天真的男孩，通过女朋友或者一个女性朋友——这个细节并不太重要——得到这份差事。他还说，教导他的骨干记者们一个个疲惫不堪，他们不会为新闻故事费心，除非这个故事和他们命运相关，深深吸引他们。为了使自己的讲述更加动人，他还补充说，有一次一个戏剧评论家没法观看演出，给了他自己的票，他还写了一篇戏剧评述。本内特讲的故事很棒，但后来他也承认，可能他并没有在《华尔街日报》学到像他说的那么多东西。

可能对本内特来说，更接近事实的是他在 1951 年短暂成名后凭直觉得到的教训。那一年，他从纽约搭便车去阿拉斯加的安克雷奇，随即返回，在 17 天之内完成了一趟来回。为此，他赢了 200 美元的赌注，之后，在 8 月 1 日，21 岁的本内特从荷兰隧道出发，去洛杉矶探望他的父母，然后北上前往安克雷奇。在那儿，他给朋友们写了很多明信片，用他后来喜欢的夸张口吻写道，"我做了什么？我为什么来这里？这里是真正的世界尽头！"

本内特甚至为了更好的视觉效果，在开始这次旅行前去了趟 3M 公司，说服他们为他特地制作了一块 4 英尺长、2 英尺宽、一面写着阿拉斯加、另一面写着纽约的标志牌，标志牌使用的是 3M 公司研发出来专供道路标识的新型反射材料。他向 3M 公司的人保证，一旦涉及相关话题，他就会向大家介绍这种产品为他们做广告。这块标志牌不仅在他搭便车时提供了很多便利，而且还成为本内特大量新闻图片里的醒目道具。

在那个时代，阿拉斯加还是大部分美国人心目中像月亮一般无法触及的地区，本内特却把自己的历险变成了宣传的财富。纽约和他所途经城市的报纸都对他的冒险壮举进行大张旗鼓的宣传报道。《大观》（*Parade*）杂志花了两个版面来刊载他的冒险经历。美国国家哥伦比亚广播公司的电台节目"对我来说这是新闻"（*It's News to Me*）采访了他（他们还付给他 20 美元作为报酬），正是在这次广播节目上，本内特真正锻炼了他不断发展的讲故事的能力。

一年后，本内特从朋友那儿募集了数百美元的"投资"，继续穿越南美大陆，在当时创造了搭便车行驶 3 万多英里的世界纪录。他的故事被"美国之音"广泛传播，第二次出现在《大观》杂志上。本内特早早就站在记者的立场明白如何获得媒体的关注和报道，如何讲述一个记者们愿意复述和报道的故事。他同样知道一个好故事能传播得多远；仅在 1952 年，《大观》杂志就宣称其读者人数超过了 1 300 万。

接下来，本内特要讲述另外一个故事，他用已故父亲安德伍德（Underwood）的名字，慢慢用打字机打出一系列担忧圣莫尼卡湾污染的宣言。本内特写出的 3 页文件在某种程度上比理论论证要更加令人愤慨，因为其中几件少许夸大加工的事实更能引起民众的轩然大波。本内特宣称，"洛杉矶当局打算把更多未经处理的污水倾倒进大海，""洛杉矶市政当局打算在我们孩子生命攸关的问题上节省金钱。"嗯哼。正如之前所提到过的，目前，污水处理厂是将部分处理过的污水排入离岸边 5 英里远的海域，确实会损害海洋环境，但是海洋生物学无论是过去还是现在都表示，这对人体健康几乎没有任何影响（当然，这个建立在只要没有任何人吃鱼的基础上，但这是另外一件事；本内特也没有提及滴滴涕和多氯联苯的话题，因为这与豁免条例的话题无关。）

宣言中最触怒本内特的部分之一，即 3 月 25 日的听证会，明显没有引起民众的足够注意。本内特在宣言中说，"普通大众几乎无法参加 3 月 25 日的关键联合听证会，因此，他们受到了欺骗。他们被剥夺了对于听证会的知情权！参加听证会的人数极其稀少——只有 5 个人出席作证。民众对听证会并非缺乏兴趣，而是他们根本对此一无所知。几乎没有人知道这个听证会！在名单上出现的人仅在 48 小时前才被予以公示，要知道，即使是一个已经宣判的杀人犯也会被给予更多的时间来准备上诉。"

本内特拥有撰写煽动性文字的天赋。他总结道，"我们觉得整个问题的确变得糟糕透顶。圣莫尼卡湾变成了数百万居民的抽水马桶，是世界上污染最严重的地方。为什么我们可怜的孩子不得不在夏天，在这块饱受污染的区域游泳和玩耍？"

"布拉德利市长——你为什么不试着把你的金鱼养在这样的抽水马桶里，然后看看会发生什么！！"

尽管这不一定是最合乎逻辑的说法，但本内特确实把矛头指向了当时他唯一知道的该为污染负责任的人。他本能地意识到，如果攻击缺乏针对性和特点的水质监控委员会、环保局或是市政当局，他获得的好处和支持并不多。他需要一个独立的、容易辨识的靶子。无疑，这个目标就是市长。

本内特把自己的愤怒转化成一系列言论，他说出的句子朗朗上口，极适合被媒体引用。现在，是和大家分享他的信息和意图的时候了。在他看来，这需要电视摄像机，而让普通大众看到他怒气冲冲的面孔的最迅速的方法就是宣布召开新闻发布会。发布会的召开需要遵循一定的逻辑——他应该去媒体汇聚的场所——本内特在位于费蒙特街的洛杉矶新闻俱乐部预定了一个房间。他花了几百美元——这是他自己的钱——租了一间相当宽敞的场所，足够容纳记者们和摄像机，另外再为记者们提供一顿自助早餐。在当时他并不知道，即使没有很好的内容，有些记者仍然会被一点免费食物吸引前来参加发布会。（新闻俱乐部还有一间酒吧，记者可以使用。）

4月4日上午10点，本内特等待着发布会的到来。他邀请露丝·兰斯福德和律师芭芭拉·布林德曼（Barbara Blinderman）一起出席发布会，后者曾经为他提供过无偿律师服务（一个显然不太熟悉新闻发布会流程的人曾建议本内特带上律师，以作为法律支持）。他们3人端坐在大厅小舞台上的一张长桌子后面，而在他们身后，摆放着3个画架，上面放着3幅海报大小的图片，上面展现的是海滩上的垃圾。这3幅画的内容和污水处理并没有太大关系，但配合本内特马上进行的发言，这些图片会让听众对海湾的污染更加感同身受。

在那个时刻，本内特的联盟宣称有10家组织加入，其中大多数组织的主旨就是保护海洋免遭污染，其中包括巴略纳湿地之友、卡塔利娜（Catalina）游泳协会，以及普拉亚德雷屋主联合会。在这份联盟成员名单最下面，我们还能找到诸如南加州柔术协会的名字，那是因为本内特需要尽可能多的他能找到的协会名字来充实他的联盟。本内特是这个联盟组织的注册人，而他的儿子利夫，也投身这份事业，他们父子俩让柔术协会主席相信，他的协会成为联盟的一员是一件很有意义的事情。

唐·梅的"地球之友"曾经是最早加入本内特联盟的组织，但是一周后，当组织的领袖戴维·布劳尔（David Brower）被免职（戴维·布劳尔曾经在1969年帮助建立这个组织，在这之前，作为西拉俱乐部的首任执行董事，他在环境保护方面声名显赫），组织变得四分五裂，"地球之友"退出了联盟。同样不在名单上的还有当地的西拉俱乐部分会，他们拒绝加入联盟；然而，这家分会却在3个月后，在一位名叫南希·泰勒（Nancy Taylor）、精力充沛的女性领导下，组建了自己的海岸水域清洁特遣小分队（Clean Coastal Waters Task Force）。南希·泰勒同时也是里蒙·费伊的一位密友。

两家电视台KABC和KCBS，以及两家新闻集团，城市新闻社和Copley新闻社，再加上一家新闻广播站KNX，都对本内特的发布会表示了兴趣。好戏开始了。

城市新闻社派了一位名叫马克·黑费尔（Marc Haefele）的年轻记者来跟进这场新闻发布会。在新闻俱乐部舞台上，黑费尔看到了"这位风度翩翩，带着难以置信的认真态度的瘦削家伙，讲起话来带着我辨认不出的奇怪口音和中学老师的说教口气"。出于对城市社会生活事件的敏锐触觉，从那一刻开始，黑费尔开始追随和报道本内特的活动。黑费尔一定也注意到了本内特的眉毛，他的眉毛弯曲蓬松，在秃头的映衬下就像两道小树篱。理发师非常想把眉毛修理一番，但本内特拒绝了，似乎他也知道，当他讲述故事时，他的眉毛总是能够轻易引起观众的注意。

本内特在黄色T恤外面套了一件蓝色防风夹克。他读完宣言之后，开始了讲话，他认真地说，"让我们谈谈这个问题，鱼类即将死亡，沙蟹几乎已经消失殆尽。由于人们把污水排入大海，圣莫尼卡湾大部分海带栖息地已经消失。今年鲈鱼压根儿没有产卵。曾经拥有珍珠白外壳的Pismo蛤蜊——"他为了制造效果稍微停顿了一下，目光扫过房间，然后声色俱厉地说："现在它们的壳变成黑色。而救生员由于接触倾倒的有毒物质，不少患上了癌症。"他越讲越愤怒，这种充满正义的怒气几乎打乱了他的演讲，让人们明显感觉到他的真诚。本内特接着用还没有愤怒到刺耳尖厉的声音说："大海现在就是一个臭气熏天、乱七八糟的地方！"

本内特头发稀疏往后梳，戴副厚厚镜片、像猫头鹰一样的眼镜，看上去和听上去都有点儿像个受过不错教育的渔夫。然而，当他弯腰翻看笔记时，人们才能发现他身上高中老师的气质，他斥责布拉德利市长就像在训斥一个考试没考好的学生。他的声音充满了权威和蔑视，每提及一个论点，他就把嗓音抬高一些，似乎每次下一个论点更让他愤怒。然而，他克制住自己没有像在课堂上一样把莎士比亚的名句吟诵出来。

鉴于本内特的指责，两家电视台都联系了洛杉矶卫生局副局长哈里·赛兹莫尔（Harry Sizemore），征求他对本内特的批评的看法。根据KCBS电视台的报道，海伯利安污水处理工厂源源不断地向周围排出污水，而为了节省资金，赛兹莫尔提交了一份议案，就像在3月25日他对水质委员会所说的那样,他说,"如果我们启动彻底的二次污水处理程序,我们将另外花费 1.5 亿美元的基本建设经费,那么我们的运营成本每年将会上涨 1 500 万美元。"赛兹莫尔有一张圆脸,金色的头发总是梳得一丝不苟,他似乎很惊讶居然有人会提出这样的问题。

然而,在 KABC 电视台的摄像机前面,赛兹莫尔表现出一种带有防御性的蔑视。他说:"我们遵循运行污水处理厂的现行许可,但我们有一个非常积极的计划来改善污水处理程序。目前,我们投资了 2 亿美元来升级固体污物处理装置,这将会大大改善和降低排入海水中的固体污染物的数量——尤其是重金属、有毒有机物质。我们预计在 1986 年春天这个装置能投入运营。"

在赛兹莫尔欢欣鼓舞地向公众宣布的消息中,有一点非常重要,就是他同时也间接承认了洛杉矶市之前就一直在向海湾排放废水,而这一点已经被忽视了。不出意外,本内特已经完成了他的一个重要目的——他已经令坐在市政厅里的某人窘迫不安了。

而就在此时,本内特把兴趣和注意力更多地放在另一个目标上,就像他在新闻发布会上所说的那样。他说:"我们要求另外一个面向公众的听证会,一个由环保署和水质监控委员会共同参加的公开听证会。我们需要一次机会。"接着,他强调:"只需要再多给我们一次机会来对特定议题进行公开论证。"他的声音充满理性,他让所有人认为,这是一个再合理不过的要求。

本内特的斗争仅仅在一周前刚刚开始,但令人吃惊的是,他对于召开第二次听证会的请求已经纳入了不少人的考虑,其中包括环保署主管海洋和河口分部的负责人帕特里夏·埃克隆。本内特之前曾经打电话给他诉过苦。一周之后,他们会做出决定。

第6章

市政厅

霍华德·本内特在4月11日致联盟成员和其他有关组织的一封公开信中，对于洛杉矶市政当局一直宣称的海伯利安污水处理厂全面进行二次污水处理将会花费巨额资金一事，向洛杉矶市长汤姆·布拉德利提出疑问："难道节省金钱要比拯救人民的生命和健康更重要吗？"

据为布拉德利工作的人员说，他并非因为想省下几百万美元而任由圣莫尼卡湾饱受进一步的污染侵扰，相反，作为庞大的洛杉矶市的运行者，布拉德利下面有相关的人员来处理此事。布拉德利没有理会本内特的指责，他觉得301（h）豁免条例这种充满深奥行政方面细节的条例，应该放在别人的办公桌上，而不是由他来处理。

迈克·盖奇（Mike Gage）曾经在1987年到1990年之间担任洛杉矶副市长，辅助布拉德利工作。现在，他吐露说："我想，我们可以公平地说，市长对所关注的事情要么来自他的工作人员，来自他和社团感兴趣的事项，要么来自他在报纸上看到的新闻。他习惯每天早上五点半到六点骑半个小时动感单车,同时阅读《洛杉矶时报》。曾经有一次我问他,如果新闻里的事情有点儿棘手的话该怎么办。他回答我说,'每次当我读到那些我不喜欢的新闻,我只是把自行车踏板踩得更快些。'因此,他从不同的渠道获取信息。我认为这件事情[301(h)豁免条例]是他工作人员的责任,你知道,为他工作的人员有100多个,而整个市政府所辖的工作人员的人数超过3万,这些政府工作人员由于数量众多,他们向市长传递消息会比布拉德利自己获取信息来的更有效率、更加广泛。"

换句话说,你可能是世界上最有权势的国家里最强大的城市中最有权力的人,但你却无从得知自己身边发生的每件事,尤其当这仅仅只是个无足轻重的豁免条例,毫无政治分量的时候——至少在当时是这样的。相反,你不得不让别人替你处理这类事,但在海伯利安污水处理厂这件事情上,你手下的工作人员似乎并不够了解整个来龙去脉。301(h)豁免条例这个论题就像后街路面上的坑坑洼洼一样,并没有引起工作人员足够的重视,被呈送到上一级的办公桌上。301(h)豁免条例是个相当明确的、由相关部门负责的案子,没人会认为这件事将交由市长亲自处理。然而,却有人想知道布拉德利是如何避开这个议题的。

布拉德利担任洛杉矶市长长达12年,直到1985年离任。可以肯定地说,早在1973年,当他第一次赢得竞选、从山姆·约蒂(Sam Yorty)手上夺得市长职位时,他几乎没有遭遇过有关环境的问题。布拉德利出生在得克萨斯州的卡尔弗特,他的父亲是一位佃农,祖父曾经当过奴隶。布拉德利7岁时搬到洛杉矶,读完高中和大学之后,1940年,在23岁的时候,他加入了洛杉矶警察局。在夜校获得法律文凭以后，他于1963年当选为市议员，开始了从政之路。1969年，他第一次竞选市长，对手就是约蒂。后者曾经无耻地说过，如果布拉德利获胜，布拉德利会把那些激进的黑人民族主义者请进城。听到这些之后，那些原本在首轮支持布拉德利的白人投票者转而重新把票投给了约蒂，令他重新获得市长的位置。而4年之后，布拉德利再一次竞选市长。这一次，他成功了。

在那段时间，这位每天一边踩脚踏车一边读报纸的市长有可能略过了偶尔有关海湾污染的报道。1974年，57岁的布拉德利有可能在《洛杉矶时报》上看到关于圣莫尼卡湾"污泥之海"的报道，有人说这是造成环境破坏的后果。然而，在文章中，时任洛杉矶卫生局局长的罗伯特·巴奇曼（Robert Bargeman）却对污水将导致死亡区域的说辞并不完全赞同。他承认，"海底的海洋生物种类并不多，但也并非是一片死亡区域——那里只是缺乏曾经的生物多样性，但那之外是一片广阔的海洋，而我们谈论的只是一块1平方英里的区域。"

这话听上去像南加州水质研究项目负责人威拉德·巴斯科姆曾经说过的一样（巴斯科姆在一年前开始在这家创办了4年的机构任职），而且，如果布拉德利看了新闻报道，他可能对他的工作人员没把这件事当回事而感到满意和庆幸。市政厅似乎是个与世隔绝的地方，对于同一个事件，比起其他机构的工作人员，布拉德利更加信任市政厅雇佣的工作人员对问题的想法——尤其是当市政厅工作人员和其他机构人员意见相左时。根据一位1985年在市政厅工作的人员称，"我觉得布拉德利和其他市长进行管理的方法完全不同，他会把职责分配给工作人员，仔细聆听他们的意见，然后他会根据他们的建议采取行动，但他在公开决定之前不一定会告知他的手下他将采取的决定。"

继续污物排放是某位工作人员提出的建议。然而，两年之后，加州水资源检测委员会站在了反污物排放阵营这一边，它要求洛杉矶市在 1978 年 4 月 1 日前停止向海湾进行污物排放，以作为 NPDES 许可的一部分，NPDES 许可允许洛杉矶市把经过处理的污水排入大海。洛杉矶市议会批准了一项 9 600 万美元的债券的议案用于支付处理淤泥污物的设备，而这项费用将会通过提高下水道服务税费得以解决。然而，选民们否决了这项议案，一部分原因是他们对高额税收的抵制，另一部分原因在于市议会公开反对应该把污物排放到除了海底的任何地方这一主张。需要指出的是，当时布拉德利完全支持这项措施，丝毫不担心上涨的下水道服务税费会令选民忧心忡忡和不安；他的平静也许来自过去的类似被通过的债券议案。对市议会和选民们在这项议案上的不同意见，布拉德利没有表现出明显的担心，他还是一如既往地支持他手下的工作人员努力实现联邦和环保署提出的排放污物的要求。

当时，市议会提出的议案是以 1973 年南加州水质研究项目的报告（摘要由巴斯科姆撰写）为依据，这份报告在经过 3 年的研究之后，得出无需对"当前污水排放方式"进行任何"实质性修改"的结论。也就是说，把废水直接排进大海，并没有损害海洋生物。哦，对了，报告还指出，对污水进行稀释是解决污染问题的途径。

经过这件事之后，议员泽夫·雅罗斯拉夫斯基（Zev Yaroslavsky）在 1976 年《洛杉矶时报》上写了一篇社论，抨击洛杉矶市政当局需要承担把污物排放到除了海洋之外任何地方的费用和麻烦的想法。雅罗斯拉夫斯基通过援引"最具科学性的观点"，向公众描绘了一幅惨淡凄凉的画面：几百辆卡车装载着污物运往垃圾填埋场，就好像车上装的是放射性的钚一样。他警告人们:"这些污物中的液体、细菌和有毒废物成分将会令垃圾填埋场在今后的几十年里寸草不生。"

雅罗斯拉夫斯基现在解释说,他之所以提出反对意见,一部分原因是联邦政府希望说服洛杉矶市安装一个未经测试、用于干燥和焚烧污物的装置程序。他说,"我认为我们在做一件无法预计的事情",在他的社论里,他把这个建议称作"环保署的疯狂计划":这个城市已经饱受空气污染侵蚀,难道还要再向空中排放更多焚烧烟雾吗?

雅罗斯拉夫斯基还说当时他非常信赖洛杉矶卫生局的官员威廉·加伯(William Garber)和南加州水质研究项目的威拉德·巴斯科姆,他们俩都对市议会宣称污物不会对环境造成伤害。在1981年的11月13日,洛杉矶卫生局甚至邀请了他和其他议员登上一艘名叫"海洋勘探者"号科考船来实地验证他们的观点。我们很难想象洛杉矶市政当局错误定位下的这次愚蠢的操作。在一根5英里长还是7英里长排污管附近(雅罗斯拉夫斯基记不清楚是哪根排污管了),船员撒下一张渔网,设法捕捞上一些鱼,这些倾倒在甲板上的鱼,鱼鳍腐烂,长着奇怪的肿瘤。雅罗斯拉夫斯基说:"它们看上去并不健康,它们和我养在金鱼缸里的鱼看上去完全不一样。对一个公众人物来说,你能做的最危险的事就是带他出去证明一个观点,结果却在他眼前把这个观点驳倒。这就是那天发生的事情。现在我要说的是,至于我当时站在加伯和南加州水质研究项目的立场方面……这是一个公共政策错误,令我遗憾至今。"

如果说关于向海洋排放污物的论战并没有引起布拉德利手下工作人员对这个话题的过分关注,那么环保署在1977年提出正式诉讼,指控洛杉矶市政当局违反了1975年NPDES许可有关条款,这个问题应该引起重视了。这个诉讼指控洛杉矶市一直拖延处理污物的问题，错过了提交停止向圣莫尼卡湾排放"液体、细菌和有毒废物"（正如雅罗斯拉夫斯基提过的）计划和其他一系列计划的最后期限。顺便提一下，这个最后期限来自3年前的另一桩诉讼案，该诉讼要求洛杉矶市研究如何以最佳方式处理污物。的确，人们总是出于各种原因在起诉市政当局，负责法律方面的工作人员当然也不会用这些细节麻烦和打扰布拉德利。然而，当联邦政府的律师不止一次地来登门拜访时，市长应该意识到这一切了。所以问题就来了——布拉德利究竟对这个问题表现出多大的兴趣和重视程度呢？

或者，正如盖奇所说："我认为（布拉德利市长）对所有环境问题持开放态度并相对敏感。我想，如果你管理着像洛杉矶这个体量巨大的城市，会有许多迫在眉睫的紧急事务，你会注意到其中一些，而另外一些，会被你忽略。这需要时间。"

在美国的一众沿海城市中，洛杉矶凭一己之力，孤军奋战，反对环保署的污物排放要求。然而，在1974年诉讼案的迫使下，它也不得不联合洛杉矶县和奥兰治县一起共同开始研究这个议题。3年后，就在1977年环保署即将正式提出诉讼之前，联合委员会提出了一个老办法——焚烧污物——采用最先进的方法，同时可以进行发电。他们把这称作海伯利安能源回收系统（Hyperion Energy Recovery System，简称HERS）。（这正是雅罗斯拉夫斯基反对的计划。）

在当时，HERS计划听上去是个绝妙的方法。污物里含有大量水分，首先需要进行离心处理方式甩干，直至被挤干最后一滴液体，再通过被称为卡弗-格林菲尔德工艺（Carver-Greenfield Process）。燃烧产生的粉末会为巨大的蒸汽轮机提供燃料，从而产生电力为工厂提供能源。但同时，这样做也会有些隐患，因为卡弗-格林菲尔德工艺可能还部分处于实验阶段，从未应用在处理污水淤泥上。这个工艺由 Dehydro-Tech 公司在 20 世纪 50 年代末发明，用于熔炼动物尸体，后来又被用在酿酒厂废料的处理上。

而且，HERS 涉及的不仅仅是技术问题，同样也涉及财政方面。通过《清洁水法案》的政府财政激励措施，环保署将花费高达 1.85 亿美元用于支付购买这个系统工艺，而洛杉矶市要分摊 462.5 万美元。此外，这样做将会令环保署高兴，因为环保署希望在某个地方使用卡弗-格林菲尔德工艺。

即使洛杉矶市和环保署把 HERS 计划视为具有突破性的污物去除工艺系统，布拉德利政府还是就有关污物的诉讼花了 3 年时间才和联邦政府达成协议。在 1980 年 6 月签署的同意令中，洛杉矶当局同意 1985 年 7 月 1 前停止向大海排放淤泥污物，同时为 HERS 计划制定执行时间表。环保署向洛杉矶市征收了 260 万美元作为先前违反 NPDES 许可的罚款。

1979 年 9 月，洛杉矶市递交了 301（h）豁免条例的申请，这份申请由威拉德·巴斯科姆签署。这份由工程局准备的文件里，对洛杉矶遵守豁免条例里的八项基本清洁水要求的能力进行了积极的阐释，这一点儿也不令人感到意外。环保署聘请了一家位于华盛顿的贝尔维，名叫 Tetra 科技的环境咨询公司来评估这项申请的真实性。而 Tetra 科技对此不以为然。

霍华德·本内特就像他的绰号"斗牛犬"一样，从 Tetra 科技 1981 年公布的评估报告里嗅出了一丝不寻常的味道，他把评估交给儿子利夫，让他通篇阅读，他这样做就好像一个普通中学教师无法理解报告中的科技术语似的。他这样告诉人们:"嗨,利夫毕业于加州理工学院,加州理工可不收傻瓜。"利夫在加州理工获得了物理学学士学位,尽管他曾经考虑过继续深造,取得硕士学位,但他还是在施乐公司的计算机部门找了份工作。作为一位一直充满自豪的父亲,本内特的确印象深刻,他认为所有有关计算机的知识都是如此充满智慧,大大超出自己有限的智力。而事实上,本内特总是掩饰自己的认知才能,在生活中伪装自己。这样,当他声称自己没那么聪明,从来不是一个模范学生时,人们最终会相信他的话。

因此,本内特此时认为自己证据确凿,隆重推出他聪明的儿子,来分析这份评估报告。现在,利夫·本内特说道:"从出版发行的角度来看,这份报告写得无懈可击,这份报告并不完全是一份非科技类出版物,但假若你不介意科学性,很容易能够读懂它……这份报告对你来说相当直观和简单。人们轻易可以找出(申请数据)超标的内容,并且相对容易找到远远超出标准的数据。"

这个报告里涵盖了最重要的条款之一:301(h)豁免条例要求初始稀释区(ZID)之外必须存在本地种群平衡(BIP)。在本质上,这表明位于海底上方的经处理过的污水排放区域之外,即在初始稀释区物种多样性必须保证稳定,最好和污水排放之前保持一致。Tetra科技的报告得出结论:如果不全面进行二次污水处理,洛杉矶市计划对海伯利安污水处理厂的改造是不够的。报告上说:"如果我们实施所有提议的改进措施,包括终止污物排放,那么,根据预测,在初始稀释区外,本地种群平衡所需要的条件还是远远达不到。"

尽管如此,洛杉矶市提出的申请还是判定初始稀释区外存在本地种群平衡状态。报告指出:"污水排放区域的鱼类种群与非污水排放区域相比,并没有明显不同。"人们已经知道这并非事实,因为物种的多样性急剧下降,剩下的物种都具有一个特性——适应富含有机物的环境。Tetra 科技的雇员似乎并不愿意表明他们是故意说谎,所以在报告上他们加了一句:"已知信息表明,底栖鱼类和底栖大型无脊椎动物群落(生活在粪便中的小生物,如底栖生物)的本地差异与污水排放物有关。"

随着利夫在报告中进一步深入挖掘,他发现申请上提供的数据表明,海伯利安污水厂压根儿就无法达到环保署要求的标准,人们不得不担心洛杉矶的管理者们是否试图偷偷绕过环保署和其评论者们。比如,环保署用生化需氧量指数(BOD)来测量排放的污水中的有机物,而这些有机物无论在哪里沉积都会吸收氧气。生化需氧量指数越高,污水排放区域有机物的氧气含量就越低。报告指出:"海伯利安污水处理厂 5 英里长的排污管排出污水中的生化需氧量指数大大超出 40 CFR 133.102(a)中规定的二次污水处理后的数值。40 CFR 133.102(a)条例明确规定,生化需氧量必须有效净化至少 85%,污水的 7 日和 30 日生物需氧量应该分别为 45 毫克/升和 30 毫克/升。而根据 NPDES 许可,改进的污水处理装置,生化需氧量有效净化率为 61%,据申请人预测,平均年污水生物需氧量水平为 105 毫克/升。"

最终,报告的关注点落在了如何监控这个议题上。在 1985 年 301(h)豁免条例的听证会上,里蒙·费伊曾经预言说,我们不能信任洛杉矶市进行自我监测,报告主要阐明了同样的问题:"作为自我监控程序的一部分,取样方面的不足和缺乏强制监控点,严重限制了自我监控程序数据在进行本地种群平衡比较和预测方面的功效。"用利夫在分析中写的话来说,就是海伯利安污水处理厂的人设计出了他们自己的自我监控程序，这个程序不会发现"各种不同方式污染导致的最糟影响"。

在长达 400 多页的 Tetra 科技报告里，列举了一个又一个例子，表明洛杉矶市的申请如何达不到 301（h）豁免条例的水质要求，甚至更糟糕的是，我们还能看到，洛杉矶市是如何隐藏回避负面数据，让环境看上去比实际情况好。

尽管 Tetra 科技的报告分析得十分严峻，但环保署还是暂时批准了这项申请。

在 Tetra 科技的报告面世前 2 年，布拉德利任命他的竞选筹款人莫琳·金德尔（Maureen Kindel）担任公共工程委员会主席。这意味着对海伯利安污水处理厂的监管随着污泥问题进入高速挡，这也令莫琳·金德尔站到了她的环境卫生部门同事的对立面——后者坚信海伯利安污水处理厂并没有摧毁海湾的生态系统。莫琳·金德尔说："我觉得我们没法儿证明海湾的污染，人类对它做过什么，再聪明的家伙也搞不明白这一点。"

然而，莫琳·金德尔手下的工程师们不顾《清洁水法案》的要求，转而信奉"解决污染的方法是稀释"。而对莫琳·金德尔来说，说服她的手下们需要花费大量时间。金德尔接着说，她发现那些工程师是一群思想僵化且傲慢专横的家伙，他们不接受任何有关污水处理厂对环境和人类健康有害的观点。对他们来说，这些观点就像指控他们没有好好工作一样。这个男权主义盛行的时代，男人们仍然轻视女性同事而无需受到任何指责，即使这个女同事是他们的老板。金德尔也承认，由于她的性别，她无法说服她的手下相信，第一次污水处理程序对环境并没有太大作用。

金德尔说:"作为一个没有受过任何专门训练的公共工程委员会主席,我不得不花费很多时间弄清楚到底发生了什么。实话和你说,在这上面我花了大概 2 年左右的时间。首先,我是洛杉矶市历史上第一位担任这个职位的女人。我们还处在一个男权堡垒中,所有为我工作的人都是男士。他们中大多数人在二战后来到这个城市。我所有的手下都拥有工程学位,唯独我没有。我必须首先要搞清楚我在这里的角色究竟是什么。"

尤其,她当时无法获得洛杉矶市副总工程师唐·蒂尔曼(Don Tillman)的理解,蒂尔曼在当时被无可争议地公认为卫生工程方面的教父。可以说,金德尔是负责此事的主导人物,但她认为,蒂尔曼对此一点儿也不在乎和忌惮。金德尔说:"我记得蒂尔曼总是会说,'稀释是解决污染的方法,'他还会说这些都是环保主义者臆想出来的——常常通过诽谤的方式。根据工程师的看法,环保主义者并没有受过技术培训,你知道,技术人员拥有工程学位,他们是通晓科学的人。随着时间的推进,情况不会有任何转好。我们这里有市检察官办公室负责制定相关规定,技术人员认为这并不是一个问题。"

金德尔说,她本来可以和布拉德利谈谈这件事——并且她确实这样做了——但是,那些工程师们先找了市长,并且怂恿市长反对环保署的意见。金德尔说:"从这个角度来看,布拉德利是个保守的家伙,他听从了那些所谓的专业人士的意见。他会遵从他们的建议,除非他拥有不听从专家建议的更好的理由。"

然而,这场论战的焦点归根结底回到了金钱方面——至少从公开的方面来看。布拉德利领导的市政府和市议会像是威胁选民一样,在《洛杉矶时报》上发文警告公众,如果要进行任何二次污水处理程序的新建设，市民缴纳的污水处理费将由原来月平均 5.40 美元大幅上涨到每月 10.60 美元。洛杉矶市女议员乔伊·皮卡斯（Joy Picas）在同一篇文章里说："我们将会考虑加倍收取税负……为了微不足道的利益。"或者正如约翰·多尔西现在所说："这个花费太昂贵了，从这个项目中根本无利可图。"

本内特在 1985 年的辩论中着重提出这方面内容，洛杉矶市大肆宣传其在改造海伯利安污水处理厂方面已经花费了 1.8 亿美元。洛杉矶市的官员们抱怨如果进行全面二次污水处理，花费将会再增加 1.55 亿美元，而且还不会大幅度改善水质。最后，洛杉矶市打算花费 2 亿美元建造海伯利安污水处理厂能源回收系统（HERS），而且他们几乎不提这笔钱中的绝大部分将来自联邦资金。

洛杉矶市尽可能挥舞着这笔钱，以证明它的立场。与此同时，布拉德利自己却很少说什么，他信赖手下的工作人员，靠他们捍卫了洛杉矶市的立场。毕竟，那是他们的工作。

第 7 章

激进主义者

作为故事的讲述者,霍华德·本内特不善于分析故事中的关键时刻——在那些关键时刻,如果特定的事情没有发生,那么世界将会有所不同。他只是大概了解整个故事,尽可能多地穿插一些旁白来解释一件事或另一件事,直到故事开始失去动力。如果故事中的某个事件有意义,他会选择不去想它。故事本身就足够了,他不需要把这事全想清楚。

这也是当谈到联盟创始的时候,本内特想快速略过他和多萝西·格林(Dorothy Green)打交道的过程,多萝西·格林时任保护选民协会洛杉矶分会主席。这个成立 9 年的联盟是一个类似于政治票据交换所的组织,它根据政客们的环保立场来支持他们,尽管这个组织从没有卷入个人事件,但他们显然是本内特需要联系的对象。本内特在不知道格林是谁、这个协会是干什么的、这个电话将会影响如此多人的情况下,用露丝·兰斯福德给他的通讯录拨通了格林的电话。当他现在讲述这个故事的时候,他还是没有提到最后一件事,无论它被证明多么戏剧化。

和当时大多数环保主义者一样，格林当时也没有听说过 301（h）豁免条例。可以公平地说，格林当时并没有把马桶冲水和圣莫尼卡湾的污染联系到一块儿。尽管现在大家都知道滴滴涕和多氯联苯覆盖了部分海底，当时却没有人知道该怎么办，所以这个问题也不太会引起公众的愤怒。而如果人们谈论到污水排放这个话题，大多数人并不知晓海伯利安工厂处理污水能力上的不足，他们也不会轻易对此表示怀疑。所以，当本内特拨通格林的电话时，他不仅把格林尚未意识到的情况向她和盘托出，还简明扼要地告诉她如何处理这个问题——反对豁免条例的通过，这样才能阻止污染的继续。正如格林所说的"霍华德通知了我们，他还通知了媒体、学术界，通知了每一个人——霍华德·本内特真像一头嗅觉灵敏的猎犬。"

当时，有关豁免条例的真相就像个晴天霹雳，足以促使格林对此行动。她在协会委员会议上提出本内特的议题，委员们都同意加入本内特的联盟之后，4月11日，格林又给加州环境质量委员会和公共工程委员会的主席们写了封信。虽然没有霍华德·本内特的信件那么尖锐，但人们还是能从格林的措辞里感受到当她得知《清洁水法案》有明显漏洞时表现出的惊讶，这种惊讶里蕴含着严厉和慷慨激昂，在信里，她写道：

"我们要求环境质量委员会和公共工程委员会立即展开对豁免程序条例的调查。洛杉矶市民们要求知道为什么豁免条例正在被通过。我们要求知道谁对这项推翻联邦《清洁水法案》、无视现存法庭庭谕清理负责。我们还要求知道为什么向环保署提供的支持这项豁免程序的信息是如此不充分。"

这个微不足道的协会代表洛杉矶市民发言，可能似乎有些过于自作主张了，但是对这件令人震惊的事件，格林在信上用最谦逊的方式表达出恰当的愤怒。但除了表达愤怒，格林的协会也无济于事，所以分会的委员们聚集在格林位于加州大学洛杉矶分校附近的家中进行商议。她的家大约建于1928年，是一座都铎式建筑。而本内特也参加了这个会议，商讨下一步的行动计划。

当本内特这个薪水有限的中学教师第一次踏进格林家的房子时，在他眼里，这简直是座宝石之城。和格林家将近4 000平方英尺的府邸相比，本内特位于海滩上正正方方的房子显得太寒酸了。他惊讶地推开厚重的木质大门，穿过铺满织物的过道，房子里充满了财富的温暖气息。格林的丈夫杰克在建筑业获利丰厚，他们俩在1966年买下这栋房并进行了翻修，尽管他俩谁都不喜欢这里的古旧风格，但他们从来没有搬过家。

委员会通常在格林家的客厅集会，这是个长条形的房间，高高的天花板上能看到裸露的风格粗犷的木头横梁，四壁刷上了白色的灰泥。这种装修风格，大概一半人会期待透过窗户看到英国的荒野吧。在这里，委员会成员们坐在两个长沙发椅和从饭厅搬来的椅子上，聆听着本内特讲述他获悉的概况和他提出的解决方法。

对本内特而言，召开第一次新闻发布会只是面对公众和媒体抛出的一个温柔的响雷。他想要大张旗鼓地继续这个议题。他深信在媒体摄像机面前带有视觉效果和华丽辞藻的反对言辞是最有效的。凭着愤怒狂热者的一腔热情，他向震惊的委员们抛出了一个又一个建议，提出进行一连串示威游行，那样洛杉矶市、环保署和地区水质监控委员就会不得不注意这个议题，至少他是这样认为的。

参加会议的还有协会45岁的副主席莫·斯塔夫尼泽（Moe Stavnezer），白天他是位爱交际的药剂师，下班后是一个到处闲逛的激进主义分子。[作为其他组织成员的唐·梅和马丁·比豪尔（Martin Byhower）也参加过一些这里的会议。]斯塔夫尼泽认为，本内特建议去洛杉矶国际机场示威，告诉来往的航班乘客豁免条例的内容，就像生态环境的克里希那派一样。当时本内特几乎是一说出这个提议，就被委员们否决。

斯塔夫尼泽认为本内特并没有把他们视作合作者，而是只想借助他们的力量帮助自己，使自己的计划成功。这位中学教师下定决心通过自己的方式来行事，他对有分歧的看法并不感兴趣。现在，斯塔夫尼泽说："对于事件的进展，霍华德有自己的想法，他会努力推动这些事件向前发展。我不记得这些事件在会议上有没有被否决，但是我确实知道，协会中部分人员和其他一些人认为霍华德所作所为已经偏离了他的建议的根基。很明显，人们不愿意和霍华德结盟。"

格林背对着窗户，坐在一把路易十五时代的软座圈椅上，聆听着本内特像投掷手榴弹一般说出他的计划书。格林当时已经56岁，身材苗条，穿着整洁，头发拢在脑后。她没有对某一项或者两项的示威表示明确反对，但在原则上，她更青睐有分寸的、循规蹈矩的方式。本内特认为朝当权者竖中指没什么错，而格林却甚至和对手也发展良好关系，她觉得，长远来看，桌边多一把椅子比相机前的作秀和反对更有意义。当然，她也承认，你需要媒介的关注——不仅仅是电视，还包括广播、报纸——但如果你仅仅是大喊大叫地辱骂，负责的人会把这扇门关上。同样的事情曾经发生在里蒙·费伊身上，决策者们不喜欢他身上过分的好战性。

格林的这种处事态度是在之前 15 年逐渐养成的。她在 1970 年幸福地嫁给杰克，养育着 3 个儿子，但却经常情绪低落。如果当时问她这个问题，她会痛苦地解释，她的个人生活和情绪低落扯不上关系。环顾她的四周，她的郁闷更有可能是她看到儿子报名应征入伍；无论好坏，民权运动似乎正在结束；1970 年第一个地球日提醒她环境如何变得糟糕。她变得如此沮丧，以至于她钻进被子来逃避这一切。

幸运的是，这种境况并没有持续多久。格林迅速意识到，长期来看，自怨自艾是无济于事，更好的解决方法是付诸行动。格林不是一个相信成功的人来自多种事业，她决定一次专注于一个目标。受表兄弟、毕业于加州大学伯克利分校的一位年轻环保主义者史蒂夫·贝克威特（Steve Beckwitt）的影响，她选择了环境事业。从那时候开始，她选择并加入了一家名为"Women For："的组织，——这个组织以住在比利弗山的女性群体为基础，她们想投身政治活动，承担比冲咖啡、贴邮票更重要的工作，而这些事情是迄今在竞选活动中女性被赋予的传统工作。这个组织的名字看上去像是拼错了，其实是故意为之的开放式名称。格林说："她们是为了教育、和平、环境，生活中一切美好的事物，因此，我成了环保行动委员会的负责人。"

这个组织首次在 1972 年成功促使了 20 号提案的通过，通过提案，成立了加州海岸委员会以监督沿海的开发。她还在萨克拉门托游说环境立法，在那里，她直接了解了金钱在政治中的作用。当她和另外两位"Women For："的朋友在一家立法委员常去的中餐馆吃完饭时，议会的发言人鲍勃·莫雷蒂（Bob Moretti）认出了她们，为她们结了账。根据记录，格林的组织支持的法律草案如果通过，将来有可能在州政府设立一个制定环保政策的机构。而这项草案却胎死腹中，未被通过，格林相信，这个结果和石油利益集团的游说有关。

多年来，格林的激进主义态度令她一直关注用水问题，在加州，鉴于有限的农业、城市供水和被其他地区偷掉的水之间的激烈争夺，用水问题一直是一个敏感而复杂的主题。（洛杉矶不光彩地从东北部的欧文斯山谷抢到了用水权，而且，当时还沾沾自喜地享受着由此带来的水量。）用水问题令格林全神贯注，沉醉其中，就像其他问题都不存在一样。它是301（h）豁免条例和格林兴趣结合的延展，因此，格林打算介入豁免条例的问题。如果不出意外的话，豁免条例更可控，而其他水问题并不可控。

尽管在早期的一份联盟新闻稿末尾把本内特和格林都列为联系人，但两人的关系还是保持冷淡。格林出于她建立人际关系的本能，忍受着本内特的好战，而本内特却并没有假装忍受格林温和的建议而不那么咄咄逼人。某种意义上来说，短期内，他们相互需要——在很短的短期内。

第 8 章

第二次听证会

考虑到里蒙·费伊讲过的有关 301（h）豁免条例的第一次听证会的情况，霍华德·本内特无法扭转豁免条例得到批准的事实，但是，在环保署和地区水质监控委员会面前召开第二次听证会，这个想法尽管出人意料，却简单很多。

霍华德·本内特代表新组建的联盟说："我们想再增加一次听证会——再多给我们一次机会。"在他向公众宣布他的诉求不到两周之后，环保署 9 区寄给他一封签署日期为 4 月 9 日的信，用不带任何倾向的措辞，同意了他咄咄逼人的要求。这封信只有一页纸，几乎不用换气，一口气就能读完："根据您的要求，修改涉及洛杉矶市海伯利安污水处理厂的 NPDES（全国污染物排放排除系统）许可中 301（h）豁免条例草案的第二次听证会将于 1985 年 5 月 13 日上午 10 点举行。"这封简短的信的其余部分提到会议的细节，这封信由环保署 9 区海洋和河口分部的负责人帕特里夏·埃克隆签发。埃克隆 33 岁，1977 年加入环保署，刚开始负责这个部门。在这之前，她在陆军工程兵团服务。现在她说，她和地区水质监控委员会的执行主席罗伯特·吉雷利共同决定，鉴于公众的抗议，召开第二次听证会。

但是，如果本内特想像希望的那样，在信的字里行间读到"天哪，我们衷心采纳了你的建议，是的，的确应该再开一次听证会"那种和解的语气，那他就想错了。埃克隆的信里从来没有表露那样的意思。尽管这封信语气冷淡，本内特还是送了一束红玫瑰给埃克隆，似乎他们才是秘密盟友一样。埃克隆说她从来没有收到花，但是根据联邦法令，即使收到了，她也不得不拒收。

［尽管没有证据，本内特一直坚持认为环保署之前从未因为民众进一步的意见，召开第二次听证会重新考虑301（h）豁免条例。而埃克隆也不确定重新召开听证会是不是前所未有的，就像本内特想要民众认为的那样——史无前例的。］

尽管本内特兴高采烈地送了花，但在宣布这个消息的时候，他几乎没有笑过。第二次听证会并不意味着什么，除非他手握一堆王牌，足够打败市政府。这不仅要求听证会大厅坐满了听众，而且，如果可能的话，他还要带来一大群慷慨激昂的反对者坐满整个大厅。他想在水质监控委员会和环保署主持的会议上，民众爆发出雷鸣般的愤怒，这样，他们就会忌惮民众反抗，从而不敢批准豁免条例。

但这并不仅仅只是愤怒的公民坐在椅子上发出嘘声而已。首先，这些人需要讲出令人信服的证据，一遍又一遍大声揭发事实的真相——圣莫尼卡湾已经被污染了，海洋生物和人类健康状况岌岌可危，你们怎么敢提出，洛杉矶市认为污水处理只需要一次就足够的建议？第二，听证会大厅里还需要有一目了然、无需开口、无可辩驳的物证，能够影响决策者。本内特需要这些王牌。

在被认为是他最聪明的策略中，本内特近水楼台地利用了所供职的学校——卡尔弗市高中提供的天然资源：学生。大多数孩子都定期去附近的海滩玩，很多孩子都是冲浪者，一想到要从本内特告知他们的满是污水的波浪下滑过，他们就吓得面色苍白。即使他们当中没有人说什么，这个年轻的群体单独就能用强有力的信息威胁到地区水质监控委员会——不要激怒未来的投票者。

但这里有一个问题，听证会被安排在星期一的早上进行。诚然，对学生来说，这可能是一次额外的鼓励——旷掉原来同一时间的课程，改上一节公民教育课——本内特还是需要说服学校行政管理部门，参加听证会的教育意义远远超过明显的逃课邀请。后来，实际上他并没有去找校长格伦·库克（Glen Cook）为自己和几百个学生请假。没关系。本内特在卡尔弗市高中两千名学生中小有名气。有他报道的报纸被学生们贴在走廊公告板上，他们在电视上看到他。本内特说："我打算干的事情在学校并非秘密。"

因此，本内特没有为了带学生参加听证会而寻求校方的批准，而是简单地表示他将参加听证会，并且他邀请所有的学生一起去。这样做可能少许有些冒失，但据本内特说，库克校长没有认为这是问题，他什么都没说。为了至少给听证会增添一点教育意义，本内特说服了两位社会学老师，这会是一次很棒的公民教育实践课，于是他们也组织了班上的学生一同前往。

尽管学校对这件事睁只眼闭只眼，本内特仍然认为由学校出资租巴士带着这群十来岁的明日希望们从学校到20多千米外、位于洛杉矶市中心的州立大楼是公平的。听证会正是在这座大楼里举行。对于这个要求，库克校长明确拒绝。本内特说，他当时微笑而平静地走出校长办公室，但这个拒绝还是伤了他的心。在他看来，学校似乎有足够的资金租赁巴士，带着学校运动队参加比赛，而对于这项每个人都视作重要的活动，学校却不愿意凑出一点钱来解决交通问题，而这项活动将会让孩子们看到真实的世界是如何运转的。

本内特认为这个出现的不是时候的当务之急会被解决的，他仍然用他惯用的方式行事——他认为像校长那样的掌权者一定是没有完全理解整个事件，他转而向民众寻求解决方法。在这种情况下，他发现学生团体理事会拥有一些资金。于是他去每个班级理事会，从二年级到毕业班，向他们寻求帮助。所有班级都大致同意，用他们的预算资金优先支付巴士的运营费用。这样，大家终于不需要通过烘焙食品义卖来募集资金了。

可以肯定的是，保证出席听证会的不止本内特的学生。多萝西·格林呼吁她的朋友们和志同道合的激进主义者不仅参加听证会，还要发言说上一两句话为什么参加。听证会举行前一天，《洛杉矶时报》在周日特辑上刊登了"地球警报！"组织执行主管帕特里克·沃尔撰写的社论，非常冷静，但毛骨悚然地描绘了圣莫尼卡湾的现状。他谴责南加州水质研究项目，该项目声称研究设施"已经不止一次地'证明'污水对该地区的海洋生物有益……事实上，这个黑白不分的监察机构甚至主张可以把经过处理残留下的固体物质——污水淤泥随意丢弃排放进沿海水域。而根据联邦《清洁水法案》，这是非法的"。

有趣的是，沃尔称《洛杉矶时报》从各个角度审查了文章，但编辑们忽视了一个神秘又重要的错误：他在社论中写道："一直到现在，对海伯利安污水处理厂来说，301（h）豁免条例的通过毫无问题。"

3年来豁免条例似乎马上将要生效，而事实上洛杉矶市却一直没能获得豁免条例。在社论的结尾，沃尔向该报逾百万读者发出邀请："公众现在有了一个难得的机会，来阻止这种对我们沿海水域的毒害。如果你爱这片海洋，请为它发声。"就像本内特声称的，如果环保署和水质委员会偷偷宣布了第一次听证会的召开，那么第二次听证会也不是秘密。

5月13日那天，本内特身穿一套深色西服，在载着学生的巴士离开校园之前，他登上每一辆巴士，劝告孩子们通过指控来表现自己（孩子们由志愿者家长护送，这一切都是本内特亲自安排的）。这意味着，听证会上没有嘘声，没有喝彩声，或是其他粗暴的行为，这和他原本想象的相反。然后，他开着辆二手雪佛兰车和邦特出发，走进了州立大楼1138号房间。这是个有点单调的会堂，灯火通明，观众的座椅排列得像剧院，面对观众席，前面有几排阶梯式的主席台，由6人组成的委员会就坐在那儿及腰高的隔断后面（原本陪审团有9名成员，但3个位置是空的）。本内特在前排就座，邦特在大厅后部找了个位置，故意远离本内特和投射在她丈夫身上的聚光灯。

现在，本内特说："我遭受过人身恐吓，我完全不希望邦特也受到牵连。你知道吗？我没法告诉你。哎呀，她参加过所有的示威游行，但我从不向别人介绍她是我的妻子。她出席过所有的会议，但我不希望她卷入其中，尤其是受到牵连。"本内特在接到了一个语焉不详的电话威胁之后，为了自卫，买了一支史密斯威森38手枪，听证会那天并没有带到现场。

学生及他们的父母、环保主义者、洛杉矶市和洛杉矶县的官员，还有其他人迅速坐满了会场。本内特激起了公众的愤怒，这个策略非常有效，现场喧闹热烈，人多得已经挤满走廊了。更重要的是，有48

个人书面签名反对豁免条例。当电视新闻摄影师到场,在大厅前左侧一固定好机位,公民教育课开始了。那是对的,孩子们,那儿每个人都有可能告诉过你;光告诉政府官员他们在毁灭环境是不够的,你还要在媒体面前这样做。抗议者和记者的关系是共生的,互惠互利的,这样才能得到最大的效果。本内特向南加州每家媒体机构保证,听证会将会吸引一大群有新闻价值的人。

里蒙·费伊坐在本内特旁边,咧着嘴笑。他在几乎空无一人的房间,对着几乎无动于衷的政策制定者据理力争已经很多年了。如果说上一次3月25日的听证会上,他用愤愤不平的语气预示着什么,多年徒劳的努力已经令他筋疲力尽。不过,现在!在5月13日这一天,几百名愤怒的群众前来支持他钟爱的圣莫尼卡湾。据《洛杉矶时报》估计,大厅里满满当当聚集了两百人。帕特里克·沃尔由于迟到没找到位子,被挤在大厅里。当他想要关注发言人动向时,不得不和其他人肩碰肩,肘碰肘,撞来撞去。

在费伊后面几排坐着南加州水质研究项目负责人威拉德·巴斯科姆,他看上去非常镇定,注意力全在301(h)豁免条例上。

环保署的埃克隆穿着米色西服外套,留着中长的金发,带着一条厚重的项链,看上去整洁清爽。在大厅里,她经过抗议者的人群,径直走向会议室。起初看到这个场面,她有点被吓着了。但她提醒自己要保持镇定,当她宣布听证会开始的时候,她已经展示出了她的职业性和客观性。一开始,她例行介绍了301(h)豁免条例的限制。听上去好像她想确认,反对的人群意识到法律并非像本内特和其他人灌输给他们那样,像搭便车那么随便。埃克隆说,即使洛杉矶市获得豁免权,它还是要遵循规章办事。结束的时候,她的发言增加了"我们真的在乎你们的想法"的语气，她看着人群——水质委员会在之前的会议上从未见过这样的规模——向人群保证："我们尽可能留得晚一些，听你们每个人的发言。"

当听证会委员会主席詹姆斯·格罗斯曼（James Grossman）宣布美国环保署的希拉·维格曼（Sheila Wiegman）和其他政府代表将在作证中首先发言时，任何可能达成的善意立刻烟消云散了，本内特火冒三丈地从椅子上跳起来。

"我叫霍华德·本内特，我想……"

格罗斯曼平静地打断了他的话："很抱歉，本内特先生，现在还没到你发言的时间。"

"据我了解，在开头我们只有5分钟时间的公开评议来讨论议程中没有的内容。"

"本内特先生，不是您发言的时间，本内特先生……"

"这个委员会……"

"本内特先生，我想恳请您约束自己的言行。这不是一次普通的听证会。"

"这段时间是用来进行征询公众意见的——"

"接下来您将还有足够的机会——"

"公众——"

格罗斯曼的语气听上去有些愤怒，他说，"本内特先生，我相信媒体正在寻找一个合适的场合捕捉到您，"他按捺不住地暗含讥讽地指责道，"本内特先生，过不了多久您就会出现在电视画面上的——"

"这是特意留给公众评议的时间！您占用这段时间——"

"您将会有机会发言，"格罗斯曼说，"将会有机会的。"

他们俩继续针锋相对，各不相让，言辞远远超过了公认的通情达理辩论的范围，听众们在鼓掌。

本内特不愿意放弃，"我们之前已经听过他们的发言，"他指着政府官员，声音尖锐地说道，"这是特地用来进行公众评议的时间！"

里蒙·费伊冲向麦克风，用他听上去充满活力的声音，开始和往常一样发言，他说："我参加这个委员会的听证会，已经超过20年了，比在座的任何一位委员会成员的时间都长，可能也比任何今天到场的听众时间要长。这个听证会重新召开是为了聆听公众的意见！没有法律和规章规定，在聆听公众意见之前必须先听政府机构的发言。我建议你们首先听取公众的发言……我们要求委员会听取公众的声音！"听完里蒙·费伊亲民的演讲，听众大声地拼命鼓掌，好像有人很高兴在听证会一开始就引发出会场"我们对他们"的对立情绪。人们的欢呼声让费伊掷地有声地接着说，"政府机构应该对今天我们在这儿讨论的问题在监管上负有法律责任，而它们却在40多年的时间里从未阻止过问题的发生——"他的陈述在得到所有人共鸣之前，被掌声打断了。

委员会成员贝蒂·韦特曼讲述了一些关于礼仪的内容，最后，另一位委员会成员塞尔索·马丁内斯（Celso Martinez）呼吁在谁先发言这个问题上进行投票来结束变得无休无止的争论。通过委员会投票，本内特他们失败了，民众没有获得先发言的资格。本内特又尝试争辩了一次，而这一次，格罗斯曼威胁要把他请出会场。于是本内特和费伊终于坐了下来。

现在本内特用一种你可能在青少年身上才能发现的那种语气说，"那时的我是一个相当自负的人。"他接着说，当他想到他目睹到委员会面对公众时的那种傲慢无礼，现在想来仍然会热血沸腾。

代表洛杉矶市发言的人中有约翰·多尔西博士，他是一位海洋生物学家和冲浪爱好者，他希望人们相信他提出的是公正、客观、科学的观点。事实上，他在前面也不情愿地承认，洛杉矶市不应该通过7英里长的排污管排放污泥。他说："第一个程序是从海湾清除污泥。我认为这是非常重要的一步，对洛杉矶市来说极为重要的一个步骤。"

多尔西继续他的发言。他接着大致介绍了5英里长排污管附近的众多海洋生物，这个区域是初次处理污水被排放的地点。他指着他带来的样本说："在我们抓取的一处水域，我们获得的生物种类达到100种，就在这一次取样中，个体数量从35到4 000个不等。平均来说，我们在任何一处都能获得50～60种生物种类、几千个生物个体。这一区域有足够的生物数量和生物多样性。"显然，这些生物都极其微小——1 000种蜗牛身长不到0.5毫米，150种蛤类不足5毫米大。然后，似乎是讲给本内特听的，多尔西说："总之，我想强调一下，我们面对的似乎是一个带有感情色彩的议题。在过去的几周，我们被指控朝世界上污染最严重的海湾排放未经处理的污水，导致产生死亡地带……这种说法可能建立在口耳相传，而非大量事实的基础之上。"

如今，对于听证会，多尔西已经记不清太多了，他只记得，当他最后结束发言时，感到如释重负。现在他说："我只知道那儿像个巨大的马戏场，我很庆幸我终于可以从那儿离开了。"

在像这样的政府代表42分钟的发言结束以后，轮到本内特了，他终于有机会把在过去几周锻炼出来的煽动性极强的演说才华展现出来。他的发言是如此有效地引起人们的心理障碍，以至于在午餐时间，几乎没有人去街边的热狗摊。

他巧妙地引用一些未加说明的事实作为开头:"由于污水的排放,圣莫尼卡湾大部分海带床消失了……我们的鱼类产生了毒性,因此,人们告诉我们现在不能食用鱼类。我并不是想说我们一定要坚定,要愤怒,但坦率说,那些不认为有问题的人要么近视,看不见,要么更不幸的是,他们已经在某一天失去了嗅觉。"

接下来,他诚挚地说,"普通民众像小孩子一样被愚弄欺骗,整个污水处理行业让我们错误地相信,我们还处在安全之中。作为一个英语老师,我很清楚地明白,污水处理厂用委婉的说辞来抚平公众的担忧,让公众误以为他们做得很好。委婉的说辞,就是用好话来替代坏话。比如当爸爸或妈妈死亡时,我们告诉孩子,他们去了另一个世界。污水处理厂谈论的'初次污水处理程序'就是另一个委婉的说辞。污水只是经过分离,根本就没有被处理。而普通大众并不能像孩子那样被愚弄。他们明白被分离之后留下的仍然是未经处理的污水。用污水处理厂的委婉说法,经过'初次处理'后排放的'废水'或'污水'这些字眼就与'胃部不适'引发的后果和公众一般会说的'腹泻'一样。污水里分离了大块物质,但和未经处理一样。"

当然,本内特的演讲稍微偏离了一点证词里的事实部分,但毫无疑问,出于良好品位,电视台记者不会选这部分作为原话片段播出。但这就是真实的霍华德·本内特,他总是能在事实把讨论变得一团糟之前,把话题转化成直观的图像,深入人心。

本内特知道,他最终要打动的观众,是委员会成员。当贝蒂·韦特曼坐在执行主席的位子上前后摇摆,其他人靠着身前的桌子面无表情时,本内特像是警告他们似地说,"我今天不是一个人来的。"听众席上的人们用持续 30 秒的掌声打断了他的话。他接着说,"作为卡尔弗市高中的教师,学生们都希望来参加听证会,于是他们推举了代表前来……作为未来的选民,他们希望看到豁免条例被否决,希望能够在圣莫尼卡湾的海水里安全地游泳、钓鱼、冲浪。"当 14 分钟之后,本内特结束了他的演说,委员会用友善、热烈的掌声予以回应,似乎他们全是前来支持他的朋友。

在整个上午,发言者一个接着一个,其中包括目前环保界最举足轻重的人物之一、加州水资源监测委员会前主席卡拉·巴德(Carla Bard),还有几位抓着辩论中灰色地带不放的科学家,让人很难判断他们到底支持哪一方。有时候,像马戏团的指挥一样,本内特也会要求委员会迁就一下不得不马上离开的发言者,给他们机会,跳过发言名单顺序先上来作证。

总共有 4 名卡尔弗城市高中的学生发言作证,其中一位把自己诸多疾病归咎于海洋污染:严重的慢性感染、鼻窦增生,为此需要动两次手术。最后,他带着一丝青少年才有的鼻音总结说,"我认为,毫无疑问,海水受到了污染,你必须做些什么。"

会议进行了 3 个小时左右,多萝西·格林把她写好的书面发言交给费利西娅·马库斯(Felicia Marcus),尽管她俩因为用水问题多次通话,今天还是第一次见面。格林拜托马库斯代她宣读发言,因为格林不得不中途离开去保姆家接一个朋友的孩子。马库斯大声宣读格林的发言,她的发言把 301(h)豁免条例和整个用水问题联系在一起。尽管没有理解得很透彻,但是,这些还带着一丝困惑的听众在发言结束时礼貌地鼓掌。

最后,在听证会举行了 5 个小时的时候,里蒙·费伊浑厚的声音响彻整个大厅，他用冗长含糊、带着指责的长篇大论面对委员会。他说，"我认为这里有一个问题，听证会开始的时候，委员会主席表示出了明显的倾向，主席关心的是委员会的客户群，而他们是支持排放污染的。"在费伊长达17分钟的发言中，他不停责骂，有时是对委员会的所作所为进行冷嘲热讽，有时是粗声粗气地呼吁否决豁免条例。结束时，他的音调越来越高，掷地有声，他提出了他的朋友唐·梅赞同的内容——一个干净的海湾对于渔业和旅游业来说意味着更多的金钱收入。和其他发言的反对者不同，当他发言完毕回到位子上时，没有掌声。

某种程度上来说，费伊的话对反对豁免条例并没什么帮助。当时的委员会执行官员罗伯特·吉雷利现在说，"他是那种咄咄逼人、尖刻、爱攻击人的行事风格。当我是一名职员——而非委员会成员时，他就是那样，那种行事风格……没法儿很好地融入周围的环境。委员会会考虑民众的话，因为委员会更关注行事风格，比如信息被递交上来的方式，甚至比信息本身更重要。"

南加州水质研究项目的戴维·布朗博士坐在听众席上，听着其他科学家向委员会讲述有关污染的恐怖故事，他想证实这些事，但他不能。他也听到其他科学家平静地尝试展示全面二次污水处理程序对净化海湾也无济于事，就像有人认为的那样。他想上前争辩，但他也不能。相反，当委员会答应在7月22日召开的下一次会议上考虑301（h）豁免条例时，他还是坐着，怀疑他们会做任何事，除了批准豁免条例。但他不能公开反对。在他的老板威拉德·巴斯科姆的要求下，他不得不保持缄默。

第 9 章

科学家

威拉德·巴斯科姆强加给戴维·布朗博士的沉默持续了不到 4 天。在下一个周五，即 5 月 17 日那天的另一场公开听证会上，布朗公开指责他的老板把南加州水质研究项目的研究结论人为做成清白无误、无懈可击的样子，而不是让他手下的科学家自由表达他们的想法。实际上科学家们已经坚信圣莫尼卡湾被严重污染，以至于在许多地区海洋生物多样性大规模消失了。尽管布朗的发言相当简短，但他相信这应该已经令洛杉矶市的市民群情激奋，应该已经点燃了环保主义者和到目前为止看上去自由放任的政客们心中的怒火。他无法想象街头可能会发生的骚乱，但如果有，那也不错。

但令人遗憾的是，在场的 KNBC 电视台新闻记者走出会议室时显然没有留下什么印象。布朗本以为他对真相的揭露将会严重影响当天的其他新闻，对电视台的冷落，他心情复杂。但同时，他也接受了这么一种观点：人们并不认为这些信息有多么震惊。不过，这也并不意味着所有媒体都对他置之不理。第二天，《圣莫尼卡每日微风报》（*Santa Monica Daily Breeze*）发表了一篇由安妮·莫根塔勒（Anne Morgenthaler）撰写的文章，名为"滴滴涕研究结果被下令保持缄默？"。故事看了令人窒息，但洛杉矶市当局对此还是睁一只眼闭一只眼。没有其他记者打电话给布朗要求深入挖掘真相或是引用他的话。布朗高声揭露："这是一个丑闻！"但媒体人看待他就像他宣布去参加教堂野餐一样。

曾经鼓励布朗公开撕掉巴斯科姆虚伪面具的里蒙·费伊，欢欣鼓舞地给他打电话，在电话里，他大喊，"你做到了！"似乎他看到巴斯科姆马上将受到应有的惩罚。他又重复一遍，"你做到了！"

但布朗却没那么兴高采烈。如果那篇新闻报道没能在少数人之外引起共鸣，那他需要一次又一次重复对巴斯科姆所作所为的沮丧——不，应该是愤怒才对。于是，接下来他选择了当时看来最合理的举动，尽管可能有点不得已而为之——他给州议员汤姆·海登（Tom Hayden）写了一封信。在那个周五的听证会上，他已经向汤姆·海登证明，在1984年巴斯科姆是如何让他的全体职员管住自己的嘴巴，对有关圣莫尼卡湾污染的问题只字不提。

当这封5页长的信在针式打印机上被打印完毕之后，布朗读了一遍。在和媒体打过交道之后，他觉得这封信在这次斗争中将会决定中场的胜负。

这似乎是不得已的姿态。当然，他一条一条地反驳了巴斯科姆的论点，巴斯科姆认为圣莫尼卡湾的海洋生物生活快乐，通过从离岸5英里排污管排出的污水里攫取了丰富的营养。（这个观点如此奇怪，它的漏洞对所有人来说应该是显而易见的，但巴斯科姆说得非常可信，人们未加判断就接受了他的观点。）布朗还揭露了巴斯科姆模糊处理了食用被滴滴涕污染的鱼类罹患癌症风险的数据。这封信把斗争推向白热化，具有非常重要的作用。但是，布朗看着针式打印机里的纸张，看上去它似乎无法撼动任何人。他把信递给妻子安娜，问她："你觉得我应该把信寄出去吗？"

安娜知道这封信会令自己的丈夫引火上身，也许这会令她很担心。他们结婚才 3 个月，刚刚买下了位于长滩一幢小小的、带着 3 个卧室的房子。他们俩并没有足够的钱：安娜是南加州大学的研究生，一年有 1.5 万美元的实习津贴，布朗的大部分薪水需要支付给住在加拿大温哥华的前妻，用来赡养孩子。尽管布朗比大多数人赚得多，但如果他因为揭发老板失去了南加州水质研究项目的工作，他们的生活会陷入泥沼。尽管如此，安娜并没有把这些说出来。现在，她说，"我当时完全信任他，并对他有信心，他需要这样做。"

前一天周五的时候，布朗和巴斯科姆还一起坐在圣莫尼卡市议会会议厅，参加了由州议会工作组召开的听证会。会议由海登主持，他带着热情和公开表现出的愤怒，积极投身到圣莫尼卡湾的议题中，他的愤怒只是出于一个为正义而战的政治家的本能。也许是意识到他的化学项目主管布朗迫切想告诉海登南加州水质研究项目的真相，于是，巴斯科姆占据了大部分发言时间进行长篇累牍的演讲。

巴斯科姆冗长的演说从上午 11：30 进行到下午 1 点，几乎占满了安排给布朗、费伊和他自己 3 个人的演说时间。3 人被要求提供圣莫尼卡湾水质和鱼类遭到毒性污染的证据，以及对人类造成健康风险进行辩论。巴斯科姆上呈的图表显示海伯利安污水处理厂和洛杉矶县卡森污水处理厂排放出的滴滴涕和多氯联苯是如何从 1971 年最高值下降到

1984年几乎测量不出的低值。他声称，这两种化学物质在海洋生物体内的含量也在降低，从1971年的百万分之十八降低到1981年几乎追踪不到数据。巴斯科姆还告诉陪审团，在洛杉矶大都会地区捕获的鱼类中，没有一种超过环保署建议的毒性标准，即滴滴涕含量低于百万分之五，多氯联苯含量低于百万分之二。

巴斯科姆得意洋洋地比较食用圣莫尼卡湾中捕获的白色黄花鱼的健康风险和死于交通事故的风险。他说，你在公路上出交通事故的概率为1/70，而通过食用受污染鱼类罹患癌症的概率为1/13 888。布朗清楚地记得，海登听完之后尖刻地问："那这是好消息还是坏消息呢？"

巴斯科姆甚至在最后随口说出了他的"饲养理论"，目前海伯利安污水处理厂排出的废水中的有机物质成了鱼类和其他海洋生物丰盛的海底美食，因此，我们只能得出污水有益于生物种群数量的结论。

巴斯科姆的发言还在继续，在布朗看来，这一长串内容带有误导信息。在巴斯科姆旁边，布朗在椅子上扭来扭去坐不住了。他知道真相！他准备好补充巴斯科姆故意遗漏的缺失部分——完整的事实表明海洋里确实存在大量鱼，但种类极其有限。其他种类的鱼群逃离了这个地区，只留下一个缺乏生物多样性的海湾，也就是一个不健康的生态系统。而食用海湾捕获的鱼类患上癌症的风险远远高于巴斯科姆所说的。巴斯科姆统计的只是偶尔尝一点点白色黄花鱼的人群，而非南加州的渔民，后者的白色黄花鱼摄入量是这个数量的4~15倍。

最后，快到下午1点钟的时候，海登把布朗叫到了陪审团面前，用一种似乎不合逻辑的口吻问他："南加州水质研究项目的职员是否被施压，不向公众透露任何信息？"就在那一刻，布朗在南加州水质研究项目的5年工作可能就此终结。

布朗是一个一丝不苟、条理分明的人，他知道真相却不能把它说出来，这让他非常沮丧。他小心翼翼从事的研究被写进南加州水质研究项目的年度报告，对于任何一个愿意花上几个小时沉浸在科学术语世界里的人来说，真相当然就在那里。其他地方的科学家找出南加州水质研究项目的研究报告，发现里面的数据如此充分和精确。无疑，他们也能发现密集的图表和曲线图悄悄透露出的海湾污染情况，但他们当中没有人会向公众提及悲观的数据和巴斯科姆乐观的阐述之间的差距。

很明显，政府工作人员、洛杉矶市和洛杉矶县的工程师，还有政务缠身、工作过度的官员，很少会在阅读巴斯科姆撰写的摘要之前打开这些报告。在摘要里，他们得到这样的信息：即使曾经纯净、原生态的圣莫尼卡湾正在遭受污染，情况还是在好转之中。在读者的脑海里，这等同于：我们正在做的，一定是一件正确的事情，无需为治理污染花费比现在更多的钱。这样的话，当然，我们应该获得301（h）豁免条例！

而令布朗最为恼火的，是巴斯科姆把他的研究转变成继续制造污染的理由和借口。巴斯科姆利用了他。

让我们回到1980年，当布朗加入南加州水质研究项目时，他还是个研究海洋生物的高才生。他在1970年于不列颠哥伦比亚大学生物化学专业毕业，获得学士学位。毕业之后，他立即进入一家研发公司工作。当时这家公司主要从事一项由政府出资的项目的研究：纸浆厂废水如何影响格鲁吉亚海峡的海洋生物。通过这个项目，他学到很多真正的生物学研究方法，收获颇多，以至于5年后，当他重返校园攻读博士学位的时候，在研究生学习期间就发表了12篇论文，学术成果超过绝大多数教授。

为了获得博士学位，布朗研究过海洋生物摄取食物中各种有毒污染物的能力，通过分解或中和这些污染物，使得动物免受其影响。重金属可以被生物分解，是因为海洋生物体内有一种叫做金属硫因的蛋白，而有机毒素通过和谷胱甘肽结合被新陈代谢，本质上来说，也就是毒素会被排出，动物不会中毒。大多数动物都拥有这种能力，但有一点需要说明，生物没法分解摄入的所有毒素。奇怪的是，研究显示尽管严重中毒发生时，解毒能力有一个上限，但即使毒素处于较低水平时，排毒系统也会错过一些有毒物质。也就是说，如果毒素数量翻倍，机体无法排出的毒素量也翻倍。

这一点非常重要。如果环境中仅存在少量滴滴涕，当海洋有机生物摄取它时，可能并不会受到伤害，尽管有时生物不能分解全部毒素。但是，滴滴涕浓度水平越高，动物脂肪组织里残留得就越多。当大鱼吃小鱼时，这个问题变得更加糟糕：随着毒素进入食物链，小鱼体内相对较小浓度的毒素在每一步都会放大 10 倍。这有点像当你喝一杯葡萄酒时，你的身体只代谢了一部分酒精；剩下的酒精储存在你的身体里。下一餐，你又喝了一杯葡萄酒，同样的事情又发生了。很快，你的体内就像一个装满酒的游泳池。因此，当一条大鱼吃掉另一条较大的鱼时，大鱼体内毒素的浓度是起初摄取滴滴涕或多氯联苯的小鱼体内的很多倍。

就像布朗所说的，没有其他的人研究过海洋生物的解毒问题，因此位于加州的斯克利普斯（Scripps）研究所对他表示出兴趣。他驱车从温哥华来参加了这个声名卓著的研究团队的面试，他们答应给布朗提供一个年薪 1.7 万美元的职位。这个薪金对一个愿意和其他 3 个人合租房子的单身汉来说足够了。但是布朗想要有足够的钱能够让他的两个心爱的儿子，一个6岁，一个10岁，坐飞机来和他多住一段时间，而对他来说，也能够飞去温哥华探望他们。

斯克利普斯研究所的主任向布朗推荐了他的一个朋友，为南加州水质研究项目工作的巴斯科姆，说他可能听了布朗的毒素分解研究也会感兴趣。很少有科学家不愿意谈论他的研究工作，于是布朗在返回不列颠哥伦比亚省的途中拜访了南加州水质研究项目位于长滩的办公室。

在30分钟的交谈里，巴斯科姆带着热切的关注和布朗讨论他的毒素分解研究，布朗的自我价值得到了充分的实现。"毒素分解"，多么美妙的字眼！有关它的一切是多么神奇！即使生物环境里可怕的事物终结，这个想法也呈现出近乎完美纯净的大胆画面。对于和巴斯科姆打交道的人来说，这个词听上去让人马上觉得既有学问又容易理解。当上帝创造的生物具有分解毒素这一特性，谁敢对洛杉矶市和洛杉矶县的301（h）豁免条例说"不"？

这位31岁的小伙子留着一头浓密的金发，胡须修剪得整整齐齐，看上去很有学术气质。巴斯科姆这个曾经的冒险者被他吸引住了，大概认为自己已经完全了解这位小伙子了。半个小时之后，巴斯科姆就提供给布朗一份南加州水质研究项目的工作，薪金勉强足够——年薪2.7万美元。然而，考虑到他对财务的敏感，只要布朗需要，他就可以实行弹性工作，而且更重要的是，这份工资可以让他看望他日夜思念、不愿离开的儿子们。

布朗成了巴斯科姆的明星员工。虽然巴斯科姆经常对别人盛气凌人，甚至把最好的科学家压榨到受不了而离职，但布朗却从未受到这种困扰。他开开心心地从事科学研究，几乎心无旁骛地着迷于毒素分解研究，直至分子水平。

尽管布朗每天躲在实验室里沉迷研究，足不出户，他还是很快意识到圣莫尼卡湾遭到了多么严重的污染，毒素分解并不能解决所有问题。微量金属、有机毒物、初次污水处理没过滤干净的固体，引起了食物链最底层浮游植物和硅藻的变化，它们正是最小的鱼和其他动物掠食的对象。鱼是挑剔的进食者，它们非常敏感，当它们的食物不完全一样时，它们能够辨别出来。于是，它们离开这片水域，迁徙到提供合适食物的地方。当小鱼离开，它们的大部分捕食者也跟着离开了。很快，只有少数物种——那些能够忍受的物种——留在那儿繁衍生息。

但巴斯科姆并没有公开这些细节。几年之后，布朗很快意识到，巴斯科姆真正的使命，不是说出真相，而是通过证明二次污水处理程序是非必要的，从而支持301（h）豁免条例通过。他努力用多种方式来证明这一点，而其中一种就是吹嘘毒素分解的概念。

布朗看着巴斯科姆游走在真相的边缘，似乎明白了，作为南加州水质研究项目的主管，巴斯科姆通常不会被质疑他的权威，人们接受了他的结论。有一次，布朗发现了巴斯科姆在1978年5月24日在国会有关水资源的小组委员会上的证词，证实了301（h）豁免条例的提出是国会议员的想法。"巴斯科姆博士"——笔录整理稿里是这样称呼他的（尽管巴斯科姆是加州大学圣迭戈分校海洋科学的兼职教授，但他并没有从大学毕业）——声称，"在加利福尼亚沿海，在过去，污水对环境的影响被证明不会持续很久，而且是完全可以逆转的；如果我们观测那些曾经被使用、现在废弃的排污管，我们可以看到，在大多数情况下，在一年左右时间以内，它们可以恢复原始状态，无论之前它们是什么样……而且现在所有这些排污管周围的环境还在持续得到改善——或者至少大部分排污管周围环境在改善；当然，可能会出现例外（他并没有提及例外发生在哪里）。这表明当我们学习工作时，无需真正担心情况会变得更糟糕；无论如何，情况正在好转。"

这是一份相当圆滑的声明——如果有人不怕麻烦想要分析里面的措辞——但无疑，国会议员们对此毫无疑虑，他们没有打断他询问细节问题。然而，事实是南加州水质研究项目为之工作的那些污水处理厂没有废弃过排污管，所以这部分话题完全是巴斯科姆转移注意力而已。巴斯科姆声明里的第二部分也基本上是错误的：情况并没有转好。

稍后，巴斯科姆在发言里提出了他最为得意的支持301（h）豁免条例的理由——污水对鱼类有益。他说，"排污管所起的作用是把额外的有机物质排入海底，以这些有机物为食的动物聚集在那里……所以你会看到（参照图表），随着动物多样性的减少，动物的数量大大增加。这里的生物种群数量没有那么多，但每个种群的生物数量极其庞大。现在，我都不知道这是好事还是坏事。我想任何人都没法回答这个问题。"而事实上，大多数海洋生物学家认为，缺少生物多样性是环境恶化的标志。

在1982年前后，有一天晚上，他看到电视里巴斯科姆告诉记者，南加州水质研究项目无法确定海湾中已知的滴滴涕究竟来自何处。巴斯科姆说，"我猜，可能是从日本、韩国或者菲律宾漂来的。"

布朗对着电视大叫，"巴斯科姆知道滴滴涕从哪儿来！我们知道！它来自洛杉矶县的污水处理厂。"布朗知道，巴斯科姆在故意误导公众，巴斯科姆和其他科学家都清楚，南加州水质研究项目自己的研究已经表明，滴滴涕和多氯联苯在帕洛斯弗迪斯（Palos Verdes）的沉积物和动物体内中达到峰值，而这里正是洛杉矶县污水处理厂排放污水的地方。上百吨的化学品被随意倾倒,随处可见,一直蔓延到俄勒冈和到下加州顶端。布朗对巴斯科姆的颠倒黑白、表里不一十分气愤,他认为这成了他的"转折点"。他将在短期内戳穿巴斯科姆的谎言。

可能巴斯科姆觉得,他有合理的理由说谎。布朗和另一位南加州水质研究项目科学家布鲁斯·汤普森回想起洛杉矶县卫生区总工程师兼总经理查尔斯·卡里(Charles Carry)对巴斯科姆发过火。尽管没有直接说明,但卡里留给很多职员的印象是,如果洛杉矶县得不到豁免条例,南加州水质研究项目的资金来源就会中断。汤普森说,"我确实知道有时因为对豁免条例被否决的担心,会有这类不被言明的威胁存在,但我从来没有听到查尔斯·卡里说过这些话,还是别人告诉我他讲过诸如'别忘记你的钱来自哪里'之类的话。"

在卡里手下作为地区技术服务负责人工作的罗伯特·米尔(Robert Miele)说,卡里可能有时候喜欢对别人施加压力,但他不认为巴斯科姆会害怕任何威胁。他说,"如果你见过巴斯科姆,你将会相信没有人能迫使他做任何事。他完全是一个桀骜不驯的人。"米尔接着说,"卡里一向对南加州水质研究项目是这样一个独立团队而感到由衷自豪。因为了解卡里,所以我很难相信他会在那个位置说,等一下,我们要在这儿玩弄权术,你没有帮助我们,那么你不要再继续做了。"

不管怎么说,布朗记得巴斯科姆在许多场合说过,"不要咬喂你食物的那只手。"人人都知道这意味着什么。

同时,布朗试图一点一点开始反击。在1984年5月南加州水质研究项目科学家一年两次例行向资金提供机构和公众汇报研究报告的公开会议上,他尝试采用消极进攻的策略。巴斯科姆知道,在出席会议的人当中会有里蒙·费伊和他的朋友,"地球之友"的唐·梅,因此他要求每一个作报告的人首先在他面前排练一下,确保演讲的内容不会太偏离某些坦率的界限。布朗想高声说出,在对海湾进行的滴滴涕和多氯联苯研究中,他们到离海岸 90 英里的海域,试图寻找不含毒素的比对鱼类(那是作为比对受污染的鱼的样本),但他们失败了。巴斯科姆在 1982 年发布的南加州水质研究项目研究报告里也谈及此事,但对细节部分含糊其词。他说,"因此我们开始寻找完全可被接受的比对动物——但即使在像南加州海岸遥远的地区,像圣克莱门特岛(San Clemente Island)和科尔特斯(Cortes Bank)、墨西哥蓬塔班塔(Punta Banda),以及位于康塞普申角(Point Conception)北部开阔海岸的莫罗湾(Morro Bay),我们都没有发现未经污染的样本。"

而那里的受污染鱼群体内组织中滴滴涕和多氯联苯含量相当于同时期华盛顿州塔科马的科芒斯曼特湾(Commencement Bay)里鱼群的 4~9 倍。由于受到当地工业的大量污染,科芒斯曼特湾在前一年被宣布成为"有毒废物堆场污染清除基金点"。(当环保署宣布某地区为"有毒废物堆场污染清除基金点"时,一般来说,它会强制对污染负有责任的团体把污染清除。这个词也指任何被致命毒素污染,对所有生物都有害的地方。)

巴斯科姆在研究报告里删掉了"有毒废物堆场污染清除基金点"的注释参考信息,称这太政治化了。据布朗所说,巴斯科姆认为当地愤怒的科学家夸大了科芒斯曼特湾的污染情况。因此,把圣莫尼卡湾的毒素水平与这个被错误指定为"有毒废物堆场污染清除基金点"的海湾毒素水平进行比较,是不正确的。巴斯科姆在这条道路上越走越远,他在 1983—1984 年度报告上写道,"由于比对对象不够充分,这些数据难以解释。"也就是说,他手下的科学家们找不到任何未被滴滴涕污染的鱼。

布朗认为还有另一种解释：如果巴斯科姆承认圣莫尼卡湾离海岸90英里的鱼类受污染程度比"有毒废物堆场污染清除基金点"内的鱼类还要糟糕的话——离海岸越近，毒素水平越高——那么，环保署会认识到圣莫尼卡湾污染的扩大，最终否决301（h）豁免条例。

（布朗并不知道，一位环保署的官员直觉认为南加州水质研究项目过于乐观的结论里有舞弊现象。这位官员现在说，由于当时繁重的工作量，他什么都没说，由于缺乏证据，他打消了彻查这件事的意图。）

费伊和梅并非不知道最新的滴滴涕研究情况，布朗曾经偷偷告诉过他们。（他们通过被认为是正常信息交换的途径接触和会面——也就是说，费伊有可能打电话给布朗，询问他的研究情况。）但如果费伊和梅只是简单提出这些数据，数据的可靠性会受到质疑，因为照理来说，他们并非来自中立人士——或者至少是可信赖的专业人士——比如南加州水质研究项目的科学家。毕竟，这么多年来，费伊一直在谈论海湾近乎世界末日的糟糕污染情况——他甚至建议环保署也把圣莫尼卡湾列为"有毒废物堆场污染清除基金点"——所以他提供的数据不会引发别人太多兴趣。也可能因为费伊习惯把自己称作"简单的渔民"，这种低调反而适得其反。（这导致一些海洋生物学家认为他的结论仅仅基于简单的个人观察而非全面的科学研究，因此，结论是可疑的。）或者也有可能人们尤其是政策制定者，只是厌倦听到他的发言。这也是后来为什么霍华德·本内特能取得成功，而费伊无法达成的地方。某种程度上，本内特对待科学细节更加令人反感，并没那么坚持；但他是个新面孔，对这个问题采取了不同的方法。有时，这就是他成功的全部。

认识到当其他方式都失败时，你必须要找个记者来搅动这口大锅，于是费伊邀请了《洛杉矶时报》的特约撰稿人理查德·奥赖利出席1984年5月的听证会。布朗知道奥赖利要来（但巴斯科姆对此一无所知），他对自己的研究能有机会公诸于世感到很高兴，尽管其中有些内容会被略微删减。第二天，《洛杉矶时报》就在5月16日的版面上刊登了名为"海岸的污染令科学家们惊诧不已"的文章。文章援引布朗的话，详细叙述了他的团队成员如何从距圣路易斯（San Luis）港直线距离300英里的海域（也就是距圣莫尼卡湾北部135英里的地方），到墨西哥下加州北部的恩塞纳达距离岸边90英里的地方，试图发现未被污染的比对样本鱼类，却最终失败的经历。奥赖利对圣莫尼卡湾和科芒斯曼特湾的比较不太清楚，他呈现给大众的是关于布朗的研究结果的简略版本。

而对巴斯科姆而言，这个报道并不简略。巴斯科姆把布朗拉进办公室，和他讨论透露过度真相的问题。布朗的解释半遮半掩、含糊其词，但他给出的第一个理由就是，他要做的只是提供他所知道的事实——就像他所看到的那样——这就是他的工作。巴斯科姆接受了他的解释，建议他在有记者出现的场合要谨慎一些。

巴斯科姆通过向公众重复他一贯的含糊论调：海洋的水质"一直不断地得到改善"来减轻对布朗报道带来的影响。奥赖利后来引用了巴斯科姆的话，"我们完全相信污染不会对人类健康造成任何影响，我们没有发现鱼类种群的变化。"鉴于巴斯科姆是布朗的老板，他相反的观点有效地降低了这篇报道的影响。即使读者们对海洋里的滴滴涕感到骇然，报道的表述还是委婉的。文章最后一段写道："毕竟，事情实际上没那么糟糕。"

尽管如此，报道还是提醒大家，海湾里的鱼类几乎全都遭到了滴滴涕和多氯联苯的污染，当人们捕食了白色黄花鱼，有毒的化合物也会进入人们的身体。

这篇报道刊登之后，巴斯科姆加强了他的攻势。在1984年6月出版的《海洋科技》(Sea Technology)杂志上的一篇社论里，他利用了布朗的毒素分解研究成果。他说："尽管低浓度的滴滴涕和多氯联苯广泛存在于海洋之中，但它们造成的毒性很小，因为所有动物体内建立的生物解毒机能使得这些化学物质被新陈代谢，一种叫做谷胱甘肽的亚蛋白产生了一些难以获得的物质。食用了这种物质的海洋动物和人类得到了保护。"他再次通过反问"把食物和养分投入海洋是错误的，这种观点可信吗？"把污水的所谓的营养特点大肆吹嘘了一通。

1个月之后，《洛杉矶时报》尽可能地向公众告知了圣莫尼卡湾的污染情况，它让巴斯科姆和里蒙·费伊进行了一场并非真正的辩论。报社把他们说过的话进行比照，但是在接受访问时，两人——鉴于彼此之间的敌意，毫无疑问都选择了不在一个房间。报纸形容俩人像看到怪物一样互相毫不理睬。费伊看上去有些阴郁，他谈到了他的潜水经历，他说，"我看到海底的动物正在死去，它们的贝壳正在腐烂，这片广阔的海域从来没有恢复。"而巴斯科姆则欢欣鼓舞地把圣莫尼卡湾称作"一个海洋花园"。

这种公平的辩论方法，虽然从新闻伦理的角度来看是值得赞赏的，却没有引起公众多大的兴趣。为了客观看待事情，霍华德不订阅报纸，基本上对报纸内容一无所知，他几乎在整整一年之后才知道了301（h）豁免条例。然而，当他知道这件事时，他只是因为偶然看了新闻报道而有些愤怒。事实上，真正点燃他胸中的熊熊怒火的，正是里蒙·费伊。

很难说整个城市是否对此毫不在乎，抑或他们在乎。很多环保主义者认为，人们只是觉得，尽管海洋里有滴滴涕污染，他们还是要照常送孩子去学校，或者照常付账单。尽管污染令人感到厌恶，日常生活仍然胜过其他一切，包括三眼的黄花鱼。

在1984年11月的早些时候，巴斯科姆发现职员们的不安，尤其是布朗不断地要求向普通大众公布真相——所有的真相。于是巴斯科姆召开了一次员工大会，以确保职员们了解南加州水质研究项目的真正使命。他告诉员工，"南加州的许多城市和县愿意付钱给我们进行科学研究的主要原因是，他们在是否每家污水处理厂都必须进行二次污水处理程序的问题上和环保署进行了长期斗争。"他分辩说，南加州水质研究项目的科学家没有被要求保持缄默，他们可以说出他们的发现和意见，"只要有足够的数据支持，深思熟虑之后，作为一个团队，我们同意这样做。"

最后，他说出了谈话的要点。他说，"我们要尽量理解我们的高级赞助商（这里指的是污水处理厂的负责人）的麻烦。他们最关注的是二次污水处理程序的豁免和伴随而来的监测。"他提到了普吉特海湾的301（h）豁免条例申请在公众表示出对污染的强烈反对之后被驳回的例子，接着说，"对我们来说，我不想在这里引发公众的强烈反应，那会给环保署九区一个政治借口来进行类似的裁决。"

巴斯科姆召集这次会议的另外一个原因是，几个南加州水质研究项目科学家写了一份有关海洋哺乳动物体内滴滴涕浓度过高的研究报告。巴斯科姆不希望这份报告发表。他说，如果信息被披露给外界的话，我们可能会丢掉工作。巴斯科姆站在会议桌的一端，布朗坐在另一端,其他科学家位于他俩之间,布朗像经过考虑似的说,"我情愿丢掉工作。"接下来,每个科学家依次表示如果能把事实公诸于众,他们宁可失业。现在布朗说道,"那真是一件了不起的事儿,它真正表明了威拉德一直在威胁他的员工,而他的员工拒绝合作。"

尽管巴斯科姆试图淡化滴滴涕的论题,在 1985 年 2 月,KCBS 电视台的记者戴维·加西亚(David Garcia)迫不及待地告诉市民,蒙特罗斯化学公司(Montrose Chemical Company)已经合法地在卡塔利娜岛(Catalina Island)倾倒了大量滴滴涕和其他化学品。这大概被认为是处理废物的最便捷方法。从某种意义上来说,鉴于过去其他类似有关滴滴涕报道引发人们平淡无奇的反应,加西亚有理由把这次的报道叫做"独家报道"。

加西亚的报道告诉人们,从 1947 年到 1981 年间,美国最后一家滴滴涕制造商蒙特罗斯化学公司故意通过船只向大海倾倒废物,文章表示这种行为是在地区水质监控委员会的允许下进行的。不可否认,这个新闻不容乐观,发人深省。当加西亚列出同样被倾倒进大海的其他化学品的时候,他甚至气愤得喘不过气。这些化学品包括铍、甲醛、凝固汽油、氰化物、酸、溶剂和不明病理废料。正如加西亚报道中里蒙·费伊所说,"这可能是在全球海洋中,有记录的最广泛、最严重的污染问题。"尽管似乎费伊指的是海湾中的所有滴滴涕,而并不仅仅是通过倾倒的部分,但加西亚没有对两者做区分。

遗憾的是,加西亚的报道只揭开了冰山一角,覆盖海底的绝大部分滴滴涕来自洛杉矶县卫生区的污水处理厂(如果实行全面二次污水处理程序,就不会有那么多有毒物质)。几十年来,蒙特罗斯化学公司被允许把滴滴涕的废料直接从其作业中排入污水系统,数千吨的杀虫剂就这样被排入了圣莫尼卡湾。棕色鹈鹕受到影响几乎灭绝，这件事尽人皆知，那是因为它们吞食了捕食摄入滴滴涕的小鱼的大鱼，体内堆积的化学物质令生产出的鸟蛋蛋壳十分脆弱，蛋壳在小鸟孵化出来之前纷纷破碎了。

加西亚的竞争对手，KABC 电视台在第二天请出了永远可靠的巴斯科姆来试图还击加西亚。巴斯科姆否认了新闻，说这是南加州水质研究项目 12 年前老报告里的旧新闻了。巴斯科姆用一种慈父般令人放心的语调说，"没有人认为把有毒物质排入大海是一件正确的事情。问题在于，是否这样做存在合理的可能性，也就是说毒素水平是否能够上升到足够危害人类或海洋动物。据我们对海洋生物的测量结果来看，我认为这是一种可能性极小的情况。这个世界上，没有什么是零风险的，但我会说，这样的风险很小。风险绝对是微不足道的。"

而地区水质监控委员会没有那么乐观，他们让巴斯科姆解释为什么之前他们从未听说过这些内容。巴斯科姆说，实际上，你们听说过的。南加州水质研究项目在 1973 年公开发表了一份报告，花了 8 页谈论滴滴涕的倾倒问题，但显然没有人太在意。巴斯科姆面无表情地说，"我可以说这几页基本包含了 KCBS 报道里的一切。"他接着说："你必须面对的证据只是说许多物质被倾倒进了大海。我们没有看到明确的证据表明他们倾倒了所有物质，我认为你讲述的只是个无新意的至少 12 年前的老故事。"回想起来，KCBS 电视台的报道，以及接下来其他记者的报道，又一次用海湾污染有多严重的消息打击了普通民众，但这则新闻也表明公众对这个事情的漠不关心：巴斯科姆预料的骚乱并没有发生。

还是在 2 月份，稍晚时候，布朗在议员汤姆·海登主持的圣莫尼卡湾振兴工作组面前发言。作为一个说出真相的科学家，他终于告诉全世界，圣莫尼卡湾的污染情况比位于华盛顿州的科芒斯曼特湾严重得多。他和南加州大学的病理学教授哈罗德·帕佛（Harold Puffer）刚刚发布了一项研究结果，研究表明白色黄花鱼的脂肪组织中含有大剂量滴滴涕。研究人员还走访了1 000名渔民，发现他们当中10%的人每天食用的受污染白色黄花鱼、太平洋鲭鱼、太平洋鲣鱼和石首鱼达到或超过0.5磅。主席团问帕佛是否受污染的鱼会威胁人类健康，帕佛回答说，"这样说吧：我是不会吃这些鱼的。"

接下来1个月，也就是1985年3月，海登又一次在地区水质监测委员会的报告中强调突出了滴滴涕污染的问题。他告诉《洛杉矶时报》记者，"工作人员的报告详细表明了委员会在行使职能方面几十年来一贯的怠慢和疏忽。委员会似乎在关键时候睡着了，对海洋环境造成了无法逆转的伤害。"他并不知道，他的谴责——在那天的政治家中是不寻常的——声音足够振聋发聩，第二天会成为一位老渔民手中报纸上的内容。3月28日，正当霍华德·本内特打算晨泳的时候，那位老人会告诉他"水里有毒"，而完全没有夸大任何内容。也有人提出，如果不是布朗不停地抨击滴滴涕、多氯联苯和污物问题，这个问题也不会走得那么远，那么本内特现在还沿着普拉亚德雷海滩开心地天天游泳。

在有关301（h）豁免条例第2次听证会结束之后1周，海登在5月份又召集了一次听证会。海登办公室发给布朗的邀请信上这样写道，"工作组要求您出庭，就您所在机构在对圣莫尼卡湾有毒污染物叙述方面的专业性和权威性问题进行作证。"从海登方面来看，这份邀请看上去不那么真诚。布朗曾经告诉过海登的助手，前几年巴斯科姆在一次会议上用丢掉工作来威胁他们，说如果他们无视污水处理厂对301（h）

豁免条例的渴求，继续推动真相的全面披露，就会失业。也许海登是想把听证会变成一个充满戏剧冲突的政治舞台，他真的想问问布朗有关那次会议的事情。

很快到了5月17日，在巴斯科姆结束了他夸夸其谈的发言之后，布朗站到了海登面前，他知道他将马上向公众讲出他的老板让他保持缄默的内容。他对巴斯科姆为了满足污水排放企业利益，混淆事实的愤怒和厌恶的日子即将结束了。为此，他可能失去工作，他可能告别职业生涯。一切都是为了这个正义的时刻。他的心怦怦地跳，他的嗓音有些颤抖。

"不用太紧张，布朗博士。"海登对他说。

布朗向工作组讲述了1984年的那次会议。但这就是他所能得到的最大发言机会。令人不可思议的是，接下来海登下令休会。但在公开的记录里，巴斯科姆的发言仍然能看到，他声称食用圣莫尼卡湾里的鱼不会不健康。

第二天早上，布朗写下了他的信。他告诉海登，"像巴斯科姆先生的发言令每个人都感到困惑，"接下来，他条理分明、精确细致地开始反击他老板的证词，不遗漏任何一个细节。他的批评相当直接。他可能会有点儿过于注重细节，但他十分愤怒，有时候，愤怒是唯一激发正直感的情感。

布朗继续写道，"昨天巴斯科姆没有告诉你的另一件事是，他向您展示从圣莫尼卡湾7英里长排污管附近拖网捕获的照片里的鱼几乎全都是白色黄花鱼。这里涉及人类健康问题的核心。正如您所知，白色黄花鱼是南加州海域能捕获到的受污染最严重的鱼。它们之所以受到的污染最严重，很大程度上是因为它们被吸引到排污管口附近，以一种多毛目环节蠕虫为食，而这种虫子在排污口附近的底层生物群落里占据主导地位。既然排污管是污染的来源，那么以它们为食的动物遭到最严重的污染也毫不奇怪。这对垂钓者来说尤其是个不幸的消息，因为在南加州地区，白色黄花鱼是被垂钓者钓上来最多的鱼类。"

布朗的信里还涉及了巴斯科姆有关食用这些鱼类没有癌症风险的失实论述。布朗说，实际上，罹患癌症的风险概率比巴斯科姆告诉工作组的要高出两三倍。布朗写道，"重要的是，我们要认识到在南加州所谓的垂钓者中，很大一部分并非为了消遣或运动，而是把它作为一种食物来源，其中很多人没有工作，靠钓上来的鱼作为一周的蛋白质来源。在南加州，这些人是罹患癌症风险最大的人群。"

安娜·布朗刚刚读完信，就认为这是一件很重要的事。这是真相。戴维正要把信寄给汤姆·海登，无疑，海登会让她丈夫丢掉这份工作。

戴维在信封上写好收信人和地址，在一个星期天的上午，他们俩开车沿着 Bellflower 大街来到百老汇百货公司前面近处的一个邮筒。戴维·布朗把信拿在手上，停顿了片刻，脑海里记下了这个瞬间。

他再一次问安娜："我应该把信寄出去吗？"

安娜说："要听真相吗？"

"是的。"

"那么把它寄出去吧。"

他把信慢慢滑进了邮筒的投掷口，信消失了。现在，他的愤怒也结束了。

第 10 章

政　客

霍华德·本内特是通过这几天报纸上大量出现的有关戴维·布朗对威拉德·巴斯科姆的指责的新闻而知道威拉德·巴斯科姆的，后来，他和布朗本人通过话更了解了这个人。现在，本内特的圣莫尼卡湾道德剧里的反派人物出现了。如果说市长汤姆·布拉德利或者洛杉矶市议会的所作所为还介于善恶之间的灰色地带，那么，和他们不同，巴斯科姆的故事黑白分明。每当本内特谈论到巴斯科姆，他的嗓门会变大，会让你觉得是巴斯科姆本人把本内特家外面的海滩弄脏了一样。他偶尔还会假装啐口痰，这是他无需言语就能表现出的最简单、最粗俗的厌恶动作。

本内特不想成为只会大喊大叫的人，他在寻找他认为最完美的解决方法：正如他所说的，他想"控告巴斯科姆，让他在风中摇摆，以杀一儆百，警告那些对环境犯下罪行的恶人"。因此，他和卡拉·巴德、露丝·兰斯福德给坐落在圣莫尼卡大楼的汤姆·海登办公室打电话，本内特恳求议员立法裁决政府工作人员在公开场合撒谎为犯罪。据本内特说，海登并不喜欢这个报复巴斯科姆的主意，他没有表现出同样的愤怒，只是说，"他年纪大了，让他退休就够了。"

本内特认为海登的反应含有政治动机；也就是说，海登在推进这样一项法律上没有看到能给他的职业生涯带来什么好处。（海登忘记了这个会议，现在也几乎不太记得本内特了，他问："他是那个声称自己在粪便里游泳的家伙吗？"）

同时，当时的大多数环保主义者都把海登视作推动圣莫尼卡湾成为比有毒物质倾倒场地更好前景的想法的关键人物。海登在1982年首次代表圣莫尼卡地区通过选举进入州议会，为了保护海湾的环境，他起草过几份法律（现在这些法律在他看来毫无作用），但并没有成功迫使环保署把圣莫尼卡湾认定为"有毒废物堆场污染清除基金点"。他在圣莫尼卡码头举行新闻发布会，不停地努力争取，和里蒙·费伊、多萝西·格林及其他环保主义者广泛交流，也和洛杉矶公共工程委员会的莫琳恩·金德尔打交道，以及和洛杉矶市市长汤姆·布拉德利交锋。

海登现在说："我们在码头举办过多次新闻发布会，在圣莫尼卡我并不受欢迎。人们认为我给这个城市带来了不好的形象。但我们正在试图举办一些活动。"

然而，在20世纪80年代早期，海登对圣莫尼卡湾的污染情况知之甚少。现在他向我们讲述了一个真实性有待证实、却类似电影情节的故事，他当时在圣莫尼卡海滩上的一家海鲜饭店吃午饭，这时候听到收音机里的新闻报道说大量溢出的污水进入巴略纳溪，流入普拉亚德雷海滩附近的大海。海登说，那是他第一次发现情况居然那么糟糕。

海登的描述没那么令人信服，因为他不记得那是什么时候发生的了。他描述的污水溢流装置盖子爆裂——实际上是故意人为的——这个新闻是在1985年5月17日工作组的听证会结束2个月后的7月份才被公众关注的。在那次听证会上，布朗和其他人向海登讲述了比溢流槽更为耸人听闻的细节内容。（据格林说，针对溢流装置的问题，她和海登联合召开了一次新闻发布会。）

同时，海登比同时期其他任何政客更经常关注海湾的污水情况。现在他说："对海湾的问题，如果你不做出漂亮的口头承诺，选举中就没有人投你的票。"这么多年来在这一点上他没有取得太大进展，为此他一直有点耿耿于怀。他把这一切归咎于懦弱的政客和官僚。如果没有环保主义者的强烈抗议，他相信，像格林应该已经妥协，和污染的肇事者进行协商了，而不是像现在把他们告上法庭。

现在，他接着说："通过诉讼可以澄清事实，认罪辩诉协议有可能会被签署，但这只是在污染排放企业承认有罪或负有责任之后。不会有折中的做法，也就是说，你要么违反了《清洁水法案》和加州法律，要么清白无辜。"当海登召开工作组听证会时，这个45岁的男人对能够净化海湾这件事仍有点天真，或者更确切地说，过于理想主义。海登有着深色的浓密头发，中等体型，很有魅力（我们私下说，当他没有尖刻地向电视媒体抛出他的议题时，他还是很可爱的）。也许，作为演员简·方达（Jane Fonda）的丈夫（他们的婚姻维持了19年，于1990年离婚），他更为人所知。那些记忆久远、又没那么追星的人可能还记得，海登是"芝加哥七人案"中的一员，他们被判在1968年芝加哥召开的共和党大会期间犯有暴乱制造罪，后来又被宣判无罪。在加利福尼亚的议会上，他是一个离经叛道的人，常被视作极端自由主义者，他总是潜伏着伺机行动，猛烈抨击一个又一个社会议题。

到1985年，尽管海登在议会已经工作将近3年了，他还是需要设法处理各种五花八门的立法议案，有些立案不同寻常到几乎没人会去关心。海登负责跟进的31项成文法规中包括专门为接触有毒橙剂的越战老兵设立的法令，还有一些法令涉及邻里守望训练、"学校认知周里的石棉"，以及合乎犹太教教规的肉类和家禽的记录标准。

海登在海鲜饭店听到广播明白情况之前一年，州议会通过了他提出的圣莫尼卡湾复兴行动法案，那是他第一次试图解决海湾的污染问题。当时，他告诉《洛杉矶时报》的记者："情况非常严重。令我担心的是，我们会因为少了那么一点点环境和资源规划，让西洛杉矶和圣莫尼卡的瑰宝——圣莫尼卡湾这样的资源慢慢消失。我认为，圣莫尼卡湾会恢复原样的，我对此表示乐观。"

那是发生在1984年，他现在承认："那可能在我知道事情的严重程度之前。我当时正在慢慢地了解它。"那的确是一个微不足道、几乎被动的开端。加利福尼亚议会创建了一个由12名成员组成的圣莫尼卡湾咨询委员会，该委员会将根据该州的鱼类和狩猎研究部门提出的建议，为恢复海湾和增加渔业提供投入。

对于其他人窥探圣莫尼卡湾的海洋健康，威拉德·巴斯科姆可能感觉到强烈的地盘意识，他对《洛杉矶时报》记者抱怨说："如果前提是我们对海湾了解不够，那就错了。"回想起来，人们了解过多海湾的真相，并不是圣莫尼卡湾的问题所在，像里蒙·费伊，以及后来的霍华德·本内特这样的人都可以因为政府官员对公众隐瞒污染而控告他们。当时，海登并没有为他的怀疑买单。在1985年早些时候，他说过:"问题可能在于我们当时,不知怎么的,没有提出议案,我不认为位于华盛顿的环保署无视这个问题是个阴谋,我只是觉得没人知道这一切。"他说这些话的时候还没有意识到,自己的发言多么具有讽刺意味,他的议案被提交了一次又一次,却都无法引起公众足够的兴趣和关注。

海登采取的下一个步骤,是在工作组听证会上获得更多的信息,这并不是巴斯科姆愿意的。海登的网站声称,通过圣莫尼卡湾有毒污染调查,"这些早期的听证会第一次揭露了人们有步骤地、大规模地向圣莫尼卡湾进行污染排放,而加州的监管机构却什么也没做。"狭义上来说,事实确实如此。费伊、本内特和其他环保主义者在不同的场合披露了不同程度的细节,引发不同程度的关注,而监管机构无视这些,听证会上,布朗紧张地才说了几句巴斯科姆对员工的威胁,整个听证会最重要的秘密在几分钟之后就被终止了。

布朗在之后写给海登的信里更加言之凿凿地指责巴斯科姆罔顾事实,黑白颠倒。海登在下一个周二就收到了信,但他拒绝相信布朗信里对巴斯科姆绘声绘色的描述。据布朗说,海登还打电话问布朗:"戴维,你对信里的内容确信吗?"换言之,巴斯科姆留给人们的还是可靠、值得信赖的形象,即使像海登那样对当权派充满怀疑的人,在获悉一切的情况下,还是想要确定一下这个海洋地理学家是不是真像布朗说的那样表里不一、谎话连篇。

布朗接着说:"你知道,我觉得海登害怕了,有那么一个时刻,我觉得——你会明白当时的情形——他不知道我是否站出来自说自话(吹响号角),也不知道我说的是否只是夸夸其谈的空话。"但是,一旦布朗向海登保证他小心翼翼地把实情全讲出来了,海登的办公室立刻把布朗的指控递交给了时任地区水质监测委员会的执行官员罗伯特·吉雷利，还附上一封函件，建议委员会和工作组召开联合会议，追查巴斯科姆证词的可靠性。后来，海登形容，读布朗的信，能感受到里面弥漫着"丑闻的恶臭"，他对巴斯科姆的建议是："我想，为了南加州水质研究项目的声誉，你（指巴斯科姆）现在应该辞职。"而巴斯科姆却认为海登是一个极端环保主义者，他拒绝离开南加州水质研究项目。

一周以后，不那么招人待见的吉雷利对《时代》杂志记者艾伦·西特伦（Alan Citron）说："我们在进行相关努力推动事情的进展。目前有关真相，我们确实需要更多更确切的信息。污染的程度究竟是什么样的？这种污染程度到底意味着什么？"（上面的谈话被报道在文章"食用海湾的鱼类安全吗？预计将于周二被公布"里。）现在吉雷利说，这件事使水质委员会保持警惕，不会不假思索就批准301（h）豁免条例。

布朗期待海登继续追查信里指控的内容，但他天真地认为海登会把他置身这件事之外。两人通话结束不到半个小时，好几个记者就看到这封信的内容了。其中包括KCBS电视台记者戴维·加西亚，他的助手立刻打电话给布朗，要求对他进行采访"只是想知道你的用意"，加西亚没有提到他已经看过这封信。在那天的晚些时候，在威尼斯码头，布朗和加西亚见了面，在那里，加西亚承认，他知道比布朗个人动机更多的内容；他看过那封布朗寄出去的信。

当天晚上，加西亚在复述整个故事时，忍不住对自己也小小吹嘘了一通。他写道："最近几个月，自从2频道新闻首次报道了关于圣莫尼卡湾的污染状况……"（在报道将近结束的时候，加西亚承认公众仍然不知道发生了什么,这表明有关滴滴涕的报道仍然没有产生影响。)为了营造视觉效果,他们用一台全新的摄像机记录下加西亚和布朗在海滩上漫步的场景。布朗穿着一件蓝色的短袖衬衫,打着领带,他浓密的暗金色头发被风吹到脑后。当被记者问到他的感受时,他回答说,"我觉得愤怒,这些信息不断被公布给公众,而它们只是事实真相的一部分。"

第二天,也就是5月22日,《洛杉矶时报》用他们自己影印的信件副本,除了报道真相,还发表了布朗对巴斯科姆的指控。不过,无论是布朗还是巴斯科姆都没有对此做进一步评论。文章说,"熟悉参与南加州水质研究项目的人说,巴斯科姆和布朗之间紧张的关系已经持续好几个月了。"第二天,他们在密西西比州的维克斯堡对巴斯科姆进行了采访,巴斯科姆说道,"我希望事情水落石出,我愿意在和我身份相似的人组成的陪审团面前进行抗辩,我不喜欢的,是像现在这样遭到疯狗似的指控。"

和巴斯科姆身份相似的人——至少8人——真的在下一个星期组成了陪审团,对布朗提出的"疯狗似的指控"进行讨论。对布朗不利的是,巴斯科姆自己挑选了这个所谓的"精英"陪审团,里面都是和他关系密切的科学家,包括参与南加州水质研究项目的海洋学研究所的爱德华·戈德堡(Edward Goldberg)教授和前任所长罗杰·雷维尔(Roger Revelle)教授,35年前就是他把巴斯科姆招入麾下。这个"精英"陪审团的重要作用在于,其实,它并没有什么权利做任何事,只是聆听双方的辩论,然后判断布朗的指控是否具有价值。

在陪审团会议召开的前一天,南加州水质研究项目的科学家们秘密地在他们之间通过了一项支持布朗行为的简短声明,并且每个人被要求在声明上签字。14位高级科学家在这份"新闻稿"上签上了他们的大名。据其中一位签名者布鲁斯·汤普森说,最后有两位科学家放弃了签名。这份文件以典型的科学家的方式,用显而易见的不满,小心谨慎地表达了他们的情绪:"我们非常抱歉以这种方式把这场争论呈现在公众面前。然而,鉴于事情已经发生,我们支持布朗博士递交给圣莫尼卡湾工作组的信里出现的数据。"这封信最后签署的日期是1985年5月28日,随即,它被寄到了报社。

布朗觉得,他的同事们的所作所为,是对他拿职业生涯冒险的一种明褒实贬,尤其是大概6个月前,同样的团队宣称宁可丢掉工作也要向公众公布他们的研究。他甚至在某些职员身上感到自己没有以前那么受爱戴了——比如实验室技术员和行政人员——这种态度折射出巴斯科姆对他的愤恨,巴斯科姆称他的意图就是寻求外界注意,追逐名利。在科学界,无论是过去还是现在,这种行为都被认为是极其低劣的。巴斯科姆阵营的人开始排挤布朗,如非必要,不和他说一句话。

尽管几年之后,布朗说,他对所发生的事没有任何遗憾,但他在进入听证会会场时确实瞬间惊呆了。由于不愿花费过多资金,巴斯科姆决定不把陪审团会议地点放在舒适的宾馆会议室,而是在南加州水质研究项目总部打扫出一个仓库,把其中一部分用来作为会议地点。他在光秃秃的混凝土地面上摆上廉价的折叠座椅,可能为了让会场看上去不那么空荡荡,也可能为了减少回声,巴斯科姆从天花板上垂下橙白相间的降落伞材质的帷布,似乎更凸显了马戏团般的环境。在会场一侧巨大的工业电扇的吹拂下,帷布在微风中摇摆,巴斯科姆正是用这些电风扇来代替会场的空调的。

和人们预想的一样,"精英"陪审团由一群头发花白、把毕生奉献给科研的科学家组成,他们看上去既威严又充满学术风度。他们和由环保主义者、南加州水质研究项目职员(有些职员放下工作前来参加聆听)组成的听众围着两张折叠桌子坐下,记者坐在他们身后。大多数时候,布朗和巴斯科姆同时面对陪审团,俩人位置相隔不到3英尺。尽管他们的专业性要求他们的行为举止不带任何感情和偏见,但他们僵硬的身体语言表明,他们互相看不顺眼,彼此不屑,似乎通过一场斗争来决定这个问题会更让他们满意。因此,布朗和巴斯科姆在这天的陈述中都通过幻灯片、PPT图表演示来陈述他们的观点,发言达到4个小时之久。

布朗首先发言,和往常一样,他的阐述好像有点不那么坦率,似乎为了掩饰难以控制的怒火。他一边读着手写的笔记,一边说,"我并不是指控巴斯科姆先生的任何罪状,我只是向州议会工作组提供更多我认为重要的信息,让他们对南加州污染状况有一个更全面的了解。我也回答了工作组提出的有关巴斯科姆向我们施压的问题。我还想补充一下,我告诉工作组,即使存在压力,我也会无视它。"换句话说,布朗只是个想说出事实真相的科学家。

当布朗慢慢放映幻灯和展示图表时,陪审团询问布朗,当他主要把矛头对准巴斯科姆,他的推论是什么。在这一点上,一位陪审团成员问,他是否尝试过把这个消息偷偷披露给各个健康机构,而不是公开质疑他老板在这个问题上的诚实性。陪审团这位成员言下之意是说,布朗原本可以更加谨慎低调地处理这件事。在有关职员们对巴斯科姆言论是否失望的问题上,布朗含糊地说,"我们没有找到影响改变的方法。"

相比之下，陪审团赞许巴斯科姆 12 年来在南加州水质研究项目的工作，一位陪审团成员说他"相当坦率"。巴斯科姆在发言时继续坚持他之前的说法：尽管每天有污水被排入海湾，有毒化学物质堆积在海底，但圣莫尼卡湾的状况却在好转。他说："我说过海岸水质处于相当好的状态……但是报纸却刊登我说那儿没有任何问题。"

鉴于布朗没有对巴斯科姆迂回提出的有利他自己的事实提出异议，这个问题变得有点模糊了。巴斯科姆居然能提出有利自己的阐释，即使证据言之凿凿。在公开场合，没有人不同意南加州水质研究项目收集的数据，出于自由裁量权，也没有人承认这仅仅是解释的差异所致。事实上，布朗相信，但他什么都没有说，其实巴斯科姆攫取了少量事实，用它们来支持自己彻底的谎言。布朗憎恨的，是这种彻头彻尾的欺骗。只要洛杉矶获得 301（h）豁免权，巴斯科姆对布拉德利市政府、洛杉矶县或是公众的陈述有多扭曲似乎并不重要。

令人感到奇怪的是，即使南加州水质研究项目咨询委员会主席佩里·麦卡提（Perry MaCarty）博士（根据巴斯科姆的意见）组织了听证会，却没有人真正会说出，甚至不会推断陪审团会如何运用权力决定布朗是否正确。当天晚些时候，布朗告诉记者拉里·凯勒（Larry Keller）："我甚至不知道他们的目的是什么。"同时，媒体的报道铺天盖地，报道巴斯科姆在粗苯的麦克风面前，冷静地重复他一贯的保证，而布朗在回答记者提问时显得有些憔悴。

在发言结束之后，陪审团进入非公开程序，听众离开会场。在他们等待结果期间，一位南加州水质研究项目行政助理找到了布朗，厉声责问他："你真的知道你在干什么吗？"布朗不服气，也许不耐烦地瞪了他一眼，声色俱厉地回击，"我非常清楚我在做什么。"听完，这个行政助理气冲冲地离开了。

布朗现在说:"在这一点上,我的确知道我在干什么,我确切知道我在做什么,我知道事情真相必须被公诸于众,我正在把事实公诸于众……我不是无意间把事实透露出来的,我是深思熟虑、有计划地说出事实。"

陪审团无法决定他们是否喜欢这个事实。1小时之后,他们重新走出来,说他们没有决定好他们究竟相信谁的说法。他们补充说,5位成员就一项尚未公开的共识达成一致,而另外3位成员对此并不确定。

第二天,布朗重新回去工作,他被南加州水质研究项目一些职员唾弃,而在有些职员眼里,他是个大英雄。他并没有期待会被祝贺,但他之前也没想到南加州水质研究项目的员工会回避他。遇见的时候,甚至越来越少的人会和他打招呼。无论如何,他仍然确信,他做了一件正确的事。

现在他说:"我很气愤,因为我意识到我对毒素分解机能和毒性机能的研究被威拉德和他的支持者用来作为处理对环境污染排放的万灵丹。因此,我被利用了。我的研究成果被利用了,我对此非常气愤。但更让我愤慨的是,威拉德对公众撒谎这个事实——我用过这个词:撒谎,因为没有别的词可以描述他。就像在摄像机面前说过的一样,我要说,他披露的只是事实的一部分,他撒谎了。对这件事,我的确愤慨不已。我们还在进行研究,我们掌握了事实真相,在南加利福尼亚,没人知道这片饱受污染、不知所措的海洋将何去何从,这里的海洋环境遭受着人类带来的生物污染,正在大规模退化。这一切都令我愤慨不已。"

约翰·多尔西也很失望,不过是因为其他原因。他现在说:"我在工作之余关注着所有的一切。当然，从个人角度来说，我对发生的一切表示难过，我之所以觉得非常难过，是因为南加州水质研究项目是一家声誉卓著的机构。南加州水质研究项目让这一切变得糟糕透顶，这不是正确的处理方式，因为这会拖垮科学，让人们质疑科学。我真的很担心，由于他们确实做过的'好事儿'而导致这种情况出现。因为人们会说，你瞧，是污水排放企业付他们薪水的，你不能信任他们。的确，污水排放企业支付南加州水质研究项目员工薪金，但他们真的全都是很专业很优秀的海洋生物学家，他们从事的是诚实的工作。所以，我对事情发展成这样感到非常抱歉和难过。"

两天之后，在没有电视台记者到场的情况下，"精英"陪审团公布了听证会结果，"陪审团认为没有明显证据表明巴斯科姆先生故意误导任何人，故意提供虚假信息，或者故意阻止信息的公开披露。知识渊博的科学家出于良好的愿望或企图对环境数据进行解读，从而存在大相径庭的意见是正常的。我们相信最近出现的这种意见不一致是属于这种情况。"接着，评审团对布朗的行为评论说，"陪审团认为戴维·布朗博士提出的针对南加州水质研究项目科学方面决定和行为的担忧，以及对南加州水质研究项目负责人诚信，所采取的诉讼是不被接纳的。"

随即，南加州水质研究项目董事会公开宣布，建议布朗和巴斯科姆各自进行一段为期30天的冷静期。布朗现在说，实际上这就是一个强制休假，当他反对的时候，和陪审团关系密切的人士告诉他，如果他不接受这个暗含惩罚的决定，他将会被辞退。这样，当他的两个儿子夏天来看他的时候，他将不能看到他们，除非在上班前或下班后，或是周末。对布朗来说，这也是他给海登写信得到的最糟糕的结果。

同时，巴斯科姆被建议立刻辞职，鉴于他离 7 月份的退休时间本来就不到 2 个月，所以这个结果对他几乎没有任何影响。对巴斯科姆来说更重要的是，他还没有实现自己的终极目标，确保洛杉矶得到 301（h）豁免条例。由他的同事组成的南加州水质研究项目陪审团可能已经宣布他无罪了，但布朗的信和他小心谨慎、措辞严谨的指控会一直具有影响力。霍华德·本内特认为，这封信为自己反对豁免条例间接提供了帮助，给了他更多弹药来对洛杉矶申请豁免条例进行开火。环保主义者把布朗视作他们的捍卫者和斗士，这让他们觉得，若有必要，可以向老板表达不满和反对。公众开始带着疑虑审视海滩，他们想知道海湾里是否有致病微生物。

但是，没有人知道地区水质监控委员会的想法是什么，他们是否会继续批准豁免条例。

第 11 章

棕色丝带

这只是一个令人讨厌的电话账单。作为必要开支的一项，绝大多数人不假思索地把它付掉了。但这是霍华德·本内特支票账户里的一个大窟窿，他为此付了不少美元。一页又一页的账单上，密密麻麻列出了他向南加州、萨克拉门托（Sacramento）和华盛顿特区的官员、立法者、环保主义者，以及媒体记者拨打的长途电话。账单上印出来的是冷冰冰的黑色号码和难以辨认的地区缩写。应缴费的总额几乎相当于一个中学老师一个月的薪水。通过这些一目了然的证据，我们很容易发现，本内特在这场斗争中投入了多少。

当然，本内特要花上几个小时劝说人们加入他的阵营，恳求新闻报刊睁开疲惫的双眼关注这个他认为火爆的主题。但如果和其他地方投入的时间相比，这里显得十分琐碎，几乎一点也不重要；他只能把这些花费美其名曰地描述为一种必要的奉献。他没日没夜为此操劳，花费的时间和精力无法量化。

但电话费就像对他工作的审计。本内特在电话费和其他开销方面花费了 3 000 多美元，这就像在本内特记忆里留下了一个水泡，以至于几年之后，当他重新讲述这个故事时，不禁回想起了这一切，这一沓钞票代表了他为清洁海湾付出的努力。是的，他可以描述当时花几个小时打电话，花几个小时和环保主义者会面，或是凌晨两点钟起床撰写宣传想法。但是当 3 000 美元从银行账户消失时，可以想象下他当时的感受——这还是意味着什么的。这是一种能感觉到的痛苦。在金钱的衡量下，他的辛苦劳动似乎一文不值。

本内特考虑寻求募捐。他在笔记上草草地写给自己："我们需要钱"。他起草了一份请求，里面包括了所有他在这场斗争中能够出力的方式。他还在想是不是能举办一次彩票抽奖来募集资金。最后，他决定不把他的工作浪费在募得这一点小钱上了。他把自己视作为正义而战的战士，在这种崇高的想法之下，唯一的补偿就是完成自己的目标。

至少，在这方面，他获得了真正的进展。他达到了他第一个重要目标——迫使有关部门召开第二次有关 301（h）豁免条例的听证会——这个消息如此令人惊讶以至于受到报刊媒体广泛关注，这也是他一直以来孜孜以求的。此外，洛杉矶水质监控委员会已经确凿得知了他和其他人对海伯利安污水处理厂的污水处理问题的看法。

遗憾的是，水质监控委员会就豁免条例无法在 1985 年 7 月份之前作出决定。作为一个多疑的家伙，本内特觉得，如果在第二次听证会之后宣传报道就销声匿迹的话，那么洛杉矶市、加州，还有环保署有可能会偷偷摸摸地通过豁免条例，就好像抗议只是一个昙花一现的小插曲一样。如果每个人都被其他议题所吸引，那么谁会跟进原来的议题呢？本内特觉得自己就像一个试图完成销售的推销员，必须不断对顾客施加压力。为了给政策制定者施加压力，这份压力必须是公开的、巨大的，他要求报刊媒体的宣传铺天盖地。

本内特把两个他最信任的人——邦特和利夫召集到分隔厨房和客厅的一张斯堪的纳维亚风格的小桌子边，向他们介绍了他的想法：从市政厅拉一条 5 英里长的棕色丝带一直到海边。他十分兴奋，不停手舞足蹈地指出，这不仅仅只是一条丝带，上面写满了请愿书恳求市长和市议会花钱把海伯利安污水处理厂改建成拥有全面二次污水处理的设施。想想这条丝带的象征意义！这条丝带象征着从海伯利安污水处理厂通向海湾的 5 英里长的排污管，那里排出的污水现在正在荼毒着鱼类。

这个想法太古怪了，它具有视觉冲击力，也一定会引起电视媒体的关注。

恰好这段距离也大概有 4 英里长。

邦特和利夫在同时给出批评意见之前面面相觑，他们说："也许你应该按比例缩小丝带的长度。5 英里？那将会穿过街道，阻碍交通。如果这让人们不方便的话，他们不会记住你的信息。"接着，邦特和利夫用现实来打击霍华德的热情，切实可行地向他分析，他似乎无法自己完成这一壮举。丝带的确是个绝妙的主意，他们其中一人建议本内特改成用丝带把市政厅绕一圈。这样，它仍然具有象征意义！想想这带来的影响！想想无需那么长丝带这个事实！

邦特和利夫也许是唯一能把本内特从盲目的热情中解救出来、动摇他的想法、让他的想法更适应这个现实世界的人。所以一旦他们让本内特相信，5 英里的丝带太长了，本内特就欢欣鼓舞地认为，1 英里长的丝带也许能象征那条臭名昭著的 1 英里长排污管。这个主意甚至更好。

（当污水处理厂的污水量超过排污能力时，经过化学处理，或者极少时候是未经处理的污水经由这根 1 英里长的管道直接排入海湾。）接下来，3 人开始分配示威活动的任务，就像这是一次野外旅行一样，他们一起制定了一个松散的计划，收集材料，召集参与者，汇集请愿书。

本内特和儿子驱车去市政厅，利夫精确计算了丝带的确切长度。后来，本内特说："嗨，如果你家里有个学物理专业的人，你也可以利用他的数学技巧。"本内特和利夫一边盯着本内特的雪佛兰轿车的里程表，一边沿着春街一直开到市政厅前面，然后在市政厅一侧的庙街右转。经过测量，这两个街区大约折合长度为半英里。利夫把数字乘以 2，就包括了市政厅的另外两侧长度，然后宣布他们需要 1 英里长的丝带。利夫如此高超的数学水平让他数学不佳、充满自豪的父亲印象深刻。

从这个时候开始，他们面临的细节问题堆积如山。他们必须找到一根 1 英里长的丝带，足够结实，能够承载钉在上面的请愿书，而且当人们围着市政厅拉丝带时不会被撕裂或者扯断。他们还需要某种能卷起丝带和请愿书的轮子，这样这一整套东西就能被安全运到抗议现场，然后被展开。他们还不得不通知警察，现场将会出现一大群人。考虑到这是一个规模庞大的项目，本内特认为，丝带上如果只挂着寥寥几张请愿书，并不能解决问题，请愿书的数量必须大到挂满整条丝带的长度，看上去就像无数选民对市长穷追不舍一样。

本内特又一次向他的学生寻求帮助。他在学校宣布了一个比赛：得到最多请愿书签名的学生将会赢得一次到夏威夷的免费旅行。又一次，他用自己账户里的钱资助了这场比赛。他打电话给他的房客，一位恰好在旅行社兼职的老师，从他那儿要到了去瓦胡岛旅行一周的最低折扣，几百美元又从他的账户上消失了。本内特用这样的代价收集到超过 5 000 个请愿签名，他把这些签名都寄给了地区水质监控委员会主席詹姆斯·格罗斯曼。在签名里，他还附了一封信，信里除了其他内容之外，还攻击了一番巴斯科姆，他写道："他尝试粉饰无法洗白的真相……公众民意请求您无视威拉德·巴斯科姆对事实的歪曲！"

多萝西·格林的丈夫杰克为丝带制造了一个木轴，并购买了一些宽度为 8 英寸的缎带。由于缎带一卷只有 30 英尺长，格林买了 176 卷。本内特买到的棕色丝带颜色足够丑陋，不仅象征着排污管，还让人联想到污水的颜色。邦特用缝纫机把一卷又一卷的丝带缝了 3 道后合在一起。请愿书原件在被送往格罗斯曼处之前已经被复印好了，在学生志愿者们的帮助下，大家把复印件钉在了丝带上。

终于，在 7 月 2 日周日上午晚些时候，大约 175 名示威者汇聚在市政厅前阳光明媚的台阶附近，其中大多数示威者来自本内特的高中——学生、教师，以及他们的父母。本内特也到达了，在他厚重宽大的镜片后面，他的眼里闪烁着兴奋和渴望的目光。他大声说："让我们开始吧。"随即，他问利夫，"你确信现在马上开始吗？我想知道市长是否会到场。可能不会来。如果他不来，我知道该怎么做。"

人群聚集在既紧张又兴奋的本内特周围，好像他们全都是他的学生一样。本内特套着一件浅棕色运动外套，里面是一件白衬衫，还打着领带，他回想了一遍，在这个周日下午，在市政厅附近某处，这次抗议的目的是什么，丝带象征着什么，他们是如何希望得到布拉德利市长的注意。本内特大声发出了命令。此时，他是一位领导着人群的领袖，全身散发出威严，翩翩风度，人群尊重他、听信他，他令现场群情激昂。

本内特接下来向人群介绍负责计算出丝带长度的利夫。利夫知道这个计算非常简单，不值一提，所以看上去有些不好意思。他指导人群如何展开丝带，让丝带既不下垂，也不触地。毕竟，这是一次美学的展示，是环绕市政厅的一个真正的"排污管"视觉艺术。利夫和他几个加州理工的朋友花了好几个小时计算最后一个细节：人们需要多大扭矩，才能恰到好处地把丝带拉到人行道上——既不过于紧绷，也不过于松垮。

所以他告诉人们，每个人需要看好前面的人，确保两人之间的丝带处于相对水平状态。他提醒说，不要管你身后的人、每两个人之间大约保持 30 英尺的距离。利夫那天穿着亮黄色运动衫、黑色裤子——他觉得这是一套非常上镜的衣服——带领着队伍来到人行道。

一开始，大家都觉得利夫和他的同伴们简直就是天才。在第一个 1/4 英里，丝带以恰到好处的速度被展开，保持水平和紧绷。有些人甚至可以一心两用，他们举着标语牌，上面写着"不要把废水冲进我们的海洋""不要再把污泥排放到海湾里"，甚至，有些不那么循规蹈矩的标语牌上写着"不要破坏我们冲浪"。

但是接下来，利夫注意到，丝带开始把他往后拉。他和 3 位走在最前面的朋友更用劲往前拉着丝带，以防被后面的力量拽倒。但他们没有考虑到身后几十个拉着丝带的人产生的累计拉力。当他们继续绕着街区前进时，丝带受到的力量不断增加，这时，邦特的缝纫工作起到作用了。

当这一切发生的时候，大海之神——海王尼普顿驾到了。帕特里克·沃尔是另一个明白这次视觉展示价值的人，因此，他穿着从妻子那儿借来的棕色长裙、黄色袜子和人字拖鞋，戴着白色胡须和假发。这一身装扮在别的场合可能看上去相当滑稽，但却和今天的场景搭配完美。他举着一个塑料做的叉子和一块标牌，上面写着"请严肃看待污水问题——海王尼普顿"。他一边跌跌撞撞地来到人行道，一边喊着："救救我的大海！"

本内特礼貌地和这位意外的闯入者打招呼，后者小声对他说："霍华德，是我。帕特里克！"这并不是计划的一部分，即使沃尔认为他的所作所为表达出明确的信号，但本内特并不确信人们会理解这些信息。也许别人看来，这只是个有点鲁莽闯入别人派对，甚至一度抢了风头的家伙。但不管怎么说，海王尼普顿加入了本内特的队伍，抗议者们继续围绕着街区缓慢前进。

一旦棕色丝带环绕市政厅一周，本内特站在市政厅门口的台阶上夸张地宣布，他有一叠请愿书要呈献给布拉德利市长。当然，和预期一样，市长并没有出现。但是没关系，本内特还有 B 计划。他找了个能被在场有限的几台摄像机捕捉到的最佳位置，站好，朝一个可能位于排污管线上方的井盖弯腰致意，把它作为市长的代理人。一旦井盖收到了请愿书，这次示威表演就圆满结束了。接下来是记者采访环节，本内特像个派对主人一样，热烈欢迎这些记者，欣然接受采访。

本内特大声咆哮着说，"在这个世界上，[市议会]没有任何理由拒绝进行全面二次污水处理，他们只是想在牺牲他人利益的基础上节省金钱。对于生态环境来说，这是一场灾难。"他没有过多考虑到将来有可能面临的诽谤诉讼，他的话锋直指威拉德·巴斯科姆是"一个口齿伶俐的骗子，他对市议会和公众撒谎"。

当本内特接受 KABC 电视台采访时，措辞有点小心谨慎，但是仍然尖酸刻薄。他说，"洛杉矶市把 3 条排污管绕在市民脖子上，让市民们喘不过气。我们觉得，把排污管环绕市政厅一周——把它扭转成公平对决——这样才公平合理。"然而,尽管抗议活动是如此的视觉化和尖刻,电视台只用了 43 秒播出这次抗议活动,而且只能听到主持人哈罗德·格林(Harold Green)为视频提供的画外音(和一般的新闻套餐不同,所谓的新闻套餐是现场记者用摄像机记录现场采访和话外音叙述相结合来对事件进行报道,而新闻套餐通常表明节目制作人认为事件比较重要)。本内特寻求媒体报道的结果仅仅就只是这样。但即使电视台对这次抗议活动的报道时间更长,它也只是昙花一现。这只是星期天晚上一些人看到的转瞬而逝的一瞬间,没人能保证他们能记住这件事。

尽管如此,多年之后,参与活动的人仍然能回想起那条环绕市政厅一周的丝带,他们把这称作本内特斗争中最富有创意的壮举。这次抗议不仅吸引了新闻媒体的短暂注意,同样重要的是,它进一步激发了环境保护社团对此事的关注和兴趣。这次抗议对布拉德利市政府并没有造成多大影响。据他的一些工作人员说,政府大部分人都没有注意到这次示威。

第二天,威拉德·巴斯科姆在《洛杉矶时报》上发表了一篇名为《痊愈中的圣莫尼卡湾》的评论文章,似乎是为了驳斥前一天的示威活动。在文章里,他试图把正在遭受污染的海湾(情况其实没那么糟糕,准确来说,任何事物都受到污染,没有绝对纯净的事物)和人们普遍认为"已经遭到污染的"海湾(他写道,不存在这种情况)区分开来。他在文章里说,"这并不意味着圣莫尼卡湾的情况和我们期望的一样好。但它的境况还算不错,而且还在持续好转之中。"他继续写道,"如果不采取任何行动的话,污水的自然净化过程几乎可以在任何新污水处理厂投入运营之前,使海湾重回原始状态。"鉴于巴斯科姆实际上不再为南加州水质研究项目工作了,他这样表态似乎是为了让人们相信,他并不是为了污水排放企业提供的资金、出于利益而歪曲事实,他的确是这样想的。

接下来在第二周,《洛杉矶时报》刊登了汤姆·海登的回信。在信里,海登把巴斯科姆比作奇爱博士(Dr. Strangelove),一个疯狂的电影人物。他说,"巴斯科姆对充满毒素的污水有一种奇怪的爱意,他认为当污水被倾倒进大海时,污水提供的营养可以让海洋生物繁衍生息。"

就在这场论战发生时,洛杉矶市错过了法庭规定的停止向圣莫尼卡湾排放污水淤泥的最后期限。环保署并没有向洛杉矶市征收一天1 000美元的罚款,而是通过谈判达成了一个新的最后期限,也就是7个半月之后的1986年2月15日。而洛杉矶市把此事归咎于海伯利安污水处理厂延误建设工期,他们正在建造由环保署出资、用来干燥和焚烧污泥的发明装置:能源回收系统HERS。

似乎是为了弥补上次只留了一两英寸专栏空间来报道棕色丝带示威活动,《洛杉矶时报》给本内特打电话,想知道他对错失的最后期限如何评述。从某种意义上来说,报纸是用可靠的援引凸显其重要性。本内特和往常一样,一边挥舞着双手,一边说,"继续允许洛杉矶朝大海排放污泥……是当局又一个冷酷无情、无视公众的例子。已经出现过很多年的事情如今仍然还在发生,当局总是在说'明天,明天,明天'——但明天永远不会来临。"

本内特创建的联盟现在获得了新闻界的信任。但是,联盟本身需要有一种自我维持的能力,本内特筋疲力尽,他再也不知道如何与海伯利安污水处理厂、污染或者政客们对话。他需要休息。他想把联盟的领导职位交给多萝西·格林,他处于冲锋陷阵第一线的日子即将结束。

第 12 章

治愈海湾

邦特·本内特感觉自己好像失去了丈夫。他几乎不和她谈论除了斗争之外的任何话题,几个月以来,他们的生活都集中在污水这个话题上。污水!是的,她感到愤怒,政府应该以各种形式为她的丈夫在污水中游泳负责。但是,这种对污水的痴迷关注令她的生活窒息,令她的婚姻窒息。

受影响的不仅是他们的关系,还有不断打进来的电话。霍华德之前像个电话推销员一样往全国各地打了无数电话,现在有些人给他回电话了。尽管邦特不喜欢打电话,但她觉得自己有义务替霍华德接听电话。她变成了霍华德的秘书,替他记下留言或是聆听人们抱怨污染,抱怨这有多可怕,而不是简单留下他们的姓名和号码,然后挂断电话!

每个黎明,霍华德仍然穿过冰冷的沙滩继续每日的晨泳,邦特担心那些单细胞细菌或病毒滑过她丈夫的身体,寻找一个切口或者合适的小孔进入他体内。尽管人们会谈论到有冲浪者和救生员因为感染水生细菌而生病的事例，但霍华德一直身体健康，邦特不确定这是否证明 55 岁的霍华德身体不同寻常的强健。作为一个时刻保持战斗的斗士，他承受着巨大的压力，这种压力大到可能已经足够杀死他了。毕竟，霍华德不知道在专注于某件事的同时保持着平衡的生活。利夫后来说他是偏执狂，对，差不多是这样描述的。自从邦特鼓励她的丈夫加入这场战役，她就已经失去了他。所以，在棕色丝带行动反败为胜之后，邦特希望她的丈夫回来，全身心地回来。

这种不满始于他们对各种事件不时的谈论，随着时间的流逝，这种零零碎碎的不满在慢慢增长。霍华德也许听到过邦特抱怨他在这件事上倾注的热情，以及如何影响了她的生活，而他们和这场斗争却毫无关系。她的不满没有得到霍华德的重视。最后，邦特给了霍华德一个丹麦式死亡瞪眼，她撅起嘴巴，用力往下瞪着眼睛，怒火即将在电闪雷鸣中爆发。霍华德是时候止步，多多关注她和他们的婚姻了。他已经赢得了第二次 301（h）豁免条例听证会，现在，他也该多花一些时间考虑邦特了。

他俩坐在厨房的桌边，邦特告诉霍华德，这也是为了他自己好。这种对海湾问题令人窒息的执着会毁了他的健康。他需要休息，而她也需要休息。邦特的话暗示，尽管他们彼此都还能感受到强烈的爱情，但如果为了这场污染的斗争继续无暇维持他们之间的感情的话，那么他们的婚姻岌岌可危。她恳求道，忘掉圣莫尼卡湾一阵子吧。海伯利安污水处理厂不应该成为我们谈话的主题。我们需要谈论的，是我们彼此，是你的执着，是如何离开这场斗争。

邦特也知道霍华德不可能只是简单地在这场斗争中稍微休息一会

儿。他必须放弃它，把这场斗争从脑海里全部清除。邦特用霍华德缺乏的务实紧迫感强烈表达了自己的感受。她也知道，除非他们搬离城市，否则霍华德不可能使自己远离这场斗争。几周以来第一次，霍华德和邦特共同制定了一个和污水无关的计划。他们找出地图册，绘制了一条灵活的旅行线路，打算去那些没有必须打卡的景点，也没有必须遵守的时间表的地方旅行。那里，没有纷至沓来的电话，没有熙熙攘攘的人群。

对霍华德来说，他知道邦特是正确的。后来，他对自己说，邦特失去了自己的生活，她已经为此承受了太多。但霍华德不能完全放弃他的斗争，他必须继续向公众宣传这个问题，他必须提醒洛杉矶市的市民，他们的市长和市议会正在枉顾海湾的环境健康问题。他的愤怒必须通过某种方式被继续表达出来。

霍华德首先给他的邻居露丝·兰斯福德打电话，请她接替"阻止向海洋倾倒未加处理废水联盟"领导的职位。兰斯福德考虑到自己把所有时间都参与到"巴略纳湿地之友"从事的斗争上，因此拒绝了霍华德的请求。于是，霍华德就像个需要完成最后一件销售任务的推销员一样，立即翻开他的名单，给那些和他一样，对污染问题饱含愤怒的人打电话，但他们全都拒绝了他，给出的理由和兰斯福德几乎一样——他们太忙了。这是社会活动家们面对的共同苦恼。他们不得不只能选择一个主题，然后为之奔走，否则，他们的斗争效果就会被减弱。虽然本内特联系的人当中，没有人认为海湾污染无足轻重，但他们都有自己关注的问题。某种程度上来说，他们也有配偶，也有家庭，他们的家人也许对一件又一件充满理想主义的事业有些厌倦，如果这时候他们说在可以和家人自由呼吸的空闲时光还必须处理别的事情，他们的家人可能也会用离婚相威胁。

对本内特来说，多萝西·格林的名字排在这份名单的相当后面，本内特似乎没有看到过格林和其他人一样参加过斗争。某种程度上来说，事实的确是这样。本内特和格林之所以变得越来越疏远，是因为格林和她的保护选民协会委员会曾经和他争论过谁将主导这个斗争的问题。在这一点上，格林他们已经厌倦了本内特坚持格林及其协会必须服从他的领导。据格林说，她和她的丈夫杰克曾经请霍华德和邦特到玛丽娜德雷的一家餐馆吃晚餐。格林说，"我们花了一整晚谈论结盟意味着什么，如何相互合作，一起工作……但他告诉我，他不可能采取联合的方式工作。"

本内特盯着她的名字看了一会儿。联盟就像是他的孩子，而他现在感到，好像他要将联盟丢弃在另一个女人家门口的台阶上，而他却对这个女人能否像自己一样，用同样的爱来照顾它毫无把握。尽管如此，对于这场斗争，他还是需要找一个代理人，而格林和她领导的协会委员会，可能比其他任何人都会投入更多的热忱来跟进和处理这个问题。本内特停顿了稍长一段时间，然后拨通了格林的电话。他用多年前学到的连珠炮似的推销语言极力向格林介绍这笔交易，就好像格林会愚蠢地一口回绝一样。

对格林来说，这意味着一次机会，她可以把联盟纳入她自己协会之前的活动，从而否决301（h）豁免条例。而本内特想的可能稍许不同：他希望格林只是简单接管他的联盟，按照自己到目前为止采用的大张旗鼓、极其夸张的方式行事。也许，这可能只是个细微的区别，但这取决于所有权、自我意识，最终，还是归咎于控制能力。格林并没有否决本内特已经开始的一切，但她看到，本内特在豁免条例问题已经达到了人神共愤、广为人知的顶峰，在需要进一步推动时，离开了这项事业。通过接手本内特的联盟，她有机会清除掉斗争中太过浓烈的对抗意味，加入一些她认为更适合的情感因素。而本内特却以为联盟将会沿用他的方式继续前行。在他看来，联盟不需要任何微小的调整。

他们俩谁也没有告诉对方自己的期待是什么。不同于本内特拨打格林电话时的犹疑，格林立刻接受了这项工作。于是，她正式接管了"阻止向海洋倾倒未加处理废水联盟"。

起初，这并不意味着什么，联盟只不过是成了格林协会的一个分部，格林和她的同伴定期开会讨论解决水污染议题的各种办法。联盟那儿没有太大变化，在过去两个月，情况一直是这样进展的。而联盟的成员组织，和之前本内特负责的时候不同，他们和格林之间再也没任何往来了。当时，本内特为了彰显数量上的优势，将这些成员列在联盟宣言的信纸之上。

霍华德和邦特相信，这场斗争将会继续被全力以赴地推向前进，所以他们买了两张开放式机票，这样，他们就可以在任何想出发的时候搭乘飞机飞往任何想去的目的地，待上6周。他们的旅程从冰岛开始，然后游览了格陵兰、法罗群岛、苏格兰、英格兰、葡萄牙和西班牙，最后，他们飞去了大开曼群岛浮潜。

本内特在一封发表在西拉俱乐部的清洁海岸水质工作组的内部通信上的信里告诉他的支持者，"我将在今年夏天离开美国，直至9月8日返回。保护选民协会主席多萝西·格林慷慨地同意在我缺席期间代为担任'阻止向海洋倾倒未加处理废水联盟'主席一职。"本内特在信里把格林称为"代理主席"，听上去似乎他和邦特一旦返回，他还打算重新接管联盟。但就这一点，本内特现在说，那是他的最后告别，他已经离开了这场战斗。但也许那并不是事实。

同时，委员会的几个积极分子继续在格林奢华的客厅开会，他们略过本内特从不担心、也不必担心的议题。事实上，这也正是格林擅长的：选取一个许多民众抗议的目标作为议题，让这个议题某种程度上和一些官员或党员有关，然后让这些追随者产生一种必要的动力和共同的驱动力，从而达到某种明确的目标。

多次参加这种初期会议的莫·斯塔夫尼泽（Moe Stavnezer）说："多萝西有支配欲，我这样说并不是批评她。多萝西就是这样的人，她是一个领导者。她充满想象力。她配得上任何你可能给予她的嘉许。"

在格林执掌大权的情况下，董事会担心联盟是否真的把重点放在支持绿色政客上，而不是把自己卷入实际的环境问题中。这种议题的讨论可能已经令他们厌烦不已，所以他们有人试图决定从这个协会脱离出来，组建他们自己的团队，而且显然没有过多考虑重新制定联盟目标。

霍华德和邦特旅行归来时，协会发表了一份签署日期为1985年9月的声明，上面写道：

> 多亏了霍华德·本内特（一位住在普拉亚德雷海滩，爱好长距离海洋游泳者）的工作，第二次听证会的举行得到了批准……他的努力在许多方面获得了成功。一份新的职员报告会将在这次听证会上发布，以提供新的信息供环保署和水质监控委员会进行裁决，越来越多的人参与其中。一位忠诚而愤怒的市民能够组织和动员民众与市政厅斗争。目前，有一个十分活跃且不断壮大的

组织和关心此事的公民团体正在有组织地推动对豁免条例的否决和重振圣莫尼卡湾，让人们能够在大海游泳，安全地食用海里的鱼类。这一联盟是在洛杉矶保护选民协会的支持和赞助下成立。

最终，这个小团队开始商讨本内特给联盟取的冗长的名字（在上面的新闻稿中，他们没有用全名来称呼它）。小团队再也不想每次提到这个问题时，说出"阻止向海洋倾倒未加处理废水联盟"这一长串名字，他们觉得名字应该简单容易记住，而且不要有"污水"这个词。这个名字还必须朗朗上口易于宣传，容易记忆，又不太带有对抗意味地表达出它的使命。有人建议可以给团队取名为"拯救海湾"（Save the Bay），这是旧金山一个组织的名字。想到这个组织笨重的救生员标志，大家立刻否决了这个名字。事实上，他们否决了每一个提出的名字。

否决的名字里包括某个人提出的有些蹩脚的建议，"治愈海湾"（Heal the Bay）。没有人说出这个名字有什么好的地方，但它是候选名单里反对者最少的，一直到今天为止，谁也不记得是谁想出这个名字。在一个以自我为中心、容易受到模仿取笑的新时代开始的时候，"治愈海湾"的想法听上去就像个笑话，就好像他们想要用水晶清洁海湾一样。

人们重新考虑这个名字，并非因为它被越来越多的人喜欢，也不是有人支持这个名词，使得其他所有人都感同身受。重提这个名字，只是没有别的更好的了。最后，考虑到他们有更多的事情要做，比如反对301（h）豁免条例，整个团队无奈地耸耸肩，全体同意了"治愈海湾"这个名字。但愿没有人会取笑这个名字。后来，对许多人来说，这个名字代表了整个环境保护运动，尤其在加利福尼亚，但团队中没人认为这是他们的主意，也没人记得名字是由谁想出来的。当时协会有众多副主席，其中一位副主席杰米·西蒙斯（Jamie Simons）模棱两可地说，"我认为有几个人对这个名字还是有点倾向。"《城市新闻服务》（City News Service）的记者马克·黑费尔从报道本内特第一篇社论开始，就一直跟进有关豁免条例的新闻，他提出是否是他想出这个名字。他说，"你知道，我有这个奇怪的想法，但我无法证实。也许是我想出这个名字的。我只记得我当时想，如果用'治愈海湾'代替'阻止向海洋倾倒未加处理废水联盟'是不是更好？——有可能我把想法告诉了某人，不知道是否要归功于我。"

名字终于取好了。西蒙斯说，和本内特取的名字相比，"治愈海湾"的确反映出更少的对抗意味。西蒙斯说，"我确实记得，对于她着手处理的事情，多萝西总是认为人们必须在一起。事情不应该是对抗性的，应该坐下来好好商量处理，不应该是'我恨你''你是个坏家伙'这种氛围。我们应该真正听到每个人的发言，每个人应该尽量理解别人的观点。因此，我认为，出于这种想法，这个名字真的变得更有意义了。"

接下来，不得不通知本内特了。格林打电话邀请本内特来自己家，新团队其余的成员也在那里。他们告诉了本内特组织的新名字。听完后本内特有些难堪，他仿佛窒息了，他痛恨这个名字。他没有过多意识到，新时代已然来临，他没来得及对恢复这个概念有任何反应，只是坚信地回答，他之前的名字含义更加包罗万象。如果把名字改成治愈海湾，他们自动把工作局限在圣莫尼卡湾的范围。那这个地球上其余部分呢？他把这个组织叫做"阻止向海洋倾倒未加处理废水联盟"

是有原因的，它的含义更加广泛，它意味着地球上任何海洋，而不仅仅是地图上的这一个小小的点。

本内特现在说，"治愈海湾——这难道是唯一需要关注的海湾吗？我们面对的是美国整个该死的西海岸和东海岸，是整个地球上每个位于海边的城市。为什么要通过'治愈海湾'把这个概念缩小，或者，如你所说，削弱，或者——让我们用个另外的词——把它砍掉？确实，环保署把圣莫尼卡湾称作世界上污染最严重的水体。这没问题，但是，嘿，我们需要的不仅仅只是治愈海湾，而格林只会把注意力放在名称上。是的，那时候，我已经辞职了，邦特真是太明智了——她说，闭上你的嘴然后走开。"本内特听从了邦特的建议，但是在之后的许多年，他一直抱怨格林抛弃了他的联盟里最广泛的目的。

10月28日，联盟发了这封内部通知：

致：阻止向海洋倾倒未加处理废水联盟
回复：治愈海湾

11月25日（从7月开始期限被推迟）举行的301（h）豁免条例判决，将决定洛杉矶是否免于向所有污水厂提供全面二次污水处理程序。显然，对我们当中的很多人来说，这项一开始由霍华德·本内特领导的工作需要在判决日期之后继续进行。圣莫尼卡湾遭受的污染并没有消失，很多问题并非由豁免程序导致。

鉴于圣莫尼卡湾继续遭受更严重的污染，这对所有在大海游泳、冲浪和食用海里捕获鱼类的人造成了迫在眉睫的威胁，同样这也威胁着海滩社区的房产价值，我们觉得越来越有义务教育公众和向公民选举出来的官员增加压力,让他们可以采取必要行动,令海湾开始恢复和痊愈的过程。

治愈海湾目标

因此我们请求所有反对301(h)豁免条例的组织加入我们不断扩大的联盟,我们把这个联盟称作"治愈海湾",联盟致力于实现可以游泳、钓鱼的海岸水体,以达到《清洁水法案》里"恢复和保持国家水域内化学、物理和生物的完整性"的要求。

为了实现这些目标,我们需要:
- 一项政治行动计划,以向市长布拉德利、市议会、国会和州议会施加压力。
- 一项延伸到社区的教育计划。
- 同时适用于组织和个人,价格低廉的会员计划,这样将会吸引更多人。
- 覆盖我们计划费用的资金筹措。

从某些方面来看,这个联盟的目标并不比本内特最初计划的野心要小。它们也强烈反映出格林的观点,即对抗的策略有损于事业,因为这样会阻碍政策制定者和"治愈海湾"或其他组织共同想出解决污染问题的办法。然而,格林和本内特在"治愈海湾"的众多目标中,某种程度上来说,只在教育方面达成了一致。那仅仅是因为格林认为,他们可以做比环绕市政厅丝带更重要的事。单次的示威抗议只能在短时间内造成影响，教化公众、关心海洋才是可持续的策略。

正如斯塔夫尼泽现在指出的："多萝西浑身散发着女王的光环，某种程度来说，即便现在也是如此，几乎所有人都真正尊敬她。她是一个控制狂，我也是。但这是一个非常大的优点，因为当她介入某事时，她会真正介入这件事。她是一个行事成熟靠谱的人。我不能贬低她在'治愈海湾'里起到的关键性作用。毫无疑问，只有她的名字才能让我们认识到，如果团队里只有我和费利西娅·马库斯（另一名成员）的话，团队可能没法儿应付任何事儿！"斯塔夫尼泽哈哈大笑起来，接着，他又继续说，"西蒙斯赋予我们的联盟合法性，赋予我们名字，她还给予我们专家的意见。她为我们带来的，是强有力的、始终如一的领导。"

尽管格林在联盟前两个公报中暗示，本内特或多或少已成为历史，但他仍然以联盟之前冗长复杂的名称又上演了一次示威，这次是有关马桶。也许，对本内特这样一个爱出风头的人来说，用马桶来表达观点是再自然不过的。但是，脏马桶奖却让他和西蒙斯、格林之间的嫌隙永久无法弥合，他们之间的分歧变得如此严重，以至于在将来，本内特的名字永远不会出现在"治愈海湾"的官方历史上。

第 13 章

脏马桶奖

多萝西·格林总是给人一种祖母般的温暖，看到她，你立刻有点期待她会从手提包里掏出一盘热腾腾刚烤好的饼干。杰米·西蒙斯和其他人一样，把格林视作"第二个妈妈"。从某种程度来说，这也许可能只是格林的一种战术，但确实有确凿的科学依据。如果你想改变政策制定者的想法，最低的限度，你的言行举止必须表现出对他们的尊敬。这也是为什么霍华德·本内特的计划被制止的原因，本内特打算把政策制定者冲进厕所，像冲厕纸一样。这个计划不仅幼稚，而且它的效果会适得其反。

这儿还有另一件关于脏马桶奖的事儿：多萝西认为本内特太过于执着这些没有品位的行为，以至于她愤怒地说出了自己的想法，她觉得这好像小虫子飞进她的嘴巴里，令人作呕。这个奖实在是骇人听闻，令人丢脸。你将能想象到，那种感觉就像是本内特从海底挖了一桶散发着恶臭的污泥，把它直接倒在了格林家那把路易十五时代的圈椅上一样。

但剔除品位因素，格林承认本内特有权力从事他自己的行动，除了一件事——他仍然声称联盟由他领导，继续用联盟之前的信纸发表宣言，信笺上印着27家合作组织，其中就包括洛杉矶保护选民协会。这样会让人觉得协会支持这种幼稚可笑的恶作剧，和协会维持松散关系，新成立的"治愈海湾"也可能会因为本内特惹出的任何负面反应，而名声受损。如果布拉德利市政府把"治愈海湾"看作脏马桶奖的幕后支持者，那么，"治愈海湾"永远不会在市长面前获得一席之位。

这完全有可能是格林反应过度了，其他有些人觉得把粗制滥造的布拉德利和市议会成员人像倒进马桶，这个想法虽然低级，但很有趣。本内特提到这件事时特别强调，那是个干净的马桶，而且他还授予这些政客脏马桶奖，获奖证书适合装进相框，易于擦拭……好吧，不要紧，这个噱头视觉效果极佳，很适合摄像机。当然，这也就是说，报刊媒体会饶有兴趣地报道这场带着孩子气的夸张表演，顺便提醒公众，环保署可能仍然支持洛杉矶301（h）豁免条例的通过。也许这个奖有那么点过于虚张声势，但本内特把它视作对那些有罪的人的羞辱——那些人对重修海伯利安污水处理厂需要投入几百万美元一直不情不愿。

这个故事现在回想起来有些模糊，版本众多，且回忆不甚美好。本内特说他记得，他和邦特邀请格林和她的丈夫杰克共进晚餐，在餐桌上，他向格林提出了这个脏马桶奖的想法，格林听后惊愕不已（杰克似乎没说什么）。本内特现在说，他之所以想到这个奖项，部分原因是他觉得，对于推动斗争前进，在公开宣传方面，格林没有做过任何事。事实的确如此。"治愈海湾"委员会每次开会都忙于制定战略，设立目标，如何给组织命名，很久没有出现在电视的新闻报道之中。不管怎么样，格林都想要说服本内特，让他相信，脏马桶奖是个多么恐怖的想法。但本内特还是坚持无论如何也不放弃。这时，格林对本内特说："你的所作所为和我再也没有一点儿关系。"

在格林略有些戏剧化的版本中，本内特邀请她参加颁奖典礼，却并没有告诉她内容，这令她受到了出其不意的打击。当本内特开始把人像扔进马桶时，她站在房间的后面，惊讶得目瞪口呆。顺便说一下，面对格林的说法时，本内特断然宣称她的版本不是真的。但是，他们俩谁也没有除了回忆之外的证据可以证实他们各自的说法。

不管事实如何，11月5日的颁奖活动还是按计划进行。尽管本内特之前曾经想过在当地的雪佛龙公司男厕所里举行颁奖典礼，纯粹为了恶趣味，但他还是又一次在洛杉矶新闻俱乐部租了一间房间。他从一位经营管道装置的朋友那儿借了一个现成的、闪着白色光泽的新马桶，并向他保证会原封不动地整体归还。马桶被简单地摆放在台子上，这个道具十分引人注目。颁奖证书就挂在马桶后面的软木板上，制作得有点粗糙，带褶边的装饰相框里画着一个开着的马桶，旁边用花哨的字体写着："耻辱榜。本脏马桶奖被授予（空白），鉴于你没有为海伯利安污水处理厂撤销301（h）豁免条例申请。"

除了媒体之外，本内特还邀请了众多高官要员，但他们基本上都明智地拒绝了。洛杉矶监察委员会第五区代表迈克尔·安东诺维奇（Michael Antonovich）在回复中直截了当地说，"非常感谢您通知我，鉴于市长布拉德利在导致洛杉矶城市下水道系统恶化方面起到一定作用，为此您将举行一次新闻发布会。这些年来他忽视城市基础设施建设，为了讨好工会，大幅提高公众工资，因此获得了

'马桶奖'的'荣誉'。但监察委员会阻止我参加您的新闻发布会。我向你们表达良好祝愿，祝你们在维护海洋清洁和可行性方面继续取得成功。"

本内特还邀请了3位面对镜头、支持他行动的嘉宾，使这场发布会看上去稍微正式点，或者至少没那么奇怪。他的儿子利夫坐在离他稍远的右侧，穿着一件毛衣，敞开衬衫的衣领，他看上去有些害羞，似乎想要躲在环绕房间的帷幕后面。当一位注重细节的记者询问利夫身份的时候，利夫表示自己是联盟成员单位，南加州柔术协会的副主席。这也暗示他既不是科学家，也不是任何这方面专业人士。马桶被随机安放在了他的身边，似乎是为了嘲笑他身份存疑。

也许是为了平衡作为替补上台的儿子的拘谨，本内特让真正做现场直播的科学家尚塔尔·托波罗（Chantal Toporow）坐在利夫旁边。而帕特里克·沃尔，作为"地球警报！"的代表，坐在第四个位子上，他和妻子珍妮特·布里杰斯在一年前创建了这个环保组织。在棕色丝带示威活动中，沃尔曾经装扮成海王尼普森，穿了一身戏服出场，但这天，他穿着便装，打着领带。在这个房间里，几乎没有哪个环保激进分子能和他的经历相提并论——他曾经参加过绿色和平组织的保护生态环境斗争，向捕杀海豹幼崽的猎人发起质疑和挑战，在1980年因为把日本渔民捕获在网中的海豚放归大海，他被判处监禁，那是一次相当知名的国际性事件。在主席台几个人身后，支着两个画架，上面张贴着有关联盟、海伯利安污水处理厂、圣莫尼卡湾新闻报道的剪报，按照本内特的想法，还对他在活动中的地位进行了必要补充。这些无不暗示，如果这个话题令《洛杉矶时报》和其他报刊有兴趣报道跟进，那对房间里在场的人来说，也是同样足够精彩的。

在冲水仪式开始之前,本内特用他惯常的刻薄话语为活动增添了一点别样的色彩。他大声愤愤地说:"我们把脏马桶奖授予布拉德利市长和洛杉矶市议会,因为他们通过海伯利安污水处理厂毁坏和荼毒圣莫尼卡湾。他们把圣莫尼卡湾视作一个巨大的脏马桶,往里面倾倒污水污物长达30年之久……我们把脏马桶奖授予布拉德利市长和市议会,因为他们继续用'我们毫不关心'的态度对待民众。9月21日,当10万加仑未经处理的污水从巴略纳溪溢出,民众没有得到自救的机会。市政当局甚至没有打电话给救生员,叫他们让人们远离污水或停止在污水里钓鱼!……该是时候转换谚语'亲吻与述说'了。洛杉矶的政策是'把污水倒进大海并隐藏它们'。"

本内特继续抱怨,一遍又一遍抨击布拉德利和洛杉矶市政当局,他用热情洋溢、华丽丰富的辞藻进行刻薄的指控,充分展现了他语言上的天赋和才华。夏天的假期令他容光焕发、状态良好。而他之前经过6个多月的战斗,语言水平被历练得登峰造极,语句就像利剑一样从嘴里射出。他记得记者们都哈哈大笑,他的表演引人入胜。但记者马克·黑费尔却回忆说,现场充满"紧张的笑声和尴尬的气氛"。马克·黑费尔现在说,"我觉得这个奖在当时有点离谱了。我认为,他一直致力于激发民众对选举权的热情,这样很好,但是和他稍早前揭露实情相比,这次活动没有那么切中要害。"或者,正如一位KCOP电视台记者在开始报道这个颁奖前的欢乐谈话节目里指出,"你也不妨在你的政治激进主义里加进一点幽默。"

最后,本内特夸大其词地许诺说:"脏马桶奖会继续进行下去。如果政客们觉得他选区的选民在下次投票时不想知道他们是否获得过脏马桶奖，那么他们简直太愚蠢了。如果对脏马桶奖的回答是'是'，选民会继续追问'几次？'，我们会让政客们确信，我们会把答案告诉选民的！"

　　本内特还是无法抑制自己的激动，他径直走向挂在画架上的颁奖证书，颁奖仪式正式开始。每一个本内特表达愤怒的对象都是用蓝色纸做成的类似姜饼人的剪纸，上面没有画脸，也没有花纹。利夫把这些人像一个接一个地举到马桶上方，他的动作有些拘谨，他一边说着"停止向圣莫尼卡湾倾倒废水，"一边把这些人像扔进马桶，人像消失在人们面前。人们不难想象接下来会发生什么画面，这是一个真正的马桶，它和海伯利安污水处理厂绵延几英里的排污管道相连。

第 14 章

决　定

在 1964 年早些时候，洛杉矶在卡尔弗市位于杰克逊大道的混凝土修筑的巴略纳溪上安装了一个怪异的新装置，这个玩意儿在这 20 年里基本上被人们忽略了。当时工程花费了 16.1 万美元，工程师们建造了一个 100 英尺长、6 英尺宽、经过加固的混凝土管道，用来为主线污水管分流，以把污水排进 8 英尺宽、10 英尺高的混凝土溢流箱。经常是在暴雨期间，当污水容量超过排污管排污能力时，污水会四处溢出，这也是洛杉矶市面临的老问题之一，而对于这一顽症，这在当时似乎是个简单的解决方案。在 20 世纪早期的时候，当未经处理的污水从污水管中迸射出来，沿着街道流淌，这个场景令人不可思议，这也被认为是城市生活中对市民最有危害性的事件之一。

位于杰克逊大道上的溢流箱在排污管超出排污能力时，箱体的大门会被打开，污水注满箱体，直至在 6 根滑轨上上下滑动的木质箱盖啪地弹出，这时候，污水涌出，流入巴略纳溪。随后，一位工作人员会被派遣到现场，如果他在污水涌入位于洪水控制渠——也就是巴略纳溪中间部位前能到达现场的话，他会在剩下的混乱、肮脏的污水中加入氯气消毒。

对于设计溢流箱的人来说，也许，溢出几加仑的污水——这些污水最终会流入普拉亚德雷的海岸——和整个污水管道由于承受不住压力爆裂，几十万加仑污水可能弥漫在城郊的街道上相比，意义更加重大。但是在1985年7月20日，这个解决方案却令城市遭受了一次打击。

根据"治愈海湾"的说法，那是一个星期六，多萝西·格林的弟弟杰里·科恩（Jerry Cohen）恰好那天在巴略纳溪附近一家家族所有的在建工业建筑顶上工作。在霍华德·本内特眼里，纯粹的正义几乎是可笑的存在，因为公众最终会注意到污水的溢出，而那天溢流箱的盖子松动弹得如此厉害，以至于在强风的裹挟下，一两滴溢出的污水落到了科恩身上。我们先不考虑溢出的污水通常只是滴出来的事实，单是溢流箱盖子本身应该阻止污水飞向天空这件事，就是一个对本内特相当有价值的故事，尽管其中可能会有杜撰的细节。科恩打电话给他的姐姐，这位环保主义专家，询问她的解释。

而对于本内特来说，这段故事成了他谈论溢流箱时的序曲。现在他对人们说，多萝西的丈夫杰克·格林通过一种极其寻常的方式在建筑工地附近发现了这个装置——在溢出污水之后，它还不时散发出恶臭，整个地区都能闻到。杰克让本内特看过溢流箱，他认为这对他们的斗争有帮助，但本内特不太记得这是什么时候发生的了，他想这一定是在7月份之前。（杰克·格林于2005年去世，那时我们还没有开始进行对本书资料的收集和研究。）

然后多萝西·格林开始注意这个溢流箱,最终她发现,她弟弟身上溅到污水,这种情况并不是个案。从 7 月 12 日开始为期 11 天的时间里,溢流箱在 4 次不同的时候溢出了总量为 1 万加仑的废水。而这一切和 1977 年 8 月 17 日,240 万加仑未经处理过的污水涌出溢流箱相比,只是沧海一粟。

情况似乎没有得到好转,在污水第一次溢出之前,地区水质监控委员会执行官员罗伯特·吉雷利对洛杉矶一家名为《简单读者》的小报说,301(h)豁免条例很有可能会顺利通过批准程序。这篇文章干脆地指出,公共利益法律中心的律师费利西娅·马库斯和西拉俱乐部的南希·泰勒因为这种可能性,决定准备将环保署和水质委员会告上法庭。格林发现,一旦溢流箱涌出污水,他们的机会就来了。

据前议员汤姆·海登透露,早在溢流箱 7 月份发生溢流事件之前,一位工作人员就向他指出过这个位于杰克逊大道上的溢流箱。他如今说:"溢流箱四周长出了许多奇形怪状的植物——花朵和其他东西。当污水渗入土壤时,那种玩意儿会冒出来,看上去像灌木,小型的迷你灌木。对我来说这意味着什么,这只是开始,这让我意识到洛杉矶的排水系统并非为了下雨时分流雨水而建造。"

海登在 7 月初说出了他的发现,他相信海伯利安污水处理厂的官员将不会公布这些污水的溢出问题。海登带着夸张的手势愤慨地说:"这是犯罪,应该追究某些人的责任。"

格林还记得关于溢流箱的一次新闻发布会,在会议上,她和海登对这种行径进行了严厉驳斥。她说一位新闻摄像师把附近长着的一株西红柿苗指给她看,这株小苗坚不可摧的种子经过某人的消化道,城市的排水管道,最终落在这片土地上生根发芽。

有关污水溢流的问题很快传到了地区水质监控委员会。在8月稍早时候，吉雷利向洛杉矶市开出一张30 050美元的罚单，理由是洛杉矶市违反污水排放许可。需要注意的是，实际上，在雨季，排水管道无法负担暴雨的排水时，污水排放许可是允许出现溢流的。然而，这次是被视作对所谓的旱季溢流而罚的款，旱季污水出现溢流是被禁止的。但考虑到这是多年以来洛杉矶市第一次遭受到那么多污水溢流，很明显，直至现在，加利福尼亚州才对此进行关注。

尽管吉雷利在一个月前说过有关301（h）批准豁免条例的话，但据他现在所说，是污水溢流问题改变了委员会的想法。他说，"因为城市在基础设施方面存在许多问题。你怎么能把豁免条例授予一个连污水系统都处理不好的城市呢？如果你想知道的话，我可以对你说，对我来说，那是一个决定性的时刻。"

当然，这个罚款影响到市长布拉德利的想法。1个月之后的9月4日，他给水质委员会主席詹姆斯·格罗斯曼写了一封信。布拉德利并没有在信里对近年来的所作所为表示出完全悔悟，但他出人意料地写道，"为了实现把我们的海湾变得最干净这一目标，我们决定（这里他强调自己）在海伯利安污水处理厂建立全面二次污水处理系统。"

也许，布拉德利并不像公开发表的言辞里表现出得那么坚定（报纸只援引了这几句话）。他在后来的一封回信中写道，"对洛杉矶而言，只存在一个问题：我们如何在海伯利安污水处理厂安装全面二次污水处理系统？在经过对所有可以获得的数据进行彻底研究之后，我认为这个问题的答案非常清楚：对洛杉矶市而言，实现海伯利安污水处理厂全面二次污水处理程序最迅捷、最经济有效的方法是开始部分二次污水处理系统的即时施工（他强调了即时施工）。"

布拉德利之所以吹捧部分二次污水处理系统，正如他在后面的言辞中承认的，是因为城市的资金已经准备就绪。他在信里有些假惺惺地说："我们所要求的只是贵委员会对我们提出的301（h）豁免条例的批准，"换句话说，首先让我们获得豁免条例，我们可以马上启动部分二次污水处理程序。不过，全面二次污水处理程序嘛，还需要等上一等。

遗憾的是，布拉德利——或者更确切来说，他的手下工作人员并不明白，为了有资格获得联邦和加州为海伯利安污水处理厂建设提供的资金，他们必须撤回豁免条例申请，按照法律要求，承诺实行全面二次污水处理。他们不可能用他们想当然的方法处理问题。

最后，布拉德利的信是这样结尾的："一旦初步建设完成，我确定尽快开始全面二次污水处理系统的建设。"让我们忘了布拉德利总是含糊其词，从未让他的真实想法得到公开吧，对于布拉德利为什么改变主意，当时有3种推测，海登认为和夏天的抗议有关。他对《洛杉矶时报》记者说，"面对城市污染海湾这个非常令人尴尬的指控，他至少采取了一些原本就应该采取的措施，而这些措施是受欢迎的。"

格罗斯曼则认为是水质委员会的罚款影响了这位市长。他在《洛杉矶时报》同一篇报道里指出，"我认为这令人难堪。"也许，可能是因为他即将宣布第二次参加州长的竞选——1986年与州长乔治·德克梅吉恩（George Deukmejian）第二次交手，德克梅吉恩在第一次交手中勉强取胜——布拉德利可能意识到他需要在环保政绩方面修饰一下自己的履历。

但是，对布拉德利来说，不幸的是，在3周之后的9月21日，发生了那个季节最糟糕的一次污水溢流事件。9.5万加仑未经处理的污水，通过通常用来添加氯气消毒污水的管道部分喷涌而出，全速流向海湾。而且，可能让布拉德利更为难堪的是，他的工作人员4天后才把这一切告诉他。

时任公共工程委员会主席，最终对这次溢流事件负责的莫琳恩·金德尔现在说："当然，他对这次污水溢流的消息惊诧不已。"

公众同样也没有听说这次污水泄漏事件。洛杉矶县健康服务部门官员透露，这次溢流没有导致当地海滩细菌增加，所以无需担心。尽管如此，从那时起，金德尔命令洛杉矶市，今后每次溢流事件发生时必须向新闻界通报。

对市长来说，这一切看上去不太妙。到了11月25日，事情变得更糟糕了，那天，水质监控委员会就301（h）豁免条例召开了最终公开会议。根据记载，委员会又给了本内特和其他人一次机会来对否决豁免条例进行申诉。鉴于委员会之前已经全体投票通过对豁免条例的否决，所以，实际上，这次举动相当令人费解。就民主而言，这个举动毫无意义，但却令州立大楼1138房间里的每个人感觉更好一些。

本内特之前已经知道委员会的决定了。那天，他上身套着一件深色便装外套，打着领带，下身着卡其色长裤。他安静而不失礼貌地站在讲台上，收起了所有犀利刻薄的言辞，对于这个主题的发言，他远比9个月以来任何时候要熟练睿智得多。他微笑着说，作为"一名卡尔弗市高中的教师"，"今天我的很多学生来到了现场，他们积极地投入清洁海洋的活动中。他们站在天使的一边。"他停顿了一会儿，从讲稿中抬起眼睛，似乎和格罗斯曼主席对视了一下，接着他带着感激和轻松的语气，有礼貌地说，"我觉得你们也是。"本内特已经原谅了他们之前的错误。

（在接下来的 1 月份，格罗斯曼谴责了环保署从一开始就试图批准豁免条例，尽管这个谴责有点晚，格罗斯曼对《洛杉矶时报》记者说："环保署是在什么地方提出这个建议的？我怎么能信任一个这样行事的机构？"）

另一边的里蒙·费伊却不像本内特那样愿意和解，他保持安静。事实上，在这个问题上经历了那么多年的毫无进展后，费伊把所有的愤世嫉俗、玩世不恭都展现出来了。他穿着一件厚毛衣、白衬衫，系着领带，看上去不太像个典型的学者。他用一贯的清脆洪亮的声音发言，他说："除了市长办公室，洛杉矶市没有任何地方表现出明显态度决定支持二次污水处理程序。市议会里也没有任何人赞成。同样，公共工程部门或卫生局对于继续实施这项迟到的长期改造，以保护我们的环境和我们的圣莫尼卡湾，也没有任何决定。"

这一次的委员会会议并不像上次 5 月份的会议那样人群涌动，喧闹无比。尽管这样，大厅里还是坐满了听众，有几个人手里举着牌子，上面手写着"治愈海湾"，当时这句话看上去更像是一句宣言，而非一家没有广为人知的团体的名字。如果这些人知道了本内特和"治愈海湾"主席多萝西·格林之间的嫌隙，也许他们会取笑本内特和他名义上的联盟。

然而，从某种程度上来说，这场会议只是非官方否决 301（h）豁免条例 2 个月之后的一次低调庆祝。在 1985 年 9 月 30 日，一封由环保署地区行政长官朱迪思·艾尔斯（Judith Ayres）写给布拉德利市长的信中，洛杉矶市被告知："在 1981 年 11 月 30 日的临时性决议公布之后，我们获得了一些新的信息，这份临时决议文件中存在一些技术方面缺陷。因此，我们决定重新评估城市对于海伯利安污水处理厂提出的301（h）豁免条例的申请。"这封信也就是说，给予洛杉矶市一个缓冲时间来完成二次污水处理设施的建设，截止日期为1988年7月1日。

在会议前3天，地区水质监控委员会发布了这份正式声明：

由于大量污水的排入，我们发现圣莫尼卡湾遭受巨大的压力，水体受到严重污染；

鉴于申请人无法证明海伯利安污水处理厂排出的污水对海洋生物群落——包括脊椎动物和无脊椎动物——不会造成恶化和导致进一步的压力；

鉴于申请无法证明海伯利安污水处理厂排出的未实行二次处理的污水不会增加海底沉积物中的有害废物质；

鉴于海伯利安污水处理厂排出的未实行二次处理的污水无法确保对圣莫尼卡湾进行有益开发使用，也无法维持本地海洋生物和维系一个健康多样性的海洋生物群落；

因此，加利福尼亚洛杉矶地区水质监控委员会不同意向海伯利安污水处理厂颁发有关二次污水处理的豁免条例。

这天，当格罗斯曼主席在公开会议上宣布这个声明时，听上去他似乎有点厌倦之前发生的事。他说，"我认为我们的委员会希望与洛杉矶市并肩战斗，我们希望从不断深陷的复杂混乱的政治局面中摆脱出来，我认为我们即将摆脱它。然而，如果有必要的话，我们会考虑暂停与城市的合作。我们将考虑终止令。"之前费伊坚持认为洛杉矶市应该在对海伯利安污水处理厂进行改建之前停止新的建设项目和由此带来的污水增长。也许,格罗斯曼的这席话,可以视作是对费伊的一种简短的赞同。

而根据当时作为法律顾问加入"治愈海湾"的律师费利西娅·马库斯的说法,还有其他因素影响了格罗斯曼。马库斯说,"后来我和格罗斯曼在走廊聊了一会儿……好像他9岁的女儿问过他,'你不让他们继续这么做了吗?'显然,他9岁的女儿是因为铺天盖地的宣传和愈演愈烈的喧嚣得知了一切;否则,她怎么会知道的呢?"

会议之后,本内特显得很谦和,他和往常不太一样,说话缓慢,字斟句酌。他告诉电视台的新闻记者,"我不敢相信,这是人民的胜利。我想这是圣莫尼卡湾重生的开始。我真心地向每个提供过帮助的人表示祝贺,向每个人表示祝贺。"所有一切听上去如此美好。但是,费伊是正确的,事情并没有结束。

第 15 章

法庭之友

费利西娅·马库斯被污水困住了。污水变成了她生活的一切,萦绕在她的脑海里,成了她关注的目标。完全可以这么说,即使是海伯利安污水处理厂的工程师,也没有她那么热衷于如何处理人们冲入城市下水道里的污水这个问题。

污水,曾经是——当然,现在也是——这个社会面临的最基本的难题之一。像洛杉矶这样的大城市,在 1985 年每日产生的污水量达到 4.2 亿加仑,构成了加州的第十大河流(至少,从比喻的角度说)。如何处理这些污水令马库斯痴迷。1985 年,当她 29 岁的时候,她的职业生涯突然转向,她关注的问题变成确保城市不会再次通过排泄物和化学品污染圣莫尼卡湾。

当然,如果她提起这个话题,比如在一次聚会上,她能够理解是什么令人们回避和退缩。但是,清洁污水是个如此关乎城市生存的核心问题,人们理应了解把污水冲进下水道之后会发生什么。至少,人们应该花上几分钟时间,注视着她明亮的双眸,聆听她在飞快地描述时——比方说,当她讲到二次污水处理复杂性的问题时——不由提升,甚至兴高采烈的声音。这时,人们可能会暂时发现自己对污水处理问题的兴趣。

或者,最起码,她的听众一定会发现她自己喜欢做一个污水的布道者,即使在她一连说了几个"讨厌"之后。看上去几乎没有人不喜欢费利西娅·马库斯。她热情,阳光,充满魅力。当时其他环保主义者总是锋芒毕露,咄咄逼人,当然,马库斯和他们一样对这件事充满愤怒,但是她能够找到降低她和她斗争对象之间差异的方法。从她那儿,她的交锋对象没有觉察到对抗性,他们反而对马库斯从事的艰辛工作产生了几乎颠覆性的同情。毕竟,马库斯不是在和犯罪分子交锋,她面对的,是工程师,是官员。即使像霍华德·本内特这样的人认为那些工程师和官员阻碍他们的工作,马库斯也只是一笑置之,她并不说一句他们的坏话,而是会说,"我知道你在试图做一件正确的事,让我们一起做好这件事。"所以,除了极少数例外,人们不仅对马库斯回以尊敬,他们还喜爱她。

当地区水质监控委员会否决了洛杉矶市提出的301(h)豁免条例申请时,马库斯并没有完全将她的律师职业生涯转向污水处理方面,尽管她已经明确地介入了海伯利安污水处理厂事件。"治愈海湾"刚刚组建时,她参加了洛杉矶保护选民协会,几乎在同时,她就加入了这个组织,担任"治愈海湾"的法律顾问。她能够向她的同伴们——那些环保主义者清楚地解释环保署的文件和其他法律术语,这些内容曾令他们云里雾里,困惑不已。这份工作或多或少和她最终的职业目标相一致,她的目标是成为一名生态环境检察官,对那些违反环境法的个人和公司提起公诉。而且，诉讼的目的并非只是罚款了事，而是将肇事者投入监狱。她希望这些人因为他们的过错而受到惩罚。

但是，那时候污水阻挡了她的职业目标。

马库斯从小和她的叔叔婶婶一起长大，他们住在山坡上一幢舒服的房子里，从那儿能够俯瞰圣费尔南多谷。她于1977年从哈佛大学毕业，拿到了东亚研究学的学士学位，但最终担任来自洛杉矶韦斯特赛德的民主党议员安东尼·贝伦森（Anthony Beilenson）的立法助手。即使一开始，她认为环保主义者是躲在暗处的精英，但她还是努力获得了办公室一个有关生态环境方面的空缺职位。她被当时国会一系列有重大影响的立法所吸引，其中包括1980年超级基金法案和同一年颁布的阿拉斯加土地法案，后者将大片土地划归为保护区。几乎是同时，她通过电话第一次和多萝西·格林取得联系，格林当时正在为加州的水费制度改革而进行不懈的奔走。

在马库斯意识到那么多环境保护活动涉及法律制度之后，她进入了纽约大学法学院继续深造，在鲁特-蒂尔登（Root-Tilden）奖学金的资助下，专门研究公共利益法。毕业以后，马库斯返回洛杉矶，担任第九巡回上诉法院法官哈里·普雷格森（Harry Pregerson）的书记员，第九巡回上诉法院在之后海伯利安污水处理厂的故事里相当重要。后来，她成了公共利益法律中心的访问学者。

就在那时，马库斯第一次听说了洛杉矶的污水问题。1985年3月25日，在地区水质监控委员会公开听证会上，只有极少数人宣布反对301（h）豁免条例。听证会之后，来自西拉俱乐部的激进活动家拉里·拉孔布（Larry Lacombe）要求召开会议，以了解公共利益法律中心对于豁免条例能做些什么。根据当时的形势，豁免条例很有可能得到批准。拉孔布提出这个要求，并不一定表示西拉俱乐部本身对这个话题感兴趣。霍华德·本内特曾经打电话给西拉俱乐部的安杰利斯（Angeles）分会寻求支持，而他们并没有同意。当时分会的人回复说，一般来说，俱乐部对海滩东部的土地和水务问题更感兴趣，他们对海湾的污染问题还不太了解。

公共利益法律中心显然对污水问题也并没有表示出兴趣，而马库斯只是有些好奇，她旁听了会议，她对污染问题的兴趣就这样郑重地开始了。因为拉孔布的关系，她参加了5月13日的听证会，第一次见到了格林，并阅读了格林提交给水质委员会的证词。那次她也见到了本内特，3周以后，她和其他人共同起草了一份长达16页、分析全面透彻的信，以本内特联盟的名义寄给了环保署和地区水质监控委员会。这封信一改本内特有关公共健康（毕竟《清洁水法案》本身与公共健康并没有关系，它只是涉及海洋生物的健康）激动亢奋的抗辩风格，有条理地从法律角度抨击了他们的论点。她不出意料地援引了《清洁水法案》的法规要求，即豁免条例无法干预"平衡的当地生物总量"。随后，她论证了海湾的本地种群平衡（BIP）是如何遭到损害的。最后，马库斯与合作撰写者乔尔·雷诺兹（Joel Reynolds）共同指出，"（洛杉矶市）要求的豁免条例从法律上来说是不受支持的。"

马库斯在公共利益法律中心的访问学者工作结束以后，她在一家名为芒格、托尔斯和奥尔森（Munger, Tolles & Olsen）的律师事务所找了份临时工作。这家律师事务所允许律师用公司提供的资源进行无偿的专业法律服务，前提是他们也为付费顾客服务，因此享有良好声誉。马库斯很快发现，事务所里真正令她感兴趣的工作是无偿公益法律服务，因此，尽管事务所的薪水非常不错，但她知道自己不会待很久，有偿法律服务令她厌烦。而现在，马库斯在"治愈海湾"组织工作，为格林提供一些她需要的法律方面的建议。

她的工作包括在1985年秋天的某个时候，陪同格林和其他人拜访布拉德利的办公室，也就是在豁免条例最终被否决之前，为了询问市长对于海伯利安污水处理厂二次污水处理程序打算怎么办。鉴于"治愈海湾"严格意义上来说只是少数人担心海湾污染而组建的团体，它居然得到了副市长汤姆·休斯敦（Tom Houston）的接见，这简直令人瞩目。毫无疑问，休斯敦确实因为格林之前在环保方面的行动而认出了她的名字。马库斯、莫·斯塔夫尼泽和格林三人走进了休斯敦的办公室，他们为即将可能和副市长之间的短暂争论感到有些不安，但这种不安并没有持续很久。

马库斯现在回忆说，"我们进去了，顺理成章地讲出整个事件，他的意思是让我们滚开。当然，他并没有直接这样说，我不记得了，但是总的来说，他说没有人会投票支持（用来支付海伯利安污水处理厂升级设备达到全面二次污水处理的）这项资金，基本上没人会关心这件事。"

也许，这是布拉德利的工作人员又一次阻止他知悉这件事。时任公共工程委员会主席的莫琳恩·金德尔现在披露说，"我不认为休斯敦愿意帮忙，这不是个非常吸引他的主题。"

鉴于格林和马库斯都认为市长不会因为手下官员的粗鲁行为解雇他们，而是会继续和他们一起工作，所以她们保持了沉默。格林甚至说她不记得这个小冲突了，她说"我已经忘了那种事情。"尽管她们没有公开对市政府官员进行谴责，这让"治愈海湾"失去了成为报纸焦点的机会，但另外两件事使这个名不见经传的团体成为公众关注的主角,这也是格林和马库斯希望的。

第一个事件是金德尔发起的。对于如何与民众相处,金德尔有自己的哲学。她现在说:"生活仍然离不开关系。我知道必须要把民众汇集到一起,让他们随意地——并非正式地——谈论这件事。我还必须为那些在公共工程部门给我工作的专业人士确立一个清晰的方向,和市长一起确立方向——我的意思是说,我们需要获得市长的首肯。同样,我们要和市长手下的工作人员一起确立方向,他们可以在环境问题方面给予市长建议。我必须推动我的想法得以实现。"

因此,当污水溢流成为焦点新闻时,金德尔说,"有一天我真的是被逼到了某种忍耐的尽头,我提议在公共工程委员会会议室里召开一次会议。那是一次午餐会,我希望每一个为我工作的人在海伯利安污水处理厂这件事上都能起到带头作用——这就足够了,相信我——让工程师们和卫生局官员坐下来一起商讨问题。我们已经处在一个主张人人平等的模式下。"接着,她开玩笑地加了一句,"这是一件如此简单的事。但你能想象吗,在我自己的部门,我需要通过开会让彼此互相交谈?"

只有一个问题:这次会议明显有着保密的气氛。与会者在部门之外几乎不谈论此事。金德尔再次说,这就像某种公布的决议,但仅仅只是出现在市政厅内部某个公告牌上一样。她的一个职员说,这并不是一次真正的公开会议,基本上也没有通知职员会议是什么样的。就在此时,有人向格林通风报信,告诉她金德尔打算讨论海伯利安污水处理厂的事。鉴于之前格林已经就洛杉矶市没有正式通告就召开公开会议一事起诉过市政府,她决定闯进金德尔的会议。

但她在经过媒体大厅时停下了,她要让人们知道金德尔举行了一次"秘密会议"，记者们会觉得这很有趣。这个诱饵果真吸引了几位记者，他们一起去了金德尔举行会议的会议室。对于接下来发生的事，两个女人都承认那是个具有决定性的时刻。为了平息没有邀请公众参会的尴尬，金德尔欢迎了格林，给她倒了一杯咖啡，请她坐在一把背对着墙的椅子上，这样她能看到和听清会议议程。金德尔说，"当然，我是唯一这样做的人，其他人都把他们视作某人的脏衬衫唯恐避之不及。"

顺便说一下，记者们很快就失去了兴趣，但是格林还在坚持。在接下来的几个星期里，她参加了多场会议，她认为现在她能够坐在会议桌边，参加会议，就是最重大的进步。据金德尔说，格林一开始有些害羞，但她开口讲话时，足以影响整个团队。"治愈海湾"尽管是个很小的组织，但发出了它自己的声音。

通过这几场会议，人们的确做出了一个重要的决定：金德尔聘任了詹姆斯·蒙哥马利（James M. Montgomery）工程咨询公司的唐·史密斯（Don Smith）监督海伯利安污水处理厂的运行（污水处理厂重新指定了两名高管）和领导一支顾问团队对污水处理厂进行梳理，寻找维修老化设备的方法。詹姆斯·蒙哥马利是一家总部设在帕萨迪纳的工程咨询公司，负责海伯利安污水处理厂的能源回收系统（焚烧污泥系统）的建设。史密斯在1986年2月呈交的报告中详细罗列了一家污水处理厂每一种可能出现的污水泄漏情况。这份2英寸厚的报告尽可能准确地指出："在工厂整体基础上，发现了一些重要的令人担忧的情况，包括设施的总体老化以及取样方法、运行程序监控、气味控制方面。比如，工厂的取样技术需要全面检查和修改，以确保用来监视和控制过程操作的数据能够代表工厂的实际操作情况。"

除了基础设施问题——包括一年之内493起涉及工厂5英里排污

管的违规之外，史密斯还发现有个员工几乎每天不工作，由于冷漠又精打细算的管理层拒绝花费足够的资金来维系工厂，大大挫伤了他们的工作积极性和精神面貌。报告指出："这些重要的非建设问题导致工厂整体的精神面貌问题包括缺乏斗志，跨部门合作不足，缺乏沟通，以及有限的职业发展机遇。"

这份报告在1986年2月发表，2个月前，环保署宣布将把圣莫尼卡湾作为潜在的"有毒废物堆场污染清除基金点"进行调研，他们明显已经把市长布拉德利看成污染洛杉矶美丽海滩的始作俑者。由于环保署的这项指定通常是对有毒废物堆场而言——有什么能比面积达到6.6平方英里、堆满滴滴涕的海底还要糟糕的情况呢？——这让海湾看上去污染如此严重，以至于在海里游泳也有罹患癌症的风险。环保署的举动令布拉德利在1986年11月的州长竞选中落败。（公平地说，海底的滴滴涕来自洛杉矶县污水处理厂，而非海伯利安污水处理厂，因此布拉德利不应该为这个特别的污染负责，但政治并不总是绝对公平的。）

第二天，也就是1985年12月17日，洛杉矶市议会召开了一次闭门会议（这样他们可以在公众听不到的地方讨论法律问题）并作出决定：他们将同意水质委员会要求海伯利安污水处理厂全面实施二次污水处理改造。别忘了，也就是几年前，也几乎是同一群人，以泽夫·雅罗斯拉夫斯基为代表，当时主张把污泥直接倒进圣莫尼卡湾。市议会主席帕特·拉塞尔（Pat Russell）对一位报道闭门会议的《洛杉矶时报》记者说——毫无疑问，他是咬紧牙关在说——"我们做的是一件正确、光荣的事情。"

这件拉塞尔口中正确的事情将会花掉总额为19亿（几个月之后，

这笔预算跃升为26亿美元）的污水改善计划当中的5.28亿美元。遗憾的是，在里根政府任内，环保署负责人安妮·戈萨奇（Anne Gorsuch）把环保署的预算砍掉22%以后，基于《清洁水法案》框架下联邦基金承诺为城市提供资金以达到法律要求的污水处理标准，已经变得不可能实现了。因此洛杉矶市预计，城市住宅的下水道税费将从现在的每月5.4美元最终上涨至原来的3倍，才能帮助支付这笔天价账单。

显然，一旦301（h）豁免条例被否决，大部分繁重的工作就完成了。但环保署仍然需要处理一些法律事项。环保署重新开始调查一年前提出的对洛杉矶的诉讼，迫使洛杉矶遵守《清洁水法案》有关全面二次污水处理的要求。由于洛杉矶提交了301（h）豁免条例的申请，环保署搁置了这份诉讼。而现在豁免条例的问题已经得到解决，那么诉讼重新恢复了。这个诉讼被递交到第九巡回上诉法庭哈里·普雷格森法官的审判室，也就是马库斯在几年前曾经工作过的地方。

63岁的普雷格森以倾向主张保护环境而声名卓著，因此坐在法庭上的环保主义者认为法官一定会支持他们的观点。马库斯现在说："我喜欢这个男人，他是个人缘很好的家伙，他完全了解事情怎么运作，而从不会陷入困境——你知道，他熟谙法律……他会尽他所能哄骗、劝诱人们做他想让他们做的事。他是个聪明、才华横溢的家伙。"

在1986年5月末的一次听证会上，好几家团体都争先恐后地要求提出诉讼，他们都担心洛杉矶市会匆匆和联邦调查员们达成协议，而协议不会立即迫使海伯利安污水处理厂停止向海湾排放污泥。他们在前不久的2月份刚刚错过另一个有关污泥排放的最后期限，而这次错过并没有让各方承担责任。几家看上去迥然不同的团体联合起来，其中包括环境基金会（the Fund for the Environment）、玛丽娜德雷垂钓者协会（the Marina del Rey Anglers）、哈里鱼饵与装备协会（Harry's Bait and Tackle），以及洛杉矶县救生员协会（the Los Angeles County Lifeguard Association）。他们获得了今后行使干预的权利，也就是说，如果他们认为环保署和加州在这个问题上过于纵容洛杉矶，他们可以提出上诉。

马库斯看着这一切，她认为自己的客户"治愈海湾"也应该得到同样的权利，于是她举起了手，希望能被注意到。她现在说："我不认为我们需要对他的决议提出上诉，他相当主张保护环境。（但是）我问，'你能让法庭之友行使干预权，里面再加上治愈海湾和加利福尼亚环境信托机构（马库斯代表的另一家团体）吗？'他回答说，'当然。'我觉得他甚至会让我起草命令，因为他有可能请法庭上的某个人起草命令。我不记得了。这是一种非常不正式的方式……但对普雷格森来说，没什么是不寻常的。"

"治愈海湾"，这家成员寥寥数人，并且到现在为止，几乎没有什么影响力的团体，凭借着"法庭之友"的身份，很快投入了法律诉讼程序之中。马库斯充分利用了自己的身份。在第一次见面的时候，不同的诉讼当事人和"法庭之友"巡视了海伯利安污水处理厂，市政工程师鲍勃·赫里（Bob Horii）由于行事的方式遭到了审查。房间里愤怒的律师们认为他只是在回避问题，他们没有意识到工程师为了自己的利益，有时会过于严谨刻板。

马库斯说，"所以，从某种程度上来说，也许这只是自娱自乐，甚至可能因为我不是世界上最善良的人——由于这段经历，我有了更多同情心，变得更善良——我开始问同样的问题。（她现在不记得问题是什么了。）可能我会问十遍，每一遍我用稍许不同的方式提问，就像进行实验一样……最终，我用某种方式发问，那就像，砰的一声，收银机弹出来了。他回答了每个人的问题……早先他并没有回答，因为我们没有用某种方式提问……答案是：哦，我的天，并不是因为他们不想让我们知道，而是因为他们讲的是不同的语言。"

随着访问的继续，马库斯发现，被许多人中伤诋毁的那些"坏人"正是想要努力做好自己工作的人。她转向污水处理厂的经理哈里·赛兹莫尔。赛兹莫尔承认他不会允许自己的女儿在海里游泳（但在公开场合，他的发言恰恰相反——还记得吗，在1985年，为了捍卫工厂，他声称污水对海洋有益）。正如马库斯所说，"他是个诚实的家伙，他向我们解释事情（先前）是如何变到这样的地步的……他们工厂有一位负责环境卫生的主任，这么多年来，他一直不相信工厂对设备的维修。"马库斯对管理工厂的这些人产生了某种情感，她同情他们，而其他激进的活动家并不会这样做。尽管他们在公共场合滔滔不绝地为工厂辩护，但马库斯总是能用令人消除戒心的方式，发现他们的诚实，让他们在私下愿意吐露心声。

大概在这之后1个月，各方最终确定了同意令，洛杉矶市议会在7月30日签了字，尽管同意令最终是在1987年2月普雷格森批准和解之后才正式生效。有个这份文件，洛杉矶市同意在1988年底之前停止向海湾倾倒污泥，1998年前完成全面二次污水处理系统的安装和建设。马库斯和她的同伴们都希望这个最终期限能够提前；但是洛杉矶市争辩说，设备的建设不可能像环境保护团体所希望得那么快。最终，普雷格森否决了马库斯他们的提议。同样，环保主义者要求设立一个独立的监控人监督城市在这方面的进展，普雷格森决定自己担当这个监控人的角色。但是他同意环保组织可以查看进展报告的要求。马库斯说,"我商谈的问题基本上是'治愈海湾'在将来 12 年里所面对的内容。"这意味着马库斯和她的同伴能够每个季度和法官一起审查城市在污染方面的改进和努力;她相信这种审查能够激励洛杉矶在同意令规定的最后期限前完成改造。

根据格林的说法,"治愈海湾"拥有 900 位成员、60 个下属组织,如今,它并不仅仅只是由一群抗议者组成,抗议只是进程的一部分。格林告诉《洛杉矶时报》记者,"我们有律师、电影从业者、传媒业从业者,他们都是刚刚崭露头角的新人。"这种声明在其他地方可能被认为是精英主义的,但在洛杉矶却代表一种可信度。

另一方面,由于"治愈海湾"接管了污染问题,霍华德·本内特的联盟不再像以前那么风光。但是,随着同意令的颁布,本内特抓住了最后一次机会抨击洛杉矶市,他对一家小报《卡尔弗市浪花报》(*Culver City Wave*)的记者说,"同意令是个肮脏的交易……比倾倒进海湾的有毒污水还要肮脏。"他用一贯尖刻的语气继续说,"对城市设定最后期限是毫无意义的。他们纵容、欺骗,最终会摆脱最后期限。"

然而马库斯对这个妥协并没有不满。她说道,"这是多萝西整个哲学的一部分,她让我真正能够用这个哲学处理问题,也就是说:我们在争取时应该不屈不挠,但是我们同样愿意接受结果。你知道,他们给了你 80%,你拿走了 80%,然后你坐下来和他们商讨剩下的 20%。除非他们把百分之百给你,否则你就继续攻击他们,这种做法是非常错误的,可是,在许多地方,环保主义者却采取这种策略。"

某种程度上说,马库斯认为自己通过协商,让"治愈海湾"能够监控城市污染治理的进展,在这一点上做得相当明智。但具有讽刺意味的是,3 年后,她之前的伙伴们却都变得小心翼翼,惴惴不安。

而当所有这一切发生时，布拉德利市长作为加州民主党候选人，正忙着和现任州长乔治·德克梅吉恩竞争，以获得州长的位置。布拉德利一定觉得，这次他有很大的机会通过竞选推动自己的政治生涯发展。两人第一次交手是在 1982 年的州长竞选中，当时，在 760 万张选票中，德克梅吉恩凭借 52 295 张选票的微弱优势险胜，两人获得的选票数量如此接近，以至于曾一度领先的布拉德利起初拒绝承认竞选失败。

布拉德利原本也许能通过获得加州环保组织，尤其是北加州组织的支持，向他的政治目标更进一步的。但在两位候选者宣布支持修外围运河（the Peripheral Canal）之后，环保主义者对两位候选人都不屑一顾。这条引水工程能够让南加州获得北加州提供的部分用水。因此，在 1982 年的竞选中，加州最大的环保组织西拉俱乐部拒绝支持布拉德利。（当时多萝西·格林与修运河的反对者们一起工作。）

而到了 1986 年，布拉德利意识到他需要环保主义者的选票，因此，也许是第一次，他开始在公开场合表示对环境保护的关心。他承认，在供水问题上，南加州不应该那么贪心，他也向人们保证，南加州地区在从北部邻近县郡获得任何供水之前，必须首先应该储存更多的水，提高环境保护的意识。在竞选前 2 个月，他对洛杉矶水系的象征和瑰宝之一——莫诺湖（Mono Lake）突然改变了政策。莫诺湖是一个位于欧文斯山谷北部优胜美地国家公园东边的美丽的咸水湖。从 20 世纪早期开始，洛杉矶就一直从欧文斯山谷通过管道取水，源源不断的供水令河道改道，莫诺湖也即将枯竭。布拉德利呼吁洛杉矶将水流引入莫诺湖，以增加湖里的水量，但遭到了洛杉矶水利电力部门的反对。他发表声明后不久，西拉俱乐部马上投桃报李，宣布支持布拉德利竞选。

但同时,布拉德利竞选中最容易遭到攻击的地方还是圣莫尼卡湾的污染问题。在许多人,尤其是南加州的居民印象里,他一直拒绝停止该市向海水倾倒污泥和排放只经过部分处理的污水。

带着这样的想法,德克梅吉恩的竞选团队联系上了霍华德·贝内特。贝内特向我们讲述了这个故事,他说,"他的人对我说,'贝内特先生,我们来自共和党。你发表了很多评论,关于对洛杉矶市和市长——市长布拉德利——对了,你是支持共和党还是支持民主党?'我回答,'我谁都不支持,我支持海洋。'事实上,我们全家这些年来一直投的是民主党的票,我的天。接着他说,'如果我们在和布拉德利市长的竞选期间使用你的声明,你会介意吗?'我回答,'别客气。'"

之后,广播中出现很多谴责布拉德利在环保方面不作为的竞选广告,在其中一则竞选广告中,背景是汩汩流动的污水声,一个画外音说道:

> 在接下来的 60 秒中,加州最大的污水制造者将把近 30 万加仑的污水排入圣莫尼卡湾,污水里含有 6 种已确认或怀疑会导致癌症的有毒化合物。污水处理厂还在没日没夜地继续非法排放污水,年污水排放量达到 1 480 亿加仑。此外,每年还有 5 万吨污水淤泥被排入大海。
>
> 你能猜到谁应该为加州最严重的污染问题负责呢?石油公司?不,是汤姆·布拉德利。没错……就是汤姆·布拉德利。在过去的 9 年,布拉德利的不当领导导致洛杉矶市违反联邦法律,不断将未经处理的污水排入人们每天游泳和钓鱼的海湾。
>
> 由于布拉德利的治理失误,洛杉矶的纳税人不得不支付数

十万美元的罚款和成倍增长的下水道税费。

大家想想吧,汤姆·布拉德利正在竞选州长。如果他对自己后院的污水问题都那么漠不关心,你能指望他关注多少整个加利福尼亚的环境呢?

这条竞选广告内容基本上是真实无误的,但它夸大了污水排放是"非法"这种说法。即使通过 7 英里长的排污管倾倒污泥违反《清洁水法案》,环保署还是给了洛杉矶市好几次最后期限的宽限停止排放,因此严格来说,洛杉矶获得了法律的临时特例许可。剩下的所谓倾倒是基于 NPDES 许可框架之下的,NPDES 许可使其具有合法性。竞选广告暗示排放物为未经处理的污水,并没有指出事实上只有溢流污水是完全未经处理的,也没有说明罚款其实是针对那些违法行为开出的,而不是海伯利安污水处理厂所做的一切都要接受罚款。

德克梅吉恩的竞选阵营根据同样的信息炮制出 8 个版本,其他版本涉及了另外的糟糕环境问题,比如旧金山湾的污染、饮用水问题。但值得注意的是,没有一条消息里提到本内特。

虽然布拉德利在 11 月的竞选失利不能完全归咎于圣莫尼卡湾的污染问题,德克梅吉恩毫无疑问通过这些广告争取了大量的支持者。最终,德克梅吉恩得到 60% 的选票击败了布拉德利,而布拉德利只得到 37% 的支持。

本内特仍然相信,对于布拉德利的落选,他发挥了作用。就在同一时间,他(用信签上列着 26 家成员机构,其中包括洛杉矶保护选民协会的信纸)发了一篇新闻稿,上面写着,"布拉德利无视圣莫尼卡湾的环境问题,圣莫尼卡湾的毒物和污染问题击败了他。"

第 16 章

圈外人和圈内人

有时,你不得不提出一个无法回避的问题,随之而来的是一个无法回避的答案。你没有任何选择。你的将来已经被决定了,你对此无能为力。1987 年 2 月 19 日那天,戴维·布朗就处于这种情况。那天,他坐在杰克·安德森对面,安德森成为南加州水质研究项目的新老板已经一年多了。布朗问安德森,"在别的地方寻求职业发展是不是更符合我的利益?"安德森给了他肯定的答复。

诚然,我们当中有些人会用稍微不同的方式提出这个问题,可能嗓音微颤,声音真诚,但毕竟,布朗是个科学家。这种正式的语句从他的嘴里脱口而出也就顺理成章、不足为奇了。此外,他有一种预感,也许,他的结局马上将会被宣布。得出这个结论很简单,因为在南加州水质研究项目,每个人都认为是他引发了洛杉矶关于 301(h)豁免条例的争论,是他让受人尊敬的威拉德·巴斯科姆灰溜溜地提早退休。

如果说安德森对布朗未来在南加州水质研究项目工作的评估可能是对所有发生一切的报复,那么,布朗同样也是这么认为的。1985年5月精英陪审团宣布巴斯科姆无罪,强制布朗休了长达1个月的"假期"。之后,当他从假期归来,在绝大多数同事眼里,他成了一个隐形人,一个被遗弃的人。

布朗现在说,"我当时真的非常孤独,不只是作为一个被遗弃的人。"他原本可以离开,他也确实得到了工作机会。"但我没有接受,回想起来,我也不应该接受。我是个只会埋头科研的科学家和书呆子。我真正想做的,是研究分子生物学。"所以,尽管遭到排斥,南加州水质研究项目还是给他提供了这个机会,至少在短期内。

和安德森的这次谈话发生在布朗没有获得美国国立卫生研究院对其在南加州水质研究项目继续从事生物化学研究的资助之后。(当时,布朗的研究获得了环保署提供的为期3年、总额30万美元的资助,这项资助于3月21日到期。)当安德森知道这项资助被拒绝以后,他对布朗说,他不想再花费任何赞助人的金钱用于这些生物化学项目(也就是说,与这个科研团队有合约关系的洛杉矶市和洛杉矶县提供的资金)。

第二天,安德森在向布朗哭穷之后,终止了和布朗的合同。他说,南加州水质研究项目在资金上存在10.9万美元的亏空,而取消布朗的职位对于应对资金不足大有帮助。

这也证实了布朗怀疑自己是被赶走的。因为1个月前,一位行政官员告诉他,他可以再买一套房子,因为南加州水质研究项目的财务状况良好。另外,安德森在前一年夏天新招了员工,并给绝大多数职员加了薪。他的表现几乎看不出来公司有负债的迹象。而事实上,同一位行政官员后来告诉布朗，她设法从那些欠她们钱的公司扣下了 7 万美元保证金，用这种方法和其他方式，保证公司财政足够健康，不会因此进行裁员。

显然，还发生了一些其他的事情让布朗相信，是洛杉矶县给安德森施压，迫使他让布朗离开南加州水质研究项目，以防他接下来搞砸另一个 301（h）豁免条例，也就是卡森污水处理厂（the Carson Sewage Treatment Plant）的豁免申请。布朗在 1987 年 2 月 24 日的日记里写道："在午餐聊天时，杰克告诉我们当中好几个人，查理·卡里（洛杉矶县卫生区总工程师）给他打电话，说他听到一些传闻讲他（卡里）吓唬说，如果他们没有获得豁免条例，我们就没有资助了。卡里当时告诉杰克他不认为这些话是在吓唬人，他的意思是说，如果他们无法得到豁免条例，我们会失去资助的经费。"

在卡里手下工作过的罗伯特·米尔现在说，"当然我们机构的人对布朗非常愤怒。但我会和他交谈，我觉得他是个有思想的科学家，他希望从事他正在研究的工作，他不想所有这一切都被公开。而其他人则说：'不，他就喜欢这么做，他就是个喜欢炫耀卖弄的人。'但我从来不觉得戴维·布朗是这样的人。"

3 个月前，布朗在日记里写道："一个级别低得多的洛杉矶县代表告诉我这是他们管理的策略和管理思维模式，如果他们没有获得豁免条例，那么在 1988 年 6 月续订合同时，我们就无法得到资助。他问我，如果我保持安静，可以继续从事感兴趣的科研工作，这样对我来说是不是会更有利？对这个问题，我给出了一贯的答案，即公众有权获悉海洋环境污染的实情。"

布朗的同事布鲁斯·汤普森记得听说过这个威胁，就在同时，布朗小心翼翼地和南加州水质研究项目其他员工确认他们是否知道卡里在拿豁免条例要挟未来对南加州水质研究项目的资金资助问题。就像一位员工说的那样,"每个人都知道这个威胁",布朗把这一切记在了他的日记上。

当时担任实验室技术员的史蒂文·贝（Steven Bay）却不承认这些,他现在反驳说他不记得听说过有人威胁公开信息会导致洛杉矶县失去豁免权。他说:"我不记得当时有人说,'孩子,我们不要公开这些信息,数据看上去不太好'之类的话。"

尽管布朗并没有直接听到这些威胁的话,一切都是道听途说,卡里在3月份和南加州水质研究项目一起召开的会议上否认他们把经费资助和豁免条例直接挂钩,但他还是暗示,布朗在洛杉矶县污水处理厂对圣莫尼卡湾海洋生命影响的问题上的所作所为是极其负面的。在会议上,布朗和其他科学家反驳了这种巴斯科姆式的观点,并且用卡森污水厂对海湾生态造成的实际影响这些真相驳斥了卡里。

安德森的话和卡里的否认没有影响布朗将被南加州水质研究项目解雇的事实。于是,布朗请了一位名叫巴里·格罗弗曼（Barry Groveman）的律师,帮他广而告之,他相信他被解雇是他直言不讳的结果。大概2周之后,安德森转变了想法,他告诉布朗他可以留下来,他的生物化学项目会继续进行。但接下来第二天,也就是在安德森说格罗弗曼打电话给卡里（其实他并没有打电话）之后,安德森又告诉布朗和他的助手,他俩都被解雇了,因为他觉得格罗弗曼律师的所作所为简直是在勒索。

这种戏剧性的过程持续了几个月,在续聘和解雇之间来来回回。在为正义丢掉工作之前,布朗开始感到来自妻子安娜的压力,安娜让他保持低调。他说:"这令我困扰,每个人都希望我往后撤,不要那么冲锋陷阵。"

最终,在 1987 年 7 月 1 日,布朗果然这样做了,他递交了辞职信。布朗说:"很多人对我的所作所为不满意,我觉得,对每个揭发事实真相的人来说,后果都是这样的,人们会问你为什么要这样做……人们总是把揭发事实真相的人看作寻求公众关注的人。诋损别人的信息,那是世界上最容易做到的事情,也就是说,你是如何把真相说出来的?你暴露真相的主要目的是什么?人们会问诸如此类的话。因为大家把我看成是单纯为了寻求公众关注的人,我必须自我辩护,撤回我的言论来表明我并非为了谋求公众关注,我只能后撤,只能完全停下来。对于所有发生的事,我无话可说……但是,一旦我离开这个舞台,再也没有任何来自南加州水质研究项目的人会说出真相。"

第二年,布朗去了希望之城的免疫部门工作,专攻癌症治疗和研究。希望之城是一家位于加州杜阿尔特的医院,也就是说,他的研究方向从海洋生命分子生物学转向了人类生物学。

里蒙·费伊和他的朋友唐·梅就像是永不安分的福音布道者,他们不满足于仅仅拯救一个城市的环境灵魂。在环保署否决了洛杉矶市 301(h)豁免条例之后,他俩在其他沿海污水设施的豁免听证会上发表了"我仍然记得"的演讲,用合乎正义的论据谴责和说服政策制定者。事实上,即使在哈里·普雷格森法官签署同意令要求海伯利安污水处理厂进行全面二次污水处理之前,在加州沿海城市,反对豁免条例的运动就已经不断蔓延扩大。到 1986 年底,11 项豁免条例的申请被否决,17 个市政当局撤回了豁免申请。环保署只同意了 2 项豁免条例,暂时批准了另外 1 项。[2009 年,加州还有 2 家污水排放企业持有

301（h）豁免条例，它们是戈利塔（Goleta）和莫罗海湾（Morro Bay）。]

当然，在费伊和梅的眼里，最糟糕的还是洛杉矶县卫生区卡森污水处理厂的豁免申请悬而未决，污水厂的管理者们希望继续只使用初次污水处理程序。洛杉矶县卫生区甚至直截了当地说，他们需要部分处理过的污水覆盖圣莫尼卡湾仍然覆满滴滴涕的海底。

据罗伯特·米尔回忆，这个想法是在1979年产生的。当时，他们正在起草最初的豁免申请，人们发现进入海湾的固体悬浮物——也可以说是经过初次污水处理之后沉积在海底的剩余物质，如果你愿意的话——可以有效地覆盖滴滴涕。如果全面实施二次污水处理程序，悬浮固体的单位体积会从每升80毫克降低到每升15毫克，这样，自然侵蚀有可能会令海底污泥层剥落。米尔说，"科学家们找到我们说'你们看，我们建了这个模型，看来如果我们必须采用二次污水处理程序的话，海底的滴滴涕会重新出现。这个想法得到了理论支持。我们难道不应该把它视作争取豁免条例的又一个卖点吗？"当时这个想法被否决了，但在晚些时候，在1980年下半年有关洛杉矶县卫生区的豁免的一次公开论战中，卡森污水处理厂的管理者们对环保署举棋不定、左右摇摆的态度感到非常失望，他们重新提出了悬浮固体有利于海洋环境的观点。米尔补充说，"当然，我们都要被环保主义者的口水淹死了。"

由于缺少了像布朗那样能澄清真相的人物，费伊和梅用有可能从霍华德·本内特那儿学来的具有戏剧冲突性的手法来面对如此有创造性的迂回手段。在一次听证会上，他们带来一桶费伊从海底挖出散发着阵阵恶臭的污泥。

"哦，老兄，它真的——闻起来就像它本身一样，难道不是吗？"

梅现在说,"当时有位记者拍下了污泥的照片,他们试图解释这些污泥如何对鱼类有利,如何对海洋有益。然后费伊说:'伙计们,就是这样。'"

"治愈海湾"未来的执行主管马克·戈尔德坐在观众席上看着这场表演,他既吃惊又有些敬畏。他现在说:"哦,天哪,这完全是在挑战我们所受到的教育,我们应该审慎而善于分析。这里不是作秀的剧场。作为一个第一次旁听水质委员会会议的目击者,我是如此震惊。你知道,当时我只有22岁或者23岁,我当时看见了其他人的反应——我现在还记得我自己当时是什么样的反应。我对这种戏剧性的效果感觉有点不太舒服,但是接下来,当里蒙讲述他所看到的一切时,我觉得,故事相当有说服力和吸引力,那一刻我完全忘记了什么戏剧效果。"

这次充满噱头的表演取得了一些效果。水质委员会命令洛杉矶县卫生区停止向海湾倾倒污泥,但洛杉矶县距离赢得豁免条例更进一步了。汤姆·海登说:"当时很多人把费伊视作英雄,但他的建议却没有得到采纳。"

1989年,"治愈海湾"(在自然资源保护委员会的法律部门支持下)以提出诉讼相威胁,希望迫使环保署否决豁免条例。在1987年早期,在费伊和梅举行路演期间,费伊作为单个议题候选人(当然是环境议题)参加了洛杉矶市议会的竞选,希望能获一席之位。他再一次把自己描述成见证环境毁坏的目击者,他为自己制作了一些简单的传单,上面印着:"他记得过去的教训。他理解现状。他将为本区的未来而努力。"而那些目睹过他的生态环保斗争,并且不可思议地一开始把他当成救生员,听了他38年演讲的选民们,在首轮角逐中把票投给了一位更年轻的新人露丝·加兰特(Ruth Galanter)。在环保主义者的支持下,加兰特后来击败现任议员帕特·拉塞尔，获得了议员的席位。

加兰特谈到市议会时说："无论政客们有多么愚蠢，每个政客在人们心目中都还是很重要的。我以获得58%对42%的票数当选了议员。人们对我的了解是，她是支持环境保护的，所以立刻人们全都转而支持环境保护了。除了议员马尔温·布劳德（Marvin Braude）外，现在没有一个人知道这件事。但是由于我的当选，他们知道他们会得到支持的，这对采取行动创造了很大空间。"

而另一边，据朋友们说，费伊开始酗酒。在酒后驾车被定罪之后，他被吊销了驾照。他的海洋标本生意、太平洋生物海洋实验室的研究，都开始变得越来越糟糕。很快，他把实验室从威尼斯搬到洛杉矶国际机场附近的英格尔伍德地区的一家旧焊接车间里，几年后，又搬到洛杉矶北部的奥克斯纳德地区。他继续参加听证会，出席作证，有时候，如果搭不上别人的顺风车，他就骑自行车去听证会会场。然而，事实已经证明，如果仅凭少数人，这场战役不可能获胜——无论这些人多么有资质对一个又一个环境污染问题提出指责。相反，正如霍华德·本内特展现过的，组织尽可能多的团体参加政府会议，会更有效。

众多团体中，我们不得不提到西拉俱乐部的清洁海岸工作组。它的领导人是南希·泰勒，她充满激情，个头娇小，勇敢地面对每一个申请301（h）豁免条例的沿海卫生区。她通过领导佛罗里达类似的环保斗争，通过咨询她的好朋友费伊，积累和获得了自己的斗争策略和技巧，她严厉谴责每一位胆敢提出"稀释是解决污染的方法"的工程师。

然而，提到纯粹的影响力，谁也比不上多萝西·格林领导的"治愈海湾"，这个组织在教育民众和自我提升方面都找到了自己的准确定位。"治愈海湾"的名字和鱼骨头标志在城市里无处不在,更重要的是,即使在市政厅也四处可见。尽管它的成员实际人数从开始的几十个只不过上涨到几百个,但比起成员的名册本,"治愈海湾"看上去要庞大、显著和重要得多,而且这一切发展得相当迅速。

1986年,"治愈海湾"在最初的核心成员辛迪·霍恩的家里举办了一场筹款会,当时费伊作为演讲嘉宾出席。那次可能是团队第一次和名流要人打交道,他们之间的友好关系一直持续到现在,这不仅帮助"治愈海湾"增加流动资金,还有助于提高它的知名度。那次筹款会的介绍人是霍恩的丈夫艾伦,他是使馆通信(Embassy Communications)的董事长兼首席执行官,这家公司由电视制作人诺曼·利尔(Norman Lear)共同创办。霍恩邀请了他的朋友和生意伙伴参加筹款会,他们经济富裕,知名度高,且相互之间关系密切。杰米·西蒙斯在一次举例说明新的"治愈海湾"组织成员如何筹集捐款时说过,霍恩站起身来感谢团队,却并没有提及募集捐款的请求。最后,还是利尔叫了起来,"艾伦,要钱!"通过这种方式,他们筹得了5 000美元,只够他们把组织的总部从格林家的闲置卧室搬到圣莫尼卡市街道尽头的一家地毯清洗公司楼上一间小小的充满烟雾的办公室里。那一年稍晚些时候,他们从一家室内购物中心——圣莫尼卡广场的所有人那儿想方设法弄到一间空的店铺,把它建成海洋主题的博物馆,并于夏天开放。包括戴维·布朗和安娜·布朗在内的志愿者们四处搜寻展览材料,在墙上画了一幅壁画,然后布置了场地。作为免费获得这个场所的回报,"治愈海湾"答应商场的所有者,他们的组织将会举办聚会来为商场进行推广。

这个团体经常做的,是打着汤姆·海登的招牌在圣莫尼卡码头举行新闻发布会。他们售卖印着团体新 logo——鱼骨标志的 T 恤,这个标志是一条被剔除鱼肉的白色黄花鱼。这条鱼看上去对海湾的复原很悲观,而表明先前身体的白色轮廓暗示着微弱的希望。人们诠释着这个标志,T 恤相当畅销,"治愈海湾"这个名字传遍城市的大街小巷,甚至当游客们争相抢购 T 恤作为旅游纪念品时,被传播到国外。"治愈海湾"的形象无处不在,就好像它拥有成千上万的会员一样。

"治愈海湾"在 1989 年举行了一次名为"儿童行军(Childrens March)"的活动,旨在教育 4 000 名儿童为什么海湾和沙滩需要保持清洁。一年之后,他们以抽彩的方式卖出了 112 块由知名艺术家和新锐艺术家装饰涂绘并捐赠的冲浪板。

格林意识到组织内部需要一个海洋生物学家。因此,1988 年,在加州大学洛杉矶分校的研究生马克·戈尔德为团队担当志愿者之后,格林聘请了他。当时戈尔德还在攻读博士学位,他成了"治愈海湾"的专职研究员,每年的薪水为 2.5 万美元。而且,为了配合格林的总体展望目标,1990 年戈尔德设计出了"治愈海湾"最引人注目的工具之一——海滩年度报告卡。它和摘自政府机构、详细标明细菌水平的统计数据相比,并没什么过人之处,但它因为其科学性和免费而受到关注。通过这个卡片,人们不仅可以了解洛杉矶县 6 个海滩的污染情况,而且很容易就知道这个组织的名称。

很快,当地报纸开始援引报告卡的信息。毫无疑问,这是因为卡片简单易读,方便引用,它还会将污染分级评分。从此,报告卡开始一周发布一次,这样信息更加及时,它覆盖了加州 517 个海滩,不过却没有像之前一样,曾经一度那么广为人知,造成轰动效果。

凭借海滩报告卡,"治愈海湾"开始看上去像一个主流地区性环保组织了。它的影响力不断扩大，它加入了一个从1988年开始的名叫"圣莫尼卡湾复原计划"的加州和联邦项目（后来人们把名字里的"计划"两个字去掉，现在作为一家委员会，它更为人所知）。7年之后，这家委员会制定了一项计划——用来自"治愈海湾"和其他团体、机构的投入，来"改善海水质量，保护和恢复自然资源，保障海湾的利益和价值"。根据委员会在2008年的更新信息，在计划起草的90个主要行动类别中，大约有一半已经完成或正在完成之中。

戈尔德不仅为"治愈海湾"赢得了越来越高的声望，还发现了自己筹款方面的才能。他深谙在洛杉矶你所需要做的只是让名流要人参加你的组织，那么组织的可信度将大增，筹款也将随之而来。很快，"治愈海湾"拥有了马丁·肖特（Martin Short）、特德·丹森（Ted Danson）、茱莉亚·路易斯·德瑞弗斯（Julia Louis Dreyfus）这样的代言人，他们吸引了很多人前来参加筹款晚宴和其他聚会，募集的支票滚滚而来。

截止到1990年，"治愈海湾"的会员总人数达到7.5万人，共筹集到43万美元的预算。当年的州长候选人参议员皮特·威尔逊（Pete Wilson）和加州检察长约翰·范德坎普（John Van de Kamp）都发现了这个组织强大的政治力量，他们不约而同地在"治愈海湾"年度会议上陈述他们为加州环境制订的计划，以期获得选民的支持。

这些都没有打动里蒙·费伊。费伊的朋友珍妮特·布里杰斯说，"里蒙希望人们捐出时间，并把这个作为优先条件。多萝西创造的模式是人们可以一年捐5美元，这种模式取得了良好的效果。许多人可以付出不多的钱，就能表达对环境的关心和担忧，这种方法简直绝妙……相比而言，里蒙则希望你能参加每一场听证会。好吧，里蒙的方法对全职工作的人来说并不合适。"

当费伊站在这场斗争的外围，在他的影响力慢慢消退的时候，"治愈海湾"的费利西娅·马库斯却在 1991 年成功地让这个组织渗透进城市政治和政府机关之中：她获得了管理污水系统的机会，污水问题，曾经让她如此痴迷。

时任布拉德利政府副市长的麦克·盖奇现在说，"我认为费利西娅和多萝西实际上已经询问过我们的污水系统工作人员污水处理方面的进展如何之类的问题，我注意到她们俩人都开始了诉讼程序。我和当时市长的法律顾问马克·法比亚尼（Mark Fabiani）参加了诉讼。我注意到她们提出诉讼，但从来不会和诉讼对象敌对，她们和诉讼对象一起工作，她们向他们提问，她们真是——她们帮忙把问题解释清楚。我可以看到有时她们会为此加班加点。我记得会议结束后，我和马克往回走，我对马克说，'我们需要在市政厅给马库斯提供一个职位。'"

经布拉德利同意，在 1987 年末，盖奇给马库斯提供了一个公共工程委员会的开放席位，她可以直接获得委员会的主席职位。马库斯犹豫再三。确实，这是一个机会，她可以在内部施加影响，之前没有一个环保主义者得到过这种机会。像霍华德·本内特那样的人提出言之凿凿的指控说，人们不相信洛杉矶市会遵守诺言，重建海伯利安污水处理厂。而马库斯却能够拥有一种力量，让人们相信海伯利安污水处理厂会在 1998 年最后期限之前实现她参与建立的目标——实现全面二次污水处理。而这来自她的乐观，这种乐观基于她对毫无生气的官僚主义本质的理解。她仍然希望自己能做一个生态环境警察，对那些污染地球的行径提起控诉。尽管她深深地着迷于污水这个主题，她还是告诉盖奇她打算休一段时间长假，不能接受这个工作。

盖奇说："这大概是一种礼貌的托词。"

马库斯现在则说，"我当时觉得这肯定是个骗局，而且，我当时还不够成熟，没有真正考虑过权力的重要性。"

在一年半之后的 1989 年，布拉德利让盖奇再次向马库斯抛出橄榄枝，于是盖奇又一次给马库斯打了电话。马库斯向格林征求意见。格林意识到这将对实际推动"治愈海湾"的污水斗争事业大有裨益，她对马库斯说："如果你不接受，那你才是疯了。"

这个职位一开始的年薪是 6.5 万美元，和她在律师事务所的工资所差无几，但工作却远远有趣得多。这是污水！这是权力！她一直在这件事的外围徘徊，努力争取说服政策制定者站在自己的一边，而现在，她的意见意味着更多。她的签名可以决定政府的行动，她有巨大的影响力，她能够宣布陪审团的裁决，她是无可争议的环保女王。洛杉矶的排污管都处于她兴奋的凝视目光之下。

可以说，管理一个有点官僚的政府机构并不是一件令人开心的事，即使对于像马库斯那样精力充沛、充满活力的人来说也是如此。除此之外，对马库斯的前任摩恩琳·金德尔不买账的同一批工程师，毫无疑问在马库斯背后偷偷支持着海伯利安污水处理厂，他们仍然信奉"稀释是解决污染的方法"。马库斯有一个优点——在监督同意令的 4 年当中，她和负责处理污水的工程师建立了良好的关系。她告诉那些工程师，她追求的新信条是，排污管里涌出干净的水，而无其他，他们把这个看成激发他们去实现的战斗口号。如今，马库斯说，"如果你追求的只是一点点小目标，你不过只能保全自己而已，你不会赢得团队的信任。你也不会得到政客们的嘉许。如果想要成为环保英雄，更重要的是获得公众的信任——也就是说，尽可能让污水净化干净。"

这并不是说她没有得到市长布拉德利的支持，工程师们对布拉德利充满尊重。马库斯说："布拉德利完全支持我的行动，不惜与那些他认识多年的人反目。他在资金方面完全支持我，非常令我感动，是我之前没有期待过的。这真是太棒了，他会笑，他会给我打电话。如果有人对我抱怨，他会说，'我需要了解点事，有人打电话讲了一通，'我就说，'他们胡说八道，'然后解释了一通。听完他会大笑，然后接着说，'谢谢，这就是我应该需要知道的一切。'人们说他之所以喜欢我是因为我不是那种典型的被委派的政客。"

工程师们可能是比较好对付的。在马库斯接任公共工程委员会主席之前很久，洛杉矶市就已经承诺建成海伯利安能源回收系统，也就是HERS，这是一种通过焚烧污泥进行发电的方法。当时，这个想法听上去太妙了，收集城市生活里人们避之不及的废物，把它拿来为污水处理厂提供能源，使之运转。嗨，日本人正在这么干，洛杉矶为什么不试一试呢？（顺便提一下，唐·梅是最早提出HERS计划并强烈支持它的人之一。）

每个人都希望这个计划能够奏效。如果真能简单地把污泥转化成宝贵的能源，那么生活会变得容易很多。事实上，在1987—1992年之间，HERS产生了4.5亿度的电力。但可惜的是，HERS系统有些问题。马库斯现在谈到设计用于从污泥中榨干水分的装置时说，"集中系统无法工作，其中一部分被黏住了，因为我们的饮食比日本人要油腻得多。这听上去很恶心，但却是实情。"而且，污泥中的毛发堵塞了系统，令它运转不灵。沙子渗进经过沙滩的老旧排污管道，和污泥掺杂在一块儿，毁了机器。但马库斯说，尽管这样，整个系统还是卓有成效的，但是由于存在一些问题，它在1992年被最终关闭了。"人们把它称作一次技术上的失败，因此环保署没有打算收回之前对系统的投资，"马库斯接着说，"但它确实能够运转工作。"根据马库斯所说，后来人们想重新启用这个系统，却发现需要花费很大的精力进行维护，它的实用性降低了，她的职员找到了更为有效和低廉的替代品对污泥进行烘干。

还有一些其他问题。洛杉矶市开始了一项水资源保护计划，其中一个目标是一定程度上减少海伯利安污水处理厂重建期间流入该厂的水量。这项计划进展得非常顺利，但它使污水中的硫磺浓度增加，腐蚀了有60年历史的管道内部的瓷砖，导致瓷砖脱落，堵住了管线。

马库斯还在不断推动工程师们朝着一个新的目标努力——在目前制定的1998年二次污水处理设施最后完成期限之前实现全面二次污水治理，尽管没有人指望他们能做到。马库斯说，这实际上是盖奇的想法——尽早使海伯利安污水处理厂排出的污水变得尽可能清洁。要实现这一点，唯一的做法就是采用一种造价昂贵、名为高级初次处理的程序，它使用化学物质来清洁污水，效果大大超过初次污水处理程序，能达到二次污水处理程序的效果。马库斯说，"为了使用高级初次处理程序，我们打破了所有记录，洛杉矶市所做的，简直是不可思议……我只是承担了催化剂、后来是啦啦队长的角色，而那些工程师和操作人员，他们所做的一切令人不可思议。"

马库斯完成了这一切，几乎没有遭到环保主义者或其他人的反对，除了个别几例例外。她不时与"治愈海湾"的同伴们见面。她觉得，她和霍华德·本内特，后来有时是里蒙·费伊之间的对立关系结束了。现在她说："我们胜利了，我们完全攻克了这个问题……没什么能令我们后退，因为从那时开始，我们齐心协力从事这个事业。我的意思是说，我不认为我们意见不一，众说纷纭。"

最后,海伯利安污水处理厂在1998年11月23日完成全面二次污水处理设备的重建,如期恢复运营。

大约就在同一时间,里蒙·费伊在海湾潜水的时候,他开始感到虚弱和有些头晕。他浮出水面,挣扎着游回到他的小船"鱼雷"上。他中风了。幸运的是,一艘海港巡逻艇从这里经过,他可以挥动手臂,因而得救。

费伊的中风还在继续。唐·梅悲伤地说:"费伊从来没有真正恢复过,他每况愈下。"有些人认为他的健康问题来自他长时间的潜水,下潜太深,浮上来太快。早在20世纪80年代初就认识费伊、自己也是一名潜水爱好者的马丁·比豪威尔(Martin Byhower)说,"我打赌费伊有时候患了减压病,我确信他是潜水过度了。"

另外有些人把他的病归咎于饮酒过度。莫·斯塔夫尼泽说,"我参加过他实验室的聚会,他为每个人准备了一桶酒,那里从来不缺少酒。我不能说我自己不碰酒精,因为我确实也喝酒。但是费伊确实沉迷于酒精。我的意思是说,有时候酒精会让他情绪爆发,在某些事情上毫不妥协。但总的来说,费伊尽管喝酒,但他比这个世界上绝大多数人要聪明得多。"

2002年,在长滩水族馆,里蒙·费伊作为某种意义上的英雄参加了一个周年派对。30年前,在1972年,选民们投票通过了20号修正案,建立了加利福尼亚海岸委员会。当时,费伊帮忙撰写法规,他是第一批委员之一,在与有关沿海发展问题的斗争中,他也是最为脾气暴躁。他的朋友们现在透露说,费伊不愿意妥协,容易发火。但在那天晚上,他的这种对抗精神却受到了表彰,因为这是很少有人能保有的正直感。

当他在朋友珍妮特·布里杰斯和艾伦·桑德斯（Alan Sanders）的帮助下进入会场时，登记台边上那个可爱的女孩几乎尖叫起来，"哦，您就是里蒙·费伊本人！您是一个传奇！" 73岁的费伊身上还散发出轻微的鱼腥味儿，在经历几次中风之后，他看上去有点儿怪异，但这并没有关系，人群涌向他，欢迎他，把他视作环保英雄。

布里杰斯现在说："在某些方面他总是非常低调，不出风头，因为他把注意力全放到了如何推动事情的进展上。他参加听证会时，经常穿着工作服之类的衣服。他称自己是个渔夫，不是科学家，也不是博士，他从来不炫耀自己的资历。"

费伊的身体越来越虚弱，他最后住进了圣莫尼卡的伯克利西部康复医院。帕特里克·沃尔不时去看望他，直至费伊认不出他为止。费伊虚弱到只能躺在床上，蜷缩成婴儿状。沃尔说："你知道，他依赖止痛药为生，他不想待在那儿。我觉得他宁愿出去自杀。"最终，2008年1月1日，费伊死于心脏病，享年78岁。

正如费伊的朋友艾伦·桑德斯所说："那些了解他工作的人真的非常怀念他。他的确全身心地投入环保斗争。事实上，他牺牲了自己的研究领域的工作才能，因为在处理公众关注的污染问题时他名声并不好。这种牺牲是非常罕见而宝贵的。"

第 17 章

一半的工作

当一铲黝黑的沙泥从距"海洋号"科考船 180 英尺的海底被挖出来时，它看上去就是一团黏糊糊、没有生命的污泥。人们看到它时，不禁纳闷，1985 年让大家争论不休的这块臭名昭著的"死亡地带"是否仍然存在。尽管如此，两位为洛杉矶市环境监测部门工作的海洋生物学家还是仔细打量着这堆湿淋淋的东西，好像他们即将打开一份圣诞礼物一样。"新的泥浆！"一位科学家笑着说，"从来没有被污染过的。"

这两位科学家工作时间加起来已有 53 年，但他们还是带着孩子般的快乐，把这团带着光泽的泥浆倒进一个巨大的金属槽，似乎迫不及待地想看看泥浆里究竟会冒出什么生物。他们用海里抽上来的水，小心翼翼地冲刷着泥浆，慢慢地，生物从泥浆里被分离出来。首先，只看到一些"贝壳碎片"，那是蛤蜊碎壳、蜗牛壳和一些掘足类软体动物碎片。接着，一些蠕虫出现了，它们缓慢扭动着身体，似乎受到了惊吓。其中一位科学家认出这是一种学名为 *Cerebratulus californiensis* 在海湾沉积物中常见的蠕虫。他说,"它们身体会伸展,完全伸展时长度有可能达到 2 英尺。"

人们开始在沙滩和砾石中觅得红色丝线的踪迹,它们看上去那么脆弱,似乎无法依附任何生物存活。随着更多的泥沙从放置它们的筛子上消失,这些丝线转而变成了海尾蛇,这是一种细长形状的海星,它的出现通常表明该处海水干净——或者至少,比较干净。多年前,当海伯利安污水处理厂向海湾排放仅经过初次污水处理程序的污水时,海尾蛇离开了这片水域。它们重新回归的事实——尽管进程缓慢——表明全面二次污水处理程序帮助这些敏感的生物创造了一个宜居的环境。

其中一位科学家指着淤泥中几乎看不见的灰色大理石状动物说,那是海葡萄。他补充说,"这是一种生物扰动,这是个好迹象。"当像海葡萄这样的动物扎根在沉积物周围生活,在沉积物上形成垂直的管道和洞穴的时候,就产生了生物扰动。在圣莫尼卡湾,有些地方,来自污水处理厂的有机物质已经形成了一大团无法移动的物质,诸如海葡萄之类勤劳的生物在沉积物周围来回移动,它们其中一部分能够浮起来,悬浮在水中。这实际上是一件极其有益的事情,如果有足够的海葡萄或其他类似的生物在海底游来游去寻觅食物,那么,理论上来说,阻碍物种多样性的剩余物质有可能会消失。

标本被送到科考船右舷的长凳上,一大群海带蝇在他们头上飞来飞去嗡嗡作响,一位科学家正在把这些标本装进丙烯酚氧化物溶液的瓶子里,在用福尔马林让它们在死前"放松"。福尔马林是一种甲醛水溶液。他把穴居的海葵分开,这些海葵对松弛剂产生了反应,在其他动物身上留下了黏糊糊的物质。

这些研究人员一靠岸就会把动物标本和海水沙滩样本送到海伯利安污水处理厂的实验室，那里有两位分类学者会确认种类，记录信息。其他科学家会通过图片把它们和几年前获取的发现结果进行比对，获悉环境是如何改变的，是变好了还是变糟糕了。之后还要对海水和沙滩样本进行化学、金属以及其他毒性分析。

这项监测作为洛杉矶市排放污水进入海湾许可的一部分而被强制执行。事实上，环保署和地区水质监控委员会严格管控标本收集的每一个方面。同样，今天的样本也会成为延伸到整个南加州沿海每隔5年一次检查的一部分，生物学家全年定期访问圣莫尼卡湾44个不同的采样点或站点。他们用起重机把92磅重的抓取机械吊入海中，挖出沉积物样本，同样，他们也采集距离水面好几码深的海水。他们还一年两次在海湾捕捉鱼类和大型无脊椎动物用以研究。

根据这几桶泥浆的研究结果表明，离海岸2英里之外的海洋环境似乎相当不错。这并不是说，海水像费伊曾经声称的他小时候那么一尘不染。据那天上午"海洋"号科考船监察主管柯蒂斯·卡什（Curtis Cash）所说，最近人们担忧的问题之一是多溴二苯醚（PBDEs），这是一种能够进入周围环境的化学阻燃物质。没有人确切知道它是怎么发生的，根据环保署的信息，人们在纺织品和塑料的制造过程中使用这种化学品来抑制燃烧，也许通过这个过程，多溴二苯醚进入环境。当然，进入下水道系统的多溴二苯醚很容易躲过污水二次处理程序，直接被排入海湾。

那天科学家们采集的海水和沉积物样本还会被用作合成除虫菊酯分析，合成除虫菊酯是一种用来杀灭蚊子的杀虫剂，蚊子可能会携带有时致命的西尼罗病毒。

第 17 章 一半的工作　191

当卡什在说话的时候，起重机又吊上一铲斗污泥。其中一位科学家打开容器的舱口，用一把尺子在里面戳了戳，测量深度，以确保铲斗符合现场操作要求，获得合适的样品。之后，当科学家们经过沙子和砾石时，有个人嘟囔着，"大量的动物。"

似乎，圣莫尼卡湾已经恢复成往昔的富饶、肥沃的海湾，完全从1985 年的污染中痊愈。然而，如果我们就此询问"治愈海湾"，他们会说，海湾的恢复工作只完成了一半，尽管他们在网站上并没有解释他们怎么得出这个结论。他们确实详细说明了剩下有待解决的严峻问题，但似乎更关注雨水径流流经城市街道，雨水下水道里聚集的城市泥浆，其中混杂着油污、杀虫剂和诸如铅、锌之类的金属，以及其他有毒物质，直接进入圣莫尼卡湾。

和滴滴涕问题一样，雨水径流问题并没有像 301（h）豁免条例那样引起公众的过多关注，而且这个问题比任何涉及圣莫尼卡湾污染的事件历史大概都要悠久很多。洛杉矶的雨水下水道系统于 20 世纪初设计和建造，特意被设计成通向大海，而不是通向海伯利安污水处理厂，它从来就没有被设计用来处理暴雨带来的巨大水量。

在 1985 年 3 月 25 日洛杉矶地区水质监控委员会召开了第一次有关 301（h）豁免条例的听证会，这次会议反响冷淡，参加者寥寥。会上，委员会委员们对于雨水径流问题苦恼不已。他们用别人不会期待从政府机构听到的不甚礼貌的语言宣称，对他们来说，和初次污水处理系统相比，雨水径流问题要大得多，废水和污泥直接流进了海湾。公开支持 301（h）豁免条例的贝蒂·沃斯曼（Betty Werthman）参考了一份被提出的研究，想要搞明白究竟什么污染物进入海湾，她说，"我想我们也许会发现，令我们感到惊讶的是，一些能造成严重后果的污染物随着暴雨进入下水道,直接排入大海,而我们真的无法控制。"

国会基本上也是持同样想法,它于1987年小心翼翼地修订了《清洁水法案》,把城市径流问题纳入其中,但却用不甚明朗的要求号召城市尽可能最大限度通过"最佳管理实践"来解决这个问题,无论这个要求是什么意思。

现任"治愈海湾"主席马克·戈尔德说,"根本上说,也就是:承担一揽子不同的事情,监控接收的污水并希望污水符合标准。不过在污水数值限制和水质标准之间,我们找不到任何直接联系,只是要求达到水质标准。因此,最后的结果变成进展微不足道。你甚至不能证明来自巴略纳溪、洛杉矶河或者其他水源的水,现今比1990年的时候更干净。"

这并不是说洛杉矶市什么都没有做。洛杉矶市建立了一个低流量导流系统,负责在旱季把城市雨水径流引入海伯利安污水处理厂。但是,如果暴雨流量超出临界点,闸门会自动改道,雨水进入大海。同样,"治愈海湾"在1991年促使圣莫尼卡市通过了一项法令,对雨水径流实行处理和过滤。现任洛杉矶县监督督导的泽夫·雅罗斯拉夫斯基,列出了一系列着手开始净化雨水径流的计划。他说,"我们打算进行一项全国性的雨水治理计划,这个计划规模宏大,任务艰巨,且造价昂贵。但我们必须要完成它,因为雨水径流问题是当前造成圣莫尼卡湾污染的原因。"在一个已经完成的项目里,位于圣费尔南多山谷(San Fernando Valley)(洛杉矶市北部)东面的圣盖博(San Gabriel)山上流下的小溪的径流进入一系列蓄水池,污水在那里得到过滤。从那里,水在地面蔓延,渗入地表,补充了地下蓄水层,为城市提供干净的水源。雅罗斯拉夫斯基补充说,"对于如何治理整个洛杉矶县的暴雨漫延、雨水径流、污水过滤，这将是一个很好的模板。比起建造防洪渠要便宜得多，而且从环保角度来看，它更加合理和可行。"

可以肯定地说，像这样的改造项目都相当低调，以至于公众不知道它们的存在，但"治愈海湾"的目标是尽可能让这个问题引人注目，广为人知，在1994年自发组织了"排水沟巡逻"活动，巡视检查了洛杉矶市6万个雨水排水蓄水池，并在旁边印上"禁止向内倾倒垃圾"的警告字样。尽管现在在城市的人行道边上我们还能看到这些字样，但戈尔德也承认，"我们还有很长的路要走。"

马斯·多伊瑞是洛杉矶环境检测部门的负责人，他并不确定海湾的恢复工作是否已经达到了一半。情况有可能比预计的更好，也可能更糟。从一个科学家的角度来看，这个答案受到多种因素制约，非常复杂，因此很难被量化。同样，他毫不顾忌地说出圣莫尼卡湾的水质哪里有进步，什么地方还存在不足；目前面临的问题之一是一些通过下水道流进大海、充满细菌的雨水径流。他说，"我们必须把关注点放在雨水上，不光是细菌问题，还有金属、有机物和其他污染物问题。"

为了这个目标，多伊瑞手下的工作人员每周都要沿着圣莫尼卡湾绵延50英里的海岸测量3种细菌指征——大肠杆菌、肠球菌和粪大肠杆菌（大肠杆菌）的总量，他们在38个海滩监测站点及齐踝深的海水里舀取海水样本。考虑到对雨水径流的担忧，海水样本收集点被更改到圣莫尼卡湾25个储存径流的下水道附近，即溢流距离之内。这样，测量结果中的细菌含量很有可能会大大增加，随后，"治愈海湾"调低了暴雨之后附近海滩的不合格标准指数。

多伊瑞很快发现，"治愈海湾"海湾报告卡里的数据有一半来自他自己部门员工的研究结果。因此,他说,"对于几乎每天在那儿监控工作的政府部门,你必须给予某种信任。"他又接着说,"在经过40年的测试之后,我们从未发现任何指征表明海伯利安污水处理厂排出的污水回到了海岸,导致细菌指数超标。事实上,我们发现,每次当沿海的3种细菌指数中任何一种超标时,要么是在下雨期间,要么是雨水排水之后。在那个时候,污水会涌出雨水下水道,它们流向海岸,造成细菌指数超标。"

鉴于这种情况,"治愈海湾"建议公众在暴雨过后等上72小时再去海里游泳,这个建议理由非常充分。众多流行病学研究表明——其中包括戈尔德和罗伯特·黑尔(Robert Haile)在1985年合作的研究——如果在临近排污管的海域游泳,会增加罹患呼吸疾病和肠胃疾病的风险。研究结论表示,在临近雨水下水道附近的海水里游泳的人,患上感冒、喉咙疼痛、肠胃炎和其他疾病的概率要比远离此处的游泳者高50%。

虽然暴雨径流问题还有待解决,海伯利安污水处理厂污水排放对环境的影响现在已经大大改善,洛杉矶市的污水得到全面二次处理。多伊瑞说,尽管海湾并没有完全得到"恢复",但"全面二次污水处理事实上已经使海湾的生物种群数量大大增加,物种更加丰富,比我之前预计得要好得多"。

人们把这种敏感的海尾蛇用来作为环境的指示动物,因为这种小小的生物极度厌恶通过初次污水处理程序排出的污泥中富含有机物的污染物,生物学家们发现一度被南加州水质研究项目归为"已消失"的海尾蛇又重新少量出现在5英里长排污管周围。换言之,海伯利安污水处理厂的二次污水处理确实在起作用,但这并不意味着,海湾已经从往日的污泥污染中完全恢复。在 7 英里长排污管周围，工厂排出的污泥在海底堆积了足足 1 码厚，大多数对高有机物含量、低含氧率环境敏感的海洋生物正在源源不断逃离这片海域。

多伊瑞在 2008 年说："大概 10 年之前，环保监测部门对此进行研究的时候，我们预计，5 年之后这里会恢复成比较自然的状态，但它的恢复要比我们预计得更加缓慢。"那里还留存着我们称之为"遗留污染物"的物质，也就是说，滴滴涕、多氯联苯和其他有机复合物覆盖了海湾 6.6 平方英里的海底。有毒物质仍然呈现出高浓度状态，对野生物种造成影响。我们仍旧建议垂钓者不要食用以底层生物为食的白色黄花鱼，把食用石头鱼、岩鱼、云纹石斑鱼的频率控制在两周一次以内。换句话说，尽管事先关闭了喷涌出污泥的管道开关，但仅经过初次处理的污水对海湾的海洋生态环境还是造成了影响，没有人真正知道我们还需要做什么。

并不是说没有科学家深入研究这个问题，位于一幢大型单层建筑里的南加州水质研究项目仍然在运营，它的隔壁一侧是家 EL Pollo Loco 餐厅，在 1985 年，由于失去了涉及公众的研究议题和政府拨款，几乎令这家机构一蹶不振。现在，南加州水质研究项目坐落在科斯塔梅萨（Costa Mesa）工业园，办公室铺满地毯，十分舒适，实验室宽敞明亮，目前拥有 46 名全职工作人员。南加州水质研究项目的投资者似乎既有污染排放工厂，又有政府监管者，而这种结合可以产生足够的自我约束。威拉德·巴斯科姆曾经从污染排放企业那里感受过这种压力——如果他不把豁免条例争取到，但这种压力从来不会降临到斯蒂芬·韦斯伯格（Stephen Weisberg）博士身上，后者自从 1996 年开始就担任南加州水质研究项目执行主管。韦斯伯格说，"巴斯科姆的污点导致了目前南加州水质研究项目的结构变化，人们对这个机构所做的工作丧失了信任。因此，我们需要邀请监管机构加入我们。"

在这种更加平衡的人员结构下，14人组成的委员会应运而生，6名委员来自加州和联邦监管机构，包括环保署和3家不同的地区水质监控委员会（分别是洛杉矶、圣迭戈和圣安娜）。在投票方面，和委员会4名污染排放企业代表相比，他们的优势稍微多了一点，韦斯伯格说，污染排放企业曾经提出要求，"因为他们想确定这里没有偏见"。

同样，在南加州水质研究项目，金钱带来的影响力不像以前那么大了。韦斯伯格接管工作的时候，他发现污染排放企业提供的资金占到南加州水质研究项目总计160万预算的绝大部分。他说："我去找监管者，对他们说，'嗨，老兄，你们没有公平分摊资金。'你知道吗？他们回答，'说得好。'"2008年，在南加州水质研究项目880万财政预算里，污染排放企业仍然提供了一部分，但大头由加州和联邦财政支出。

韦斯伯格是个友善开朗的人，他经常穿着印花衬衫、牛仔裤和运动鞋来上班。显然，他更喜欢谈论南加州水质研究项目目前的项目，而不是它的复兴。当他和当地的吉瓦尼斯俱乐部（Kiwanis Club）交谈时，他像导游般进行介绍，偶尔加进一些科学术语，但大多数情况下还是采用叙述的方法。他说，"我们的目的是开发出从现在开始5年内能够更好用于水质监控的方法。"有了这个实际的目标，南加州水质研究项目开始处理污水排放企业和监管部门面临的最严峻的问题之一——警告公众当心圣莫尼卡湾海滩上的高细菌总数。为了这个目标，唯一可做的事情是收集海水样本，看看培养皿中公共健康官员最为关注的大肠杆菌、总大肠杆菌和肠球菌是否繁殖增长。但遗憾的是，科学家无法持续 24 小时进行计数。韦斯伯格透露，"第二天我们才能告诉人们，你们不应该在两天前去海里游泳，你们有可能会生病。这不是个特别好的警告系统。"

南加州水质研究项目正在研究一种对培养法的巨大改善，这种方法被称作定量聚合酶链反应（PCR），这种方法放弃了培养细菌，而仅仅测量海水样本的特异性基因，特异性基因能够表明细菌的存在。这样不仅更为迅速——只需一两个小时——而且变化过程精确到能够确切显示正在水中游弋的是哪种细菌。也就是说，过去人们有时发现水中的细菌浓度很高，但后来被确定有可能来自鸟类。虽然在混着鸟类粪便的海水里游泳，听上去令人反感，但暴露在这样的海水之中，人们并不一定会生病。来自人类的细菌才会危害其他人。然而，实验室里的细菌培养不总能提供足够的证据让生物学家做出区分，而定量聚合酶链反应可以做到这一步。

南加州水质研究项目还在研究被称作大气沉降的某种水污染隐藏源。汽车和飞机的污染最终会从空中掉落，伴随着雨水径流，流入海湾。研究者发现，铬、铜、铅、镍和锌等金属能够从空气污染转变成水污染，实际上，对于雨水径流污染海水的情况，空气污染几乎要负一半责任。

南加州水质研究项目面对的另一个严峻问题是所谓的新兴污染物，也就是无法测量、但对环境可能造成影响深远的伤害的化学品，包括药物、头发护理产品、工业化学品和杀虫剂。南加州水质研究项目一直在研究如何测量这些污染物，以确认监管者应该将其定性为什么等级的问题。韦斯伯格说："当然，他们都想知道问题的答案——监管者和排放企业都同样希望，然后他们明白自己是否需要对此担心。"但遗憾的是，韦斯伯格又补充说，二次污水处理程序无法在水中消除这些化学物质；这是一个管理问题，某种程度上说，并不是南加州水质研究项目科学家处理的问题。

韦斯伯格的底线是，这项研究应该用于公共政策，而不是像之前巴斯科姆负责时期用来影响政策制定。因此，韦斯伯格仅仅呈交了科研结论，他让监管者自己弄清楚剩下的信息。如果海湾的确恢复了一半，那么，决定剩下一半如何修复的，应该是诸如环保署或圣莫尼卡湾复原委员会之类的机构。

如果我们问汤姆·海登，海湾是否恢复了往日一半的干净，或仍然还有一半污染，他的答案可能会是后者。海登已经从加州政府里退休，他抱怨雪弗龙公司的油轮仍然停靠在自己公司下属的埃尔塞贡多（El Segundo）炼油厂码头，那里离海伯利安污水处理厂不远，沙滩上每个人都能看得见。1986年，洛杉矶水质监控委员会向雪弗龙公司提出指控，控告它5年多时间里向海湾倾倒多余的废物，其中包括氨、油脂和石油，违规行为共计880例。1991年，超过2.7万加仑轻油从一艘油轮上泄露，这是这个工厂最后一次重大漏油事件。

海登说："说来话长，这是关于企业内部管理的问题。这里存在两个问题：雪弗龙公司希望自己的油轮——上百艘油轮停靠在海湾，这是第一个问题。第二个问题是污水排放企业希望用符合成本效益的方式不断通过海湾排放污水。那些石油公司和污水处理厂派出的不光彩的说客究竟是如何说服政治上处于自由派的洛杉矶县、洛杉矶市，乃至圣莫尼卡市的民主党？通常，我们谈论的是潜在的——草根公民运动把这个问题提上了台面。这就是政治的潜力，巨大的潜力。政治活动获得了合法的无理要求。这里有抗议活动，有权术。抗议活动转瞬即逝，而权术是永久的。"

他补充说，"如果里蒙·费伊还活着的话，他会说，我们并没有那么接近我们的目标。这是一个大问题，因为所谓的圣莫尼卡湾清理工作取得成功的案例被大肆宣扬，作为范例，复制发送到美利坚合众国，甚至全世界的每一个海湾和河口。"

事实上，无论对错，"治愈海湾"都被认为是美国环保主义者取得的巨大成功。可能我们用成功这个词不足以进行准确描述，因为人们还在争论这项成功只达成了海湾50%的恢复程度。但这个组织的影响是巨大的，它提出的观念被政府机构接受，并深入民心，即污染一个重要的水体意味着什么，应该如何清洁海水。同样，从这个意义上来说，"治愈海湾"也只走了一半的路——全体市民受到了教育，但海湾仍旧没有完全干净。正如戈尔德所说，"你知道，我觉得我们在雨水径流方面取得的进展令人尴尬。"但是，1997年，他对《洛杉矶时报》记者说，"对于海湾中的海洋生物，它们的生存条件得到了明显改善。"换句话说，对于海湾完全恢复这个目标，我们还处在半路上。

在1989年5月19日，"治愈海湾"向霍华德·本内特颁发了一枚印有组织独特鱼骨标志的徽章，上面刻着简单的文字"为了感谢开始了所有这一切的霍华德·本内特"。我们可以从两个方面对此进行解读。本内特把这个举动看作人们承认他早期初创的联盟是"治愈海湾"的前身，如今，"治愈海湾"可能已经成为南加利福尼亚最重要、最引人注目的环境保护团体之一，甚至在全美也排得上。实际上，"治愈海湾"有时在周末组织海滩清洁活动，当本内特看到志愿者们在他位于普拉亚德雷的家门口沙滩上捡拾垃圾时，他会不由自主地认为，这里面也离不开他的功劳。

另一方面，这句铭文有点讳莫如深、难以捉摸的意味，似乎避免把本内特视为组织的创始者，而仅仅把他视作最初引发抗议活动的诱因，而活动恰巧导致了"治愈海湾"的诞生。多萝西·格林说，"霍华德起到的作用是警告人们开始注意污染问题，这很重要。但根本上来说，他一点儿也不具备影响力。"

"治愈海湾"网站在 2009 年稍早的版本里，压根就没有提到本内特的名字。网站上是这样介绍组织创始的："1985 年，少数人得知洛杉矶市正在把几乎未经处理的污水排入圣莫尼卡湾。他们获悉污水和雨水排放造成的污染已经导致海湾的鱼类在数量和质量上下降，海豚出现生殖问题并长满肿瘤，海底大片区域几乎毫无生命迹象，在海里游泳和冲浪的人们抱怨受到感染和其他疾病侵扰。这几个人对此非常愤怒，在创始者多萝西·格林的带领下，他们自发组织起来，于是'治愈海湾'诞生了。"（在 2009 年晚些时候，有人向"治愈海湾"现任主席马克·戈尔德指出，本内特在组织初创之时做了大量工作，远比网站上透露得多，于是，格林的信息被修正为"创始人兼主席"，但网站仍然没有列出这位中学教师所做的贡献。）

在那份重要的声明中，有些是事实，有些是杜撰。格林承认，起初她领导的"少数人"主要指的是洛杉矶保护选民协会委员会的成员们，他们最早是从本内特那里得知污染问题的。

然而，并不只有"治愈海湾"的网站把自己塑造成污染问题最初的推动者和缔造者。1989 年，《洛杉矶时报》称这个组织为"成功迫使洛杉矶市停止向大海倾倒污水污泥，处于迅速发展阶段的志愿者组织"。这并不完全是事实，因为环保署多年来一直在污泥排放问题上给洛杉矶市施加压力，即使洛杉矶一次又一次错过最后期限，环保署还在通过法律推动强制海伯利安污水处理厂停止污泥排放的进程。"治愈海湾"只不过是个旁观这个进程的目击者,显然,在当时它并没有足够的政治力量对任何人施加压力。

在地区水质监控委员会否决了301(h)豁免条例之后,本内特基本上不再出现在斗争活动场合了,所以格林认为,把本内特从"治愈海湾"的官方故事中删掉是有理由的。在1998年,她对《圣莫尼卡每日微风报》记者说,"如果我们想要取得胜利,必须有人出面,关注事情是如何落实和执行的。霍华德没有这种持久力,他无法对别人尽责,他只能单打独斗。"

霍华德并没有否认他参与活动时缺乏持久性或者有时候咄咄逼人的态度,但他坚持说,他身上有比缺乏长期献身精神更为重要的品质。现在他说,"当我开始做一件事时,我会沉浸其中,不分白天黑夜。我会在凌晨两点钟起床写笔记。对我来说,没有真正的生活,对我的妻子邦特,对我的全家,也是如此。忘掉这些吧。我可能会逼疯认识我的每个人,同样也会逼疯我自己。"正如我们看到的,他把他的斗争事业移交给格林,然后出国度假来摆脱压力。邦特·本内特补充说,她的丈夫也必须得把白天时间花在教学上,而不是在抗议游行上面,所以,这也是他们在夏末度假归来,本内特离开这场斗争事业的另一个原因。

因此,未来的"治愈海湾"在缺少了本内特的情况下继续从事反对污染的斗争事业。尽管本内特有时愤世嫉俗,但他更喜欢用更加乐观的语气来讲述他的故事。对他来说,这个故事就是个胜利——他的胜利。正如他所认为的,这是某位中学教师如何与洛杉矶市、加州,乃至联邦政府斗争,迫使他们清洁污水的故事。他飞快地补充说,

"如果那个老人可以斗争，把我们的世界变得更美好，"他顿了顿，接着说，"我也能做到！"这句话让整个故事充满了教育意义，并且鼓舞人心。但是，本内特默认了海登的说法，人们让海湾复原了吗？无论从哪个角度来说，这项事业都还只完成了一半，海湾并没有完全摆脱污染。

2008年7月26日，由于脂肪、油和油脂，即下水道行业术语所称的FOG堵塞管道，1 464加仑未经处理的污水从西洛杉矶排污管道中喷涌而出。卫生局负责污水收集系统的部门回收了大部分污水，并把它们重新投入污水处理程序，但还有366加仑污水没有被收回，剩下的污水沿着巴略纳溪流淌，最后流进离本内特家房子不远的大海里，那片大海正是他的儿子利夫和利夫的子女玩冲浪的地方。

第二天早上，在多伊瑞手下的监测人员还没有来得及评估是否细菌水平高到足以对公众健康造成影响之前，洛杉矶公共健康部门已经发布了警告指示。而据多伊瑞说，他们发现细菌含量被大大稀释，人们无需担心，接着，警告指示很快被取消了。

几乎是在同时，利夫由于严重的耳部感染病倒了，这个感染需要强效抗生素才能治愈。人们很难判定是否是泄露事件里没有预料到的某种病菌侵入了利夫的耳道，抑或是利夫的病因来自其他源头。不论是哪种情况，本内特内心都交织恐惧和愤怒，他担心儿子的健康状况，也对23年后人们仍然无法无忧无虑在海里嬉戏表示愤怒——他喜欢把23年前的那场斗争称作"9个月的奇迹"。但现在，人们还是要担心由此带来的疾病风险。

几天之后，78岁的本内特仍旧穿着他的黑色Speedo牌泳裤，游过了冲浪线。他仍旧热爱着这片海洋，仍旧畏惧大海的力量。

后　记

　　我最后一次见到多萝西·格林是在 2008 年 6 月 2 日，为了一些后续采访问题，也为了问她要一张肖像照片刊登在本书里，我去了她家。她当时刚从旧金山返回，她去那里是为了推广一本她写的关于用水主题的书。尽管她看上去疲惫不堪，但还是打起精神回答了我的问题（对于任何有关霍华德·本内特的问题，她仍然表现出一点恼怒），并且当我们为她拍照时，在相机前表现得非常专业。几天之后，应她的要求，我寄给她 3 张照片，她在回信里对我说，"谢谢你，比尔。恭喜你完成了这本书，我迫不及待地想看了。"

　　遗憾的是，她永远没能看到这本书。那年 9 月，费利西娅·马库斯告诉我，格林的健康状况"迅速恶化"。她在 20 世纪 70 年代被诊断出的黑素瘤在 2003 年左右已经转移到大脑。现在，癌症终于把她送进临终关怀医院，等待死亡。尽管此时她需要花费很大努力才能长时间把注意力集中在任何一个想法上，但她还是写了一篇关于用水的文章，并为在她帮助建立的加利福尼亚水冲击网制定了筹款策略。

根据杰米·西蒙斯所说,几乎就在同时,来自最早的"治愈海湾"组织的几名成员聚集到她的病床边,给她讲故事。当时格林处于昏迷状态(她已经失去意识几天了),但就在这时,她突然醒过来了,头脑完全清醒,她开始补充故事的内容,纠正他们的版本。但最终,几天之后,在10月13日,多萝西·格林还是去世了,享年79岁。

资料来源

前言

Dorsey, John. Interview by author. February 12, 2008.

Dorsey, John, et al. *Santa Monica Bay Monitoring Study*. Hyperion Treatment Plant annual report, 1984.

U.S. Environmental Protection Agency. "National Estuary Program." Environmental Protection Agency Web site, www.epa.gov/nep/programs/smb.htm, accessed May 2008.

第 1 章

Bennett, Howard. Interviews by author. November 11, 2006, and December 19, 2007.

Citron, Alan. "Report Confirms Toxic Dumping; Hayden Decries Damage to Bay." *Los Angeles Times*, March 28, 1985.

Ferrell, David. "The 10-Year Battle of Santa Monica Bay." *Los Angeles Times*, May 13, 1985.

"Weather Report." *Los Angeles Times*, March 28, 1985.

第 2 章

"Beach Areas Still under Quarantine." *Los Angeles Times*, June 3, 1951.

Byhower, Martin. Interview by author. November 21, 2007.

California Water Quality Control Board, Los Angeles Region. Meeting agenda. March 25, 1985.

_____. Meeting audiotapes. March 25, 1985.

_____. Meeting minutes. March 25, 1985.

City of Los Angeles. "Hyperion Sewage Treatment Plant." City of Los Angeles Department of Public Works, Bureau of Sanitation Web site, www.lacity.org/san/wpd/siteorg/general/hypern1.htm, accessed June 17, 2008.

Clean Water Act (Federal Water Pollution Control Act). Public Law 95-217. Amended November 27, 2002. EPA.

Dojiri, Mas. Division Manager, City of Los Angeles Department of Public Works, Bureau of Sanitation. Email correspondence with author. June 17, 2008.

Dorsey, John. Email correspondence with author. March 28, 2008.

Eklund, Patricia. Interview by author. September 16, 2008.

Fay, Rimmon C. "Dirty Water: The Personal Memoir of a Marine Biologist." *LA Weekly*, June 7, 1985.

_____. Résumé. January 1987.

Ferrell, David. "Waiver's Reversal Shows Bureaucratic Infighting." *Los Angeles Times*, January 6, 1986.

Ghirelli, Robert. Interview by author. May 21, 2008.

"LA Urged to Abolish Public Works Board." *Los Angeles Times*, June 20, 1952.

Los Angeles City Administrative Office. *Economic and Demographic Information.* Officer report. City of Los Angeles, October 2, 2008.

May, Don. Email correspondence with author. February 27, 2008.

_____. Interview by author. November 29, 2007.

Miele, Robert. Interview by author. March 4, 2009.

Moore, Joe. *Overview of Federal Water Quality Laws and Regulations.* New Mexico Water Resources Research Institute, November 1990.

"More Sewage Grief Seen by Engineer." *Los Angeles Times*, August 7, 1951.

Morrison, Patt. "Sea of Sludge Off Southland Charged." *Los Angeles Times*, January 19, 1974.

O'Reilly, Richard. "Sewage—How Much of It Can the Oceans Absorb?" *Los Angeles Times*, September 8, 1982.

"Q&A." Interview with Rimmon Fay. *Los Angeles Herald Examiner*, March 15, 1985.

Sklar, Anna. *Brown Acres: An Intimate History of the Los Angeles Sewers*. Santa Monica: Angel City Press, 2008.

Stewart, Jill. "Santa Monica Bay Blues." *Los Angeles Times*, August 17, 1986.

Tarvyd, Ed. Interview by author. January 10, 2008.

Toufexis, Anastasia. "The Dirty Seas." *Time*, August 1, 1988.

Turhollow, Chuck. Email correspondence with author. March 5, 2009.

_____. "Total Maximum Daily Loads." U.S. Environmental Protection Agency Web site, www.epa.gov/owow/tmdl/intro.html, accessed January 15, 2008.

U.S. Environmental Protection Agency. "Amendments to Regulations Issued, the Clean Water Act, Section 301(h) Program." Environmental Protection Agency Web site, www.epa.gov/owow/oceans/discharges/301h.html, accessed June 17, 2008.

Wall, Patrick. Interview by author. January 7, 2008.

Weiss, Kenneth R. "Rimmon C. Fay, 1929−2008, Diver, Marine Scientist Fought Santa Monica Bay Pollution." *Los Angeles Times*, January 4, 2008.

"White Croaker." Pier Fishing in California Web site, www.pierfishing.com, accessed March 23, 2008.

第 3 章

Bennett, Bente. Interview by author. February 29, 2008.

Bennett, Howard. Interviews by author. October, 23, 2006, October 28, 2006, November 4, 2006, November 11, 2006, and December 19, 2007.

_____. Notes by author taken during unrecorded conversations. N.d. Bridgers, Janet. Interview by author. February 5, 2008.

Lansford, Ruth. Interview by author. December 19, 2007.

Rempel, William C., and Dale Fetherling. "Coastal Unit Halts Threat to Homes." *Los Angeles Times*, November 6, 1975.

第 4 章

Bascom, Willard. *The Crest of the Wave*. New York: Harper & Row, 1988.

_____. "The Purpose of SCCWRP." Meeting notes. October 7, 1984.

Brown, David. Interviews by author. April 24, 2008, April 25, 2008, April 30, 2008, and June 9, 2008.

California Department of Fish and Game. Letter to Willard Bascom. March 7, 1979.

Fay, Rimmon C. "Dirty Water: The Personal Memoir of a Marine Biologist." *LA Weekly*, June 7, 1985.

O'Reilly, Richard. "Sewage Not Harming Ocean, Study Finds." *Los Angeles Times*, November 21, 1982.

Pace, Eric. "Willard Bascom, 83, Scientist and Leader in Deep-Sea Exploration." *New York Times*, October 10, 2000.

Powell, M. A., and G. N. Somero. "Sulfide Oxidation Occurs in the Animal Tissue of the Gutless Clam, *Solemya Reidi*." *Biological Bulletin* (August 1985).

Robak, Warren. "Quality of Coastal Waters Improving." *Torrance Daily Breeze*, December 5, 1982.

Sattoria, T. L. "Dumping Sludge in Ocean Not Harmful, Speakers Say." *Long Beach Press-Telegram*, July 29, 1983.

Sklar, Anna. *Brown Acres: An Intimate History of the Los Angeles Sewers*. Santa Monica: Angel City Press, 2008.

Steinman, David. "Sick Bay." *Los Angeles Easy Reader*, August 1, 1985.

Thompson, Bruce. Interview by author. June 5, 2008.

"Willard Bascom Dies; Explored Oceans for Science, Treasures." *Washington Post*, October 16, 2000.

第 5 章

"Alaska Hitch-Hike Takes Only 17 Days." *New York Times*, August 29, 1951.

Arrendell, Stephen. "Coalition's Gripe: Hear Us Out on Bay." *Santa Monica Evening Outlook*, April 4, 1985.

Bennett, Howard. "Coalition to Stop Dumping More Raw Sewage into the Ocean." Press conference text. April 4, 1985.

_____. Interviews by author. October 23, 2006, October 28, 2006, November 4, 2006, November 11, 2006, and December 19, 2007.

Bennett, Leif. Interview by author. November 19, 2007.

"Canada's Border Toughest to Cross." *Vancouver Sun*, May 7, 1952.

Citron, Alan. "Warning Issued on Fish Caught Off Southland." *Los Angeles Times*, April 12, 1985.

Cohen, Paul. "Student Wins Bet, Hitches to Alaska." *The Ticker*, September 17, 1951.
Goodson-Todman Productions. Letter to Howard Bennett. September 4, 1951.
Haefele, Marc. Interview by author. January 29, 2009.
"Hemisphere Jaunt Logs 30,000 Miles." *New York Times*, June 22, 1952.
KABC-TV. Report on the Coalition to Stop Dumping Sewage into the Ocean press conference. *Eyewitness News*, evening report, April 4, 1985.
KCBS-TV. Report on the Coalition to Stop Dumping Sewage into the Ocean press conference. *Channel Two News Live at 5*, April 4, 1985.
May, Don. Email correspondence with author. May 27, 2008.
"Student Hitch-Hikes from New York to Anchorage." *Anchorage Daily News*, August 28, 1951.
U.S. Department of State. Letter to Howard Bennett. August 18, 1952.
"Who Was David Brower?" David Brower Center Web site, www.browercenter.org, accessed February 29, 2009.

第 6 章

Bennett, Leif. Interview by author. November 19, 2007.
Coalition to Stop Dumping Sewage into the Ocean. "A History of Irresponsibility, Los Angeles, and Sewage Dumping in Santa Monica Bay." Press release. N.d.
"The Dilemma of the Bay." Editorial. *Los Angeles Herald*, August 18, 1985.
Dojiri, Mas. Division Manager, City of Los Angeles Department of Public Works, Bureau of Sanitation. Email correspondence with author. February 24, 2009.
Ferrell, David. "L.A. Pressured to Treat Bay Sewage Fully." *Los Angeles Times*, May 16, 1985.
_____. "The 10-Year Battle of Santa Monica Bay." *Los Angeles Times*, May 13, 1985.
"Fouling Our Own Nest." Editorial. *Los Angeles Herald*, May 16, 1985.
Gage, Mike. Interview by author. June 6, 2008.
Galanter, Ruth. Interview by author. January 17, 2008.
Kindel, Maureen. Interview by author. February 11, 2008.
Marcus, Felicia. Interview by author. February 9, 2008.
Morrison, Patt. "Sea of Sludge Off Southland Charged." *Los Angeles Times*, January 19, 1974.

O'Reilly, Richard. "Sewage—How Much of It Can the Oceans Absorb?" *Los Angeles Times*, September 8, 1982.

Robak, Warren. "Plan to Ease Restrictions at Hyperion Plant Challenged." *Torrance Daily Breeze*, May 14, 1985.

Sklar, Anna. *Brown Acres: An Intimate History of the Los Angeles Sewers*. Santa Monica: Angel City Press, 2008.

Tetra Tech. *Technical Evaluation of Application for Modification of the Requirements of Secondary Treatment, Hyperion Treatment Plant, City of Los Angeles*. Los Angeles: Tetra Tech, February 1981.

Turhollow, Chuck. Email correspondence with author. March 5, 2009.

Yaroslavsky, Zev. "Stomping Mad over Sewage Disposal." *Los Angeles Times*, December 19, 1976.

第 7 章

Bennett, Howard. Interview by author. December 19, 2007.

Citron, Alan. "Toxic Fish, County Won't Post Warnings." *Los Angeles Times*, April 19, 1985.

Green, Dorothy. Email correspondence with author. June 4, 2008.

———. Interviews by author. January 16, 2008, and June 2, 2008.

———. Letter from the Los Angeles League of Conservation Voters to the Environmental Quality Commission and Board of Public Works. April 11, 1985.

Gustaitis, Rasa. "Dorothy Green and the Power of Water." *Coast & Ocean* (Spring 2006).

Los Angeles League of Conservation Voters. "Mission Statement." Los Angeles League of Conservation Voters Web site, www.lalcv.org, accessed June 4, 2008.

Marcus, Felicia. Interview by author. February 9, 2008.

Parent, Randi. "Dorothy Green: A Life of Volunteerism." *Currents: The Newsletter of Heal the Bay* (Spring 2005).

Stavnezer, Moe. Interview by author. February 6, 2008.

U.S. Environmental Protection Agency. "Earth Day." Environmental Protection Agency Web site, www.epa.gov/earthday.history.htm, accessed June 3, 2008.

第 8 章

Bennett, Howard. Interviews by author. October 23, 2006, October 28, 2006,

November 4, 2006, November 11, 2006, and December 19, 2007.

California Water Quality Control Board, Los Angeles Region. Meeting agenda. May 13, 1985.

_____. Meeting audiotapes. May 13, 1985.

_____. Meeting minutes. May 13, 1985.

Coalition to Stop Dumping Raw Sewage into the Ocean. "New Hearing Granted by EPA on Sewage Dumping." Press release. April 11, 1985.

Dorsey, John. Email correspondence with author. March 5, 2009.

_____. Interview by author. February 12, 2008.

Eco News. Television report on Water Quality Control Board hearing. May 13, 1985.

Eklund, Patricia. Interview by author. September 16, 2008.

Ferrell, David. "The 10-Year Battle of Santa Monica Bay." *Los Angeles Times*, May 13, 1985.

Ghirelli, Robert. Interview by author. May 21, 2008.

Green, Dorothy. Interviews by author. January 16, 2008, and June 2, 2008.

Marcus, Felicia. Email correspondence with author. May 8, 2008.

_____. Interview by author. February 9, 2008.

Rethlake, Kathy. "Hyperion Hearing Slated." *Santa Monica Evening Outlook*, April 11, 1985.

Robak, Warren. "Plan to Ease Restrictions at Hyperion Plant Challenged." *Torrance Daily Breeze*, May 14, 1985.

U.S. Environmental Protection Agency. Letter to Howard Bennett. April 9, 1985.

Wall, Patrick. Interview by author. January 7, 2008.

_____. "Ocean Sewage Dumping Runs Afoul." *Los Angeles Times*, May 12, 1985.

第 9 章

"Alcan's Effluent Suspect in Marine Life Changes." *Victoria Times Colonist*, September 12, 1980.

Associated Press. "Ocean Pollution Said Widespread." May 17, 1984.

Bascom, Willard. *The Concept of Assimilative Capacity: SCCWRP Annual Report*. Southern California Coastal Water Research Project, 1981–82.

_____. "Material Presented to Assemblyman Tom Hayden's Group." Southern California Coastal Water Research Project. May 17, 1985.

_____. "The Purpose of SCCWRP." Memo by Willard Bascom. Southern California Coastal Water Research Project, October 7, 1984.

_____. *SCCWRP Biennial Report*. Southern California Coastal Water Research Project, 1983–84.

_____. "Was the Emperor Crazy?" *Sea Technology* (June 1984).

Brown, Anne. Interview by author. April 30, 1985.

Brown, David. "Contamination of Coastal Southern California." Written presentation for the State Assembly Task Force Investigation of Toxic Pollution in Santa Monica Bay hearings. May 17, 1985.

_____. Interviews by author. April 24, 2008, April 25, 2008, April 30, 2008, and June 9, 2008.

_____. Letter to Tom Hayden, May 18, 1985.

"Chemical Wastes Off Peninsula Still Pose Threat." *San Pedro News Pilot*, February 28, 1984.

Citron, Alan. "Report Confirms Toxic Dumping: Hayden Decries Damage to Bay." *Los Angeles Times*, March 28, 1985.

Crust, John. "Off-Catalina Toxic Dump Called Worst in the World." *Los Angeles Herald Examiner*, February 28, 1985.

Garlington, Phil. "Ex-Water Quality Board Staffers Say Bosses Impeded Inspections." *Los Angeles Herald Examiner*, May 18, 1985.

_____. "White Croaker Earns Name as Fish Is Found Full of DDT." *Los Angeles Herald Examiner*, February 27, 1985.

Hayden, Tom. "Assembly Task Force to Hold Hearings on SM Bay Pollution." Press release. May 14, 1985.

_____. Letters to David Brown. May 6, 1985, and May 15, 1985.

Jones, Jack. "Ocean Site Reportedly Used for Toxics Dump." *Los Angeles Times*, February 28, 1985.

KABC-TV. Report on toxics dump. *Eyewitness News*, evening report. February 29, 1985.

KCBS-TV. Report on toxics dump. *Channel Two News Live at 5*. February 27, 1985.

_____. Report on water board hearings. *Channel Two News Live at 5*. March 1, 1985.

Manisco, Patricia. "Marine Dump: A Garden or an Eco-Mess?" *Los Angeles Times*, July 15, 1984.

Miele, Robert. Interview by author. March 4, 2009.

Morgenthaler, Anne. "DDT Research Ordered Hushed?" *Santa Monica Daily Breeze*, May 18, 1985.

O'Reilly, Richard. "Pollution along Coast Surprises Scientists." *Los Angeles Times*, May 16, 1984.

———. "Sewage—How Much of It Can the Oceans Absorb?" *Los Angeles Times*, September 8, 1982.

Rethlake, Kathy, and Donna Prokop. "Santa Monica Bay Tainted with Toxics." *Evening Outlook*, February 28, 1985.

———. "S.M. Bay Pollution Called among the Worst." *Torrance Daily Breeze*, March 1, 1985.

Rossi, Mitchell S. "DDT: The Plague That's Stalking California's Ocean." *San Diego Newsline*, January 16, 1985.

Sklar, Anna. *Brown Acres: An Intimate History of the Los Angeles Sewers*. Santa Monica: Angel City Press, 2008.

Smith, Doug. "Coastal Waters Improving, Study Shows." *Los Angeles Times*, February 1, 1981.

Southern California Coastal Water Research Project. *Southern California Coastal Water Research Project Directors and Staff by Discipline, 1969–2000*. Los Angeles: Southern California Coastal Water Research Project, n.d.

Stammer, Larry B., and Lee Dye. "Most Pollution Off Coast Laid to Sewage, Not Ocean Dumps." *Los Angeles Times*, March 1, 1985.

State Assembly Task Force for the Investigation of Toxic Pollution in Santa Monica Bay. Agenda. May 17, 1985.

Thompson, Bruce. Interview by author. June 5, 2008.

U.S. Congress. House of Representatives. Committee on Public Works and Transportation, Subcommittee on Water Resources. *Modification of Secondary Treatment Requirements for Discharges into Marine Waters*. Los Angeles, May 24, 25, 1978.

U.S. Environmental Protection Agency. "Commencement Bay—Nearshore Tideflats." Environmental Protection Agency Web site, www.yosemite.epa.gov/R10/cleanup.nsf, accessed on June 8, 2008.

———. "Superfund." Environmental Protection Agency Web site, www.epa.gov/superfund/about.htm, accessed June 10, 2008.

第 10 章

Bascom, Willard. "Santa Monica Bay on the Mend." *Los Angeles Times*, July 3, 1985.

Bennett, Howard. Interview by author. November 21, 2006.

Brill, Judy. "Raw Sewage in Ballona Creek Ends Up in Marina, PdR Waters." *Argonaut*, July 18, 1985.

Citron, Alan. "Are Bay Fish Safe to Eat? Showdown Expected Tuesday." *Los Angeles Times*, May 27, 1985.

_____. "Report Confirms Toxic Dumping; Hayden Decries Damage to Bay." *Los Angeles Times*, March 28, 1985.

_____. "Researcher Hid Severity of Bay Contamination, Aide Charges." *Los Angeles Times*, May 22, 1985.

_____. "Water Research Director Denies Aide's Charges of Bay Pollution." *Los Angeles Times*, May 23, 1985.

"Controversial Head of Water Project on Leave Till Retirement." *Los Angeles Herald Examiner*, May 31, 1985.

Dorsey, John. Interview by author. February 12, 2008.

Green, Dorothy. Interview by author. January 16, 2008.

Hayden, Tom. Email correspondence with author. September 7, 2008.

_____. Interviews by author. January 14, 2008, and February 4, 2008.

_____. "Legislation." Tom Hayden Web site, www.tomhayden.com/legislation, accessed May 12, 2008.

_____. *Rebel*. Los Angeles: Red Hen Press, 2003.

Keller, Larry. "Panel Backs L.B. Firm on Fish Pollution." *Long Beach Press Telegram*, May 29, 1985.

Morgenthaler, Anne. "DDT Research Ordered Hushed?" *Santa Monica Daily Breeze*, May 18, 1985.

Rainey, James. "Sewage Spill in Creek Hit by Hayden." *Los Angeles Times*, July 14, 1985.

Rethlake, Kathy. "Chemists Debate Toxic Effects on Fish." *San Pedro News-Pilot*, May 29, 1985.

_____. "Scientists Clear Water Research Chief." *Santa Monica Daily Breeze*, May 31, 1985.

_____. "S.M. Bay Pollution Called among the Worst." *Santa Monica Daily Breeze*, March 1, 1985.

Schmidt, Bob. "Fish Pollution Issue Revives; L.B. Firm's Report Disputed." *Long Beach Press Telegram*, May 22, 1985.

Southern California Coastal Water Research Project. Scientists' press release. May 28, 1985.

Stambler, Lyndon. "Funds Allocated for Report on Santa Monica Bay Marine Life." *Los Angeles Times*, October 4, 1984.

Statement by SCCWRP Blue-Ribbon Panel distributed to press organizations. May 30, 1985.

Steinman, David. "Fish Stories: 'Data Excellent,' Panel Tells Public." *LA Weekly*, June 7–13, 1985.

Thompson, Bruce. Interview by author. June 5, 2008.

第 11 章

Bascom, Willard. "Santa Monica Bay on the Mend." *Los Angeles Times*, July 3, 1985.

Bennett, Bente. Interview by author. February 29, 2008.

Bennett, Howard. Interview by author. November 4, 2006.

_____. Letter to James Grossman. June 6, 1985.

Bennett, Leif. Interview by author. November 19, 2007.

Earth Alert! Patrick Wall biography. Earth Alert! Web site, www.earthalert.org/about_us.html, accessed January 6, 2008.

Ferrell, David. "EPA May Grant Extension for Dumping in Santa Monica Bay." *Los Angeles Times*, July 7, 1985.

Hayden, Tom. Letter to the editor. *Los Angeles Times*, July 13, 1985.

Pyrillis, Rita. "Hyperion Plant Protesters March on City Hall." *Santa Monica Daily Breeze*, June 3, 1985.

"The Region." Brief report on brown ribbon demonstration. *Los Angeles Times*, June 3, 1985.

Wall, Patrick. Interviews by author. November 4, 2006, and January 7, 2008.

第 12 章

Bennett, Bente. Interview by author. February 29, 2008.

Bennett, Howard. Interview by author. December 19, 2007.

———. Letter to the editor. *Coast Lines*, a newsletter of the Sierra Club Angeles Chapter Clean Coastal Waters Task Force. July 1985.

Bridgers, Janet. Interview by author. February 5, 2008.

"Bring Back the Beach." *Currents: The Newsletter of Heal the Bay* (Summer 2005).

Byhower, Martin, Heal the Bay. Letter to California Regional Water Quality Control Board, Los Angeles Region, comments on NPDES permit. N.d.

Green, Dorothy. Interviews by author. January 16, 2008, and June 2, 2008.

Haefele, Marc. Interview by author. January 29, 2009.

Heal the Bay. "Milestones." Heal the Bay Web site, www.healthebay.org/aboutus/20years/milestones.asp, accessed November 15, 2007.

———. "Who We Are." Heal the Bay Web site, www.healthebay.org/aboutus.asp, accessed November 15, 2007.

Los Angeles League of Conservation Voters. Memo to Coalition to Stop Dumping Sewage into the Ocean. October 28, 1985.

———. "The Public Is Angry and Organizing." Letter. September 1985.

Marcus, Felicia. Interview by author. February 9, 2008.

May, Don. Interview by author. November 29, 2007.

Simons, Jamie. Interview by author. February 6, 2009.

Stavnezer, Moe. Interview by author. February 6, 2008.

Wall, Patrick. Interview by author. January 7, 2008.

第 13 章

Antonovich, Michael. Letter to Howard Bennett. November 5, 1985.

Arrendell, Stephen. "Coalition Dumps on Bradley." *Santa Monica Evening Outlook*, November 6, 1985.

Bennett, Howard. Interviews by author. November 4, 2006, November 11, 2006, and December 19, 2007.

———. Text for "Dirty Toilet Awards." N.d.

Bennett, Leif. Interview by author. November 19, 2007.

Coalition to Stop Dumping Sewage into the Ocean. "Dirty Toilet Awards." Press release. N.d.

"'Dirty Toilet Award' to Mayor, City Council over Sewage Dumping." *Argonaut*,

November 7, 1985.

Ferrell, David. "EPA May Grant Extension for Dumping in Santa Monica Bay." *Los Angeles Times*, July 7, 1985.

Green, Dorothy. Interviews by author. January 16, 2008, and June 2, 2008.

Haefele, Marc. Interview by author. January 29, 2009.

KCOP-TV. Report on Dirty Toilet Awards. *Evening News*. November 5, 1985.

Richard, Chris. "Sewage Treatment Draws New Attack." *Culver City News*, November 14, 1985.

Simons, Jamie. Interview by author. February 6, 2009.

第 14 章

Bennett, Howard. Interviews by author. November 4, 2006, November 11, 2006, and December 19, 2007.

Boyarsky, Bill. "Sewer Spills a Political Peril for Bradley?" *Los Angeles Times*, October 1, 1985.

"Bradley Changes Position on Wastewater Treatment." *Argonaut*, September 12, 1985.

Bradley, Tom. Letter to James Grossman, California Regional Water Quality Control Board. September 4, 1985.

California Water Quality Control Board, Los Angeles Region. Meeting audiotapes. November 25, 1985.

———. Meeting minutes. March 25, 1985.

Chandler, John. "Sewage Spills Cost City a Record $150,000 Fine." *Los Angeles Herald Examiner*, October 29, 1985.

Decker, Cathleen. "City Weighs Its Option to Modernize Sewer System." *Los Angeles Times*, September 4, 1985.

———. "L.A. Agrees to Pay $30,050 Fine for Raw Sewage Spills into Ocean." *Los Angeles Times*, August 22, 1985.

———. "Report Urges Stricter Rule on Treatment of Sewage." *Los Angeles Times*, November 19, 1985.

Decker, Cathleen, and Janet Clayton. "Council Decides to Fight Fine for Sewage Spillage." *Los Angeles Times*, October 24, 1985.

Fanucchi, Kenneth. "Water Board May Fine L.A. for Spills at Ballona Creek." *Los Angeles Times*, July 25, 1985.

Ferrell, David. "Waiver's Reversal Shows Bureaucratic Infighting." *Los Angeles Times*, January 6, 1986.

Ghirelli, Robert. Interview by author. May 21, 2008.

Green, Dorothy. Interview by author. January 16, 2008.

Hayden, Tom. Interview by author. January 14, 2008.

Kindel, Maureen. Interview by author. February 11, 2008.

Marcus, Felicia. Interview by author. February 9, 2008.

Morgenthaler, Anne. "New Ballona Sewage Spill Reported." *Santa Monica Evening Outlook*, July 24, 1985.

———. "Raw Sewage Again Flows into Ballona Creek." *Santa Monica Evening Outlook*, July 23, 1985.

———. "Sewage Spills Fine." *Santa Monica Evening Outlook*, August 9, 1985.

Rainey, James. "Sewage Spill in Creek Hit by Hayden." *Los Angeles Times*, July 14, 1985.

Regional Water Quality Control Board. Meeting minutes. November 22, 1985.

Sklar, Anna. *Brown Acres: An Intimate History of the Los Angeles Sewers*. Santa Monica: Angel City Press, 2008.

State Water Resources Control Board. Letter to Tom Bradley. October 28, 1985.

Steinman, David. "Water Board Postpones Action on Hyperion Treatment Waiver." *Los Angeles Easy Reader*, July 11, 1985.

Stewart, Jill. "A Gamble on Sewage Treatment That Went Sour." *Los Angeles Times*, January 6, 1986.

U.S. Environmental Protection Agency. Letter to Tom Bradley. September 30, 1985.

———. "U.S. EPA Announces Final Denial of Wastewater Treatment Waiver." Press release. March 12, 1986.

第 15 章

Bennett, Howard. Interview by author. November 4, 2006.

City of Los Angeles Board of Public Works, Bureau of Sanitation. *Initial Evaluation Report, Hyperion Treatment Plant*. City of Los Angeles, February 1986.

Coalition to Stop Dumping Sewage into the Ocean. "Has Santa Monica Bay Taught Mayor Bradley a Lesson?" Press release. N.d.

Deukmejian Campaign Committee. "Largest Polluter." Radio ad. October 1986.

Estrada, Ray. "Local Teacher Says Deal Dupes Public." *Culver City Wave*, October 8, 1986.

Flore, Faye. "Court Allows Groups to Fight Sea Dumping." *Torrance Daily Breeze*, May 30, 1986.

Gage, Mike. Interview by author. June 6, 2008.

Ghirelli, Robert. Interview by author. May 21, 2008.

Green, Dorothy. Interviews by author. January 16, 2008, and June 2, 2008.

Kindel, Maureen. Interview by author. February 11, 2008.

Koenenn, Connie. "An Environmentalist for All Seasons Series." *Los Angeles Times*, June 16, 1986.

Marcus, Felicia. Email correspondence with author. May 8, 2008.

_____. Interview by author. February 9, 2008.

Marcus, Felicia, and Joel Reynolds. Letter to James Grossman, California Regional Water Quality Control Board, written on behalf of the Center for Law in the Public Interest. June 7, 1985.

Merina, Victor. "City to Fully Treat Ocean Sewage." *Los Angeles Times*, December 18, 1985.

Prokop, Donna M. "Water Board Reassigns Top 2 Hyperion Plant Officials." *Santa Monica Daily Breeze*, December 19, 1985.

Roderick, Kevin. "City, EPA Reach Accord on Sewage-Dumping Suit." *Los Angeles Times*, July 31, 1986.

Simons, Jamie. Interview by author. February 6, 2009.

Stammer, Larry B. "EPA to Study Santa Monica Bay Waste for Superfund Aid." *Los Angeles Times*, December 17, 1985.

Stewart, Jill. "Pollution Solution Activists Vow to Bird-Dog Every Step of Santa Monica Bay Cleanup Series." *Los Angeles Times*, April 12, 1986.

Sullivan, Patricia. "Anne Gorsuch Burford, 62, Dies; Reagan EPA Director." *Washington Post*, July 22, 2004.

Taylor, Robert E. "Los Angeles Sets Sewer Spending in EPA Accord." *Los Angeles Times*, October 1986.

第 16 章

Bay, Steven. Interview by author. February 23, 2009.

Bennett, Howard. "Has Santa Monica Bay Taught Mayor Bradley a Lesson?" Coalition to Stop Dumping Sewage into the Ocean press release. N.d.

_____. Interviews by author. November 4, 2006, November 11, 2006, and December 19, 2007.

Bridgers, Janet. Interview by author. February 5, 2008.

Brown, David. Interviews by author. April 24, 2008, April 25, 2008, April 30, 2008, and June 9, 2008.

Byhower, Martin. Interview by author. November 21, 2007.

Deukmejian Campaign Committee. "Largest Polluter." Radio ad, October 1986.

Gage, Mike. Interview by author. June 6, 2008.

Galanter, Ruth. Interview by author. December 19, 2007.

Gold, Mark. Interviews by author. January 8, 2008, and February 4, 2008.

Green, Dorothy. Interviews by author. January 16, 2008, and June 2, 2008.

Hayden, Tom. Interview by author. January 14, 2008.

Marcus, Felicia. Interview by author. February 9, 2008.

May, Don. Interview by author. November 29, 2007.

Merina, Victor, and Marylouise Oates. "Kindel Quits Key City Post; 4th to Leave in 3 Months." *Los Angeles Times*, August 27, 1987.

Miele, Robert. Interview by author. March 4, 2009.

Outwater, Alice B. *Reuse of Sludge and Minor Wastewater Residuals*. Boca Raton, FL: CRC, 1994.

Roderick, Kevin. "City Officials Plead Sewage Case on the Enemy's Turf." *Los Angeles Times*, April 7, 1986.

Sanders, Alan. Interview by author. January 26, 2009.

Santa Monica Bay Restoration Commission Web site, www.santamonicabay.org, accessed March 9, 2009.

Simons, Jamie. Interview by author. February 6, 2009.

Stavnezer, Moe. Interview by author. February 6, 2008.

Taylor, Nancy. Interviews by author. November 9, 2007, and November 20, 2007.

Thompson, Bruce. Interview by author. June 5, 2008.

Wall, Patrick. Interview by author. January 7, 2008.

第 17 章

Abrahamson, Alan. "Bay Watch: More Fish, Cleaner Water." *Los Angeles Times*,

August 11, 1997.

Author observation aboard *La Mer*, July 8, 2008.

Bennett, Howard. Interview by author. December 19, 2007.

Cash, Curtis. Email correspondence with author. August 4, 2008.

_____. Email correspondence with author. September 30, 2008.

_____. Interview by author. July 8, 2008.

Colford, John M., et al. *Water Quality Indicators and the Risk of Illness in Non-Point Source Impacted Recreational Waters*. Southern California Coastal Water Research Project, 2006.

Dojiri, Mas. Division Manager, City of Los Angeles Department of Public Works, Bureau of Sanitation. Email correspondence with author. August 1, 2008.

_____. Interview by author. June 13, 2008.

Fiore, Faye. "Chevron Faces $8.8 Million Fine." *San Pedro News-Pilot*, August 22, 1986.

Gold, Mark. Interview by author. January 8, 2008.

Green, Dorothy. Interview by author. January 16, 2008.

Hayden, Tom. Interview by author. January 14, 2008.

Heal the Bay. "Accomplishments." Heal the Bay Web site, www.healthebay.org, accessed November 15, 2007.

_____. "Swimming in the Bay." Heal the Bay Web site, www.healthebay.org/stayhealthy/swimming/default.asp, accessed November 15, 2007.

_____. "Who We Are." Heal the Bay Web site, www.healthebay.org/aboutus.asp, accessed November 15, 2007.

Koenenn, Connie. "An Environmentalist for All Seasons Series: Reshaping the Future." *Los Angeles Times*, June 16, 1989.

Los Angeles Regional Water Quality Control Board. Meeting audiotapes. March 25, 1985.

Rabin, Jeffrey L. "Making a Splash: Officials Beginning to Listen to Heal the Bay's Campaign for Cleanup Effort." *Los Angeles Times*, February 8, 1990.

Radcliffe, Jim. "The Sky's the Limit." *Santa Monica Daily Breeze*, June 22, 1998.

Sabin, Lisa D., and Kenneth C. Schiff. *Metal Dry Deposition Rates along a Coastal Transect in Southern California*. Southern California Coastal Water Research Project, 2007.

Weisberg, Stephen. Interview by author. February 23, 2009.

Yaroslavsky, Zev. Interview by author. February 9, 2009.

后记

Green, Dorothy. Email correspondence with author. June 27, 2008.

Lopez, Steve. "Cancer Can't Dim Passion for a Cause." *Los Angeles Times*, September 17, 2009.

Marcus, Felicia. Email correspondence with author. September 18, 2009.

Simons, Jamie. Interview by author. February 6, 2009.

Woo, Elaine. "Environmentalist Began Heal the Bay." *Los Angeles Times*, October 14, 2009.